홈으로 슬라이딩

SLIDING INTO HOME
text copyrights ⓒ 2003 by Dori Hillestad Butler
Originally published in the United States in 2003 by Peachtree Publishers, Atlanta, Georgia

KOREAN language edition ⓒ 2010 by Mirae Media & Books, Co.
KOREAN translation rights arranged with Peachtree Publishers, Atlanta, Georgia, USA through EntersKorea Co., Ltd., Seoul, Korea.

이 책의 한국어판 저작권은 (주)엔터스코리아를 통한 저작권자와의 독점 계약으로 도서출판 미래M&B가 소유합니다. 신 저작권법에 의하여 한국 내에서 보호를 받는 저작물이므로 무단 전재와 복제를 금합니다.

홈으로 슬라이딩
Sliding into home

도리 H. 버틀러 지음 | 김선희 옮김

미래인

홈으로 슬라이딩

1판 1쇄 펴낸날 2010년 5월 20일
1판 18쇄 펴낸날 2025년 4월 10일

지은이 도리 H. 버틀러
옮긴이 김선희
펴낸이 김민지

펴낸곳 미래M&B
등록 1993년 1월 8일(제10-772호)
주소 04030 서울시 마포구 동교로 134 미진빌딩 2층
전화 02-562-1800(대표)
팩스 02-562-1885(대표)
전자우편 mirae@miraemnb.com
홈페이지 www.miraeinbooks.com
블로그 blog.naver.com/miraeibooks
인스타그램 @mirae_inbooks

ISBN 978-89-8394-606-5 (03840)

＊잘못 만들어진 책은 구입처에서 바꾸어 드립니다.
＊미래인은 미래M&B가 만든 청소년, 성인을 위한 브랜드입니다.

야구를 사랑하는 전 세계의 소녀들에게
이 책을 바칩니다.

차례

1장 조엘에게 무슨 일이?   ...9

2장 난 야구가 하고 싶을 뿐이에요!   ...21

3장 고무밴드 녀석과 마주치다   ...35

4장 동지를 찾아라   ...43

5장 교육감님, 부탁드려요   ...52

6장 포기할 수 없어!   ...60

7장 원수의 아들, 라이언   ...71

8장 아무도 나를 막을 수 없을걸   ...91

9장 사람들의 반응   ...107

10장 메트로에서 온 아이   ...126

11장 이스턴 아이오와 여자야구리그 ...142

12장 선수를 모집합니다 ...162

13장 두 번째 신문 투고 ...176

14장 예상 밖의 관심 ...190

15장 그린데일 그린삭스 ...205

16장 열한 번째 선수 ...226

17장 개막전이 취소되다 ...244

18장 호크스냐 그린삭스냐 ...260

19장 오빠의 비밀 ...275

20장 홈으로 슬라이딩 ...293

작가의 말 ...308

옮긴이의 말 ...311

조엘에게 무슨 일이?

"네 차례야, 조엘!"

조엘 커닝햄은 체육복 바지에 축축한 손바닥을 쓱 문지르고 타석에 들어섰다.

3월의 바람은 싸늘했다. 땀이 날 리 없는 날씨인데도 땀이 났다. 체육 수업을 받고 있던 여자애들이 조엘을 말똥말똥 쳐다보았다. 아이들의 시선이 조엘의 등에 구멍이라도 뚫어놓을 것 같았다.

그 애들을 탓할 수는 없었다. 어쨌거나 그 애들은 조엘을 몰랐다. 조엘이 공을 좌익수 앞으로 칠 실력인지 아웃 당할 실력인지.

조엘은 새로 온 아이였다. 학기 중에 전학하는 것보다 더 끔찍한 게 있을까?

조엘은 숨을 깊이 들이쉬고 알루미늄 배트를 들었다. 배트를 홈플레이트에 두세 번 툭툭 두드리고 나서 어깨 위로 들어올렸다. 배트는 전에 쓰던 것보다 좀 더 크고 무거웠다.

조엘은 조심스럽게 배트를 감싸 쥐었다. 그러고 나서 발 위치를 조정했다. 홈플레이트 쪽으로 약간 가깝게, 그러다 조금 더 멀리.

투수석의 여자애는 공을 글러브 안으로 툭툭 던지고 있었다. 그 애의 가느다란 갈색 머리칼이 바람에 흩날렸다.

"간다!"

조엘은 고개를 끄덕였다. 무릎을 구부리고 익숙지 않은 배트를 더 세게 움켜잡았다.

투수가 앞으로 한 걸음 나오며 아래쪽으로 빠른 공을 던졌다. 익숙한 각도가 아니지만 조엘이 좋아하는 높이였다. 조엘은 배트를 뒤로 뺐다 힘껏 휘둘렀다.

탕!

"와!"

벤치에 앉아 있던 여자애 하나가 소리쳤다.

공은 1루와 2루 사이를 지나 굴러갔고, 외야수 두 명이 그 공을 잡으러 달려왔다.

조엘은 배트를 던지고 1루를 향해 달려갔다. 2루를 돌다 보니 호리호리한 외야수 하나가 몸을 숙여 글러브로 공을 잡는 게 보였다.

'으이쿠, 서둘러야겠는걸.'

"여기, 케이트!"

유격수가 외야수에게 소리쳤다.

"여기로 던져!"

유격수가 글러브를 흔들었다.

3루에서 멈추어야 할지 홈으로 달려가야 할지 몰라 조엘은 잠시 망설였다. 하지만 케이트가 던진 공은 유격수가 서 있던 곳 절반에도 미치지 못했다. 공은 경기장 위를 떼굴떼굴 굴러갔고, 서너 명의 선수들이 공을 향해 달려갔다.

'홈으로!' 조엘은 작정하고 속력을 냈다.

"좋았어!"

조엘이 홈플레이트를 가로지르자 금발의 말총머리 여자애가 환호했다.

"멋진데!"

또 다른 여자애도 조엘의 등을 탁 두드렸다.

"고마워."

조금 숨이 찼지만 조엘은 기분이 좋았다.

페너 선생님이 조엘에게 수건을 건네며 칭찬해주었다.

"잘하더구나."

"감사합니다."

조엘은 땀에 젖은 이마에 수건을 툭툭 두드리며 한 번 더 고맙다고 말했다.

몇 분 뒤, 종이 울려 체육 시간이 끝나자 조엘은 약간 실망스러웠다. 대부분의 여자애들이 학교 건물을 향해 걸어가고 몇몇 아이들만이 조엘에게 다가왔기 때문이다.

"와, 잘할 줄 알았어. 그래도 그렇게 잘할 줄은 몰랐지!"

엘리자베스 쇼다. 엘리자베스네 집은 조엘네 집 뒤에 있다. 조엘네 식구가 그린데일로 이사를 온 토요일, 엘리자베스는 아빠와 함께 뜰에서 야구공을 주고받고 있었다. 엄마가 들어와서 짐 푸는 걸 좀 도와달라고 할 때까지 조엘은 엘리자베스네 집으로 건너가 두 사람과 함께 몇 번 공을 주거니 받거니 했다. 그리고 오늘 아침엔 엘리자베스가 조엘네 문간에 나타나 같이 학교에 가자고 했다.

조엘은 씩 웃으며 말했다.

"그냥 그랬어."

금발의 말총머리 여자애가 조엘과 엘리자베스 사이에 끼어들었다. 그들은 다 함께 학교 건물로 향했다.

말총머리가 물었다.

"항상 그렇게 친단 말이야?"

조엘은 머뭇거렸다. 뭐라고 답한단 말인가? 조엘은 늘 소프트볼을 한 건 아니었다. 하지만 조엘은 꽤 훌륭한 타자다. 형편없는 외야수도 아니고. 조엘의 오빠 제이슨은 지금 미네소타 대학에서 야구를 하고 있는데 야구에 대해서라면 뭐든 조엘에게 가르쳐주었다.

"타율이 제법 괜찮아."

"우리 소프트볼팀에 복덩이가 들어온 것 같은데. 있잖아, 오늘 방과 후에 입단 테스트가 있어. 완전 퍼펙트 타임이네, 안 그래?"

갈색 생머리에 콧잔등에 주근깨가 가득한 여자애가 말했다.

"그렇구나."

페너 선생님이 뒤쪽에서 말했다.

"우리가 수업했던 경기장에서 테스트가 있을 거야. 너도 오면 좋겠다, 조엘."

"올 거지?"

말총머리가 재촉했다.

조엘은 엘리자베스를 흘끗 바라보았다. 엘리자베스가 먼저 소프트볼 하러 가자고 했었다. 친구를 사귈 좋은 기회가 될 거라고 엘리자베스는 말했다. 그건 사실이었다. 소프트볼이 조엘이 좋아하는 운동이 아니라는 것만 빼고.

"있잖아……."

조엘이 입을 열었다. 조엘은 이런 모든 관심이 썩 마음에 들었다. 그래서 이 친구들에게 사실을 말하기로 했다.

"사실, 난 야구를 해."

"야구?"

말총머리가 얼굴을 찡그렸다.

"하지만 후버 중학교에서는 남자애들만 야구부에서 경기하는데."

주근깨 소녀가 끼어들었다.

"너희, 조엘 치는 거 봤잖아. 진짜 잘해. 분명 남자애들이랑 해도 될걸."

엘리자베스가 몸을 앞으로 내밀며 말했다.

조엘은 몸을 움츠렸다. 그건 남자애들이랑 해도 '될 만한' 문제가 아니었다. 야구는 그냥 조엘의 운동이었다. 조엘이 말했다.

"미니애폴리스에 있는 예전 학교에서 야구 했어."

"소프트볼팀 없었어?"

주근깨 소녀가 물었다. 조엘은 고개를 저었다.

"있었지. 하지만 난 항상 야구 했어."

"안타깝게도, 여기서는 네가 야구를 하게 될 것 같지 않구나."

페너 선생님이 차분히 말했다.

"안 된다고요? 왜요?"

조엘이 얼른 되물었다.

"왜냐하면, 이 지역에는 남자에게나 여자에게나 똑같은 숫자의 운동을 제공해야 한다는 방침이 있거든."

페너 선생님이 설명해주었다.

'그게 내가 야구 하는 것과 무슨 상관이 있다는 거지?' 조엘은 의아스러웠다.

페너 선생님이 이어 말했다.

"여기 그린데일에서 야구는 남자를 위한 운동으로 간주된단다. 소프트볼은 여자를 위한 운동이고."

조엘은 아직도 이해가 안 됐다.

"그러니까, 제가 여자이기 때문에 야구를 할 수 없다는 뜻인가요?"

"하지만, 선생님. 몇 년 전 축구팀에서 뛰었던 트레이시는 여자잖아요? 축구도 엄밀히 말해 여자를 위한 운동은 아니잖아요."

말총머리가 물었다.

"그렇지, 브루크. 보통은 아니란다. 이 지역 방침에는 대체할 만한 운동이 없으면, 코치가 여자에게도 그 운동경기에 낄 기회를 주어야 한다고 되어 있어. 그래서 트레이시가 남자팀에서 뛸 수 있었던 거야. 축구를 대체할 만한 여자를 위한 운동이 없으니까. 하지만 야구의 경우엔…….”

페너 선생님은 조엘을 돌아보다 말끝을 흐렸다.

조엘은 걸음을 멈춰 섰다.

"하지만 소프트볼은 야구하고 안 똑같아요! 소프트볼은 공이 더 크고 배트도 커요. 또 공을 아래로 던져야 하고 슬라이딩도 못 해요. 적어도 슬로피치에서는 안 된다구요.”

슬로피치는 조엘이 전에 다닌 학교에서 여자들이 하는 소프트볼의 한 종류다.(슬로피치는 소프트볼에서 파생된 경기로, 가장 두드러진 차이점은 투수가 공을 빨리 던지지 못한다는 것이다. 공이 너무 빠를 경우 주심 판단 하에 투수를 강판시킬 수도 있다-옮긴이)

페너 선생님은 조엘의 어깨에 손을 얹으며 걸음을 재촉했다.

"무슨 말인지 안다, 조엘. 공식적으로 네 의견에 동감이야. 하지만 난 그린데일에서 20년 동안 가르쳐왔어. 너처럼 소프트볼 대신 야구를 하고 싶어 하는 여자애들을 몇 명 보았지. 안타깝게도 아무도 입단 테스트조차 받지 못했어.”

조엘은 어이가 없었다.

"왜요?"

페너 선생님은 어깨를 으쓱해 보였다.

"말했다시피, 이곳 방침이야.”

'쳇, 그 방침도 곧 무너지겠군. 후버 중학교 야구부 코치가 내가 치는 걸 보기만 하면 날 안 끼워주고는 못 배길걸!'

작년에 조엘은 3할 7푼 5리의 타율을 기록했다. 페리 코치는 지금껏 자기가 본 최고의 1루수라고 했다. 조엘은 키가 크고 몸이 호리호리한 데다 타고난 운동 감각이 있었다. 게다가 왼손잡이다. 왼손잡이라는 건 다른 1루수가 종종 놓치는 공을 잡을 수 있다는 뜻이다.

"걱정 마. 우린 꽤 괜찮은 소프트볼팀이 있잖아. 안 그래, 에이미?"

브루크가 주근깨 소녀를 건너다보며 말했다.

"우리 학교 야구부보다 천 배는 낫지."

에이미가 콧방귀를 뀌며 대답했다.

"그린데일 아카데미만 아니었다면, 우린 작년에 지역 선수권대회에도 나갔을 거야."

브루크가 덧붙였다.

"그린데일 아카데미는 시내 반대편에 있는 사립학교야."

엘리자베스가 조엘에게 속삭였다.

"정말 안됐어, 그치? 우리가 우리 동네 팀한테 깨졌으니 말이야."

에이미가 말했다.

"걔네가 항상 우릴 이기잖아."

엘리자베스가 한숨을 폭 내쉬었다.

"있잖아. 조엘이 올해 우리 팀에서 뛰면, 우리가 그린데일 아카데미를 이길지도 몰라. 조엘은 우리 비밀 병기라구!"

브루크가 고른 이를 활짝 드러내며 웃었다.

조엘은 고개를 저었다.

"미안해. 난 정말 야구를 하고 싶어."

"선생님 말씀 들었잖아. 안 받아줄 거야."

엘리자베스가 학교 현관문을 열며 말했다.

"흠, 두고 보자구."

조엘이 말했다. 그러고는 속으로 생각했다. '누구도 내가 야구 하는 걸 막게 내버려두지는 않을 거야. 암, 어림없지.'

* * *

수업이 끝나자마자, 엘리자베스와 조엘은 연습장으로 향했다.

"저기, 파란 모자 쓴 남자 보이지?"

엘리자베스가 회색 머리칼에, 바지 위로 배가 불룩 튀어나온 남자를 가리켰다.

"저 사람이 야구 코치야?"

조엘이 물었다. 그 남자는 트랙 한 바퀴도 달릴 수 없을 것 같아 보였다. 하지만 1루 주자에게 고함치는 걸 보고는 코치가 맞긴 맞나 보다고 생각했다.

"어, 깐깐한 칼라일 코치야. 남자애들 체육도 가르치는데 엄청 깐깐해. 체육복 반바지 까먹었다가는 팔굽혀펴기를 백 번이나 시킨다니까."

"와우!"

실제로 미니애폴리스의 페리 코치보다 훨씬 깐깐해 보였다.

조엘은 선생님한테 막 꾸지람을 들은 남자애를 보았다. 그 애는 방망이를 집어 들고 자기 포지션으로 갔다. 공이 윙 하고 날아오자 방망이를 휘둘렀다. 하지만 높은 공이어서 빗맞고 말았다. 파울볼이었다.

칼라일 코치는 진저리를 치며 양손을 들어올렸다. 그 애는 땅바닥에 방망이를 아무렇게나 던지고 줄 끝으로 갔다.

"나랑 같이 정말 소프트볼팀 입단 테스트에 안 갈래? 야구 대신 말이야."

엘리자베스가 눈부신 햇빛에 눈을 가늘게 뜨고 물었다.

조엘은 고개를 저었다.

"난 깐깐한 코치 신경 안 써. 깐깐한 코치는 더 열심히 움직이게 하지."

"그래, 그럼 행운을 빌어. 나중에 보자."

엘리자베스가 말했다.

조엘은 숨을 몰아쉬고 야구장을 향해 나아갔다.

다음 타자가 1루와 2루 사이로 땅볼을 쳤다. 유격수가 팔을 아래로 내려 공을 잡으려 했지만 글러브가 그라운드에 닿지 않았다. 공은 다리 사이로 곧장 빠져버렸다.

1루수는 그래도 좀 나아 보였다. 공이 그 애 방향으로 날아갔다. 높은 데다 오른쪽으로 치우쳤지만, 1루수는 한쪽 발을 베이스에 올려놓은 채 몸을 쭉 뻗어 그 공을 쉽게 낚아챘다.

'저 애는 진짜 고무밴드처럼 몸이 늘어나잖아.'

조엘은 그 애가 1루수를 놓고 경쟁자가 될 거라고 생각했다.

"이봐, 거기!"

웬 걸걸한 목소리가 소리쳤다.

조엘은 움찔했다. 사실 살짝 놀랐다.

코치가 조엘을 향해 손을 흔들었다.

"소프트볼 입단 테스트는 저쪽 다른 구장에서 한다."

그는 손가락으로 가리키며 말하고는 다시 남자애들 쪽으로 고개를 돌렸다.

조엘은 꿀꺽 침을 삼켰다. 심장이 쿵쾅거렸지만 계속해서 코치를 향해 걸어갔다.

"저, 저기요. 여기 야구부 입단 테스트 받으러 왔는데요."

코치에게 다가가며 조엘이 말했다. 조엘은 손을 내밀었다. 손이 약간 떨렸다.

"저는 조엘 커닝햄이에요."

코치는 고개를 숙여 조엘의 손을 내려다보더니 얼굴을 찡그렸다.

"여긴 남자팀이다. 게임 하고 싶으면 가서 소프트볼 해라. 여자 운동장에서."

몇몇 남자애들이 조엘을 물끄러미 바라보았다. 그중 한 애는 킬킬 웃기까지 했다.

조엘은 손을 슬그머니 떨어뜨렸다.

"저기, 저는 야구선수예요. 미니애폴리스에서 다녔던 학교에서 1루수를 맡았어요."

칼라일 코치는 아무 말도 하지 않았다. 그저 계속 얼굴만 찡그리고 있었다.

"그냥 입단 테스트만 받으면 안 돼요?"

조엘은 침착하려 애쓰며 말했다. 조엘은 자기 실력을 이 남자에게 보여주고 싶어 미칠 지경이었다. 하지만 코치는 고개를 저었다.

"미안하다, 꼬마 아가씨. 여긴 남자 야구팀이야."

"하지만……."

코치는 한숨을 내쉬었다.

"이봐, 미안하다. 정말 미안한데, 난 이런 얘기 할 시간이 없어. 돌봐야 할 팀이 있거든. 공놀이하고 싶으면 페너 선생님한테 가봐."

조엘은 깜짝 놀라 아무 말도 못 했다. 그러거나 말거나 코치는 다시 남자애들에게 성큼성큼 걸어갔다.

'지금은 21세기야. 여자들도 얼마든지 자기가 하고 싶은 경기를 할 수 있다구.'

시대에 한참 뒤떨어진 이런 곳에 부모님은 왜 자기를 데려다놓은 것인지 원망스럽기 짝이 없었다.

난 야구가 하고 싶을 뿐이에요!

"그래도 이해가 안 되는데요."

조엘은 그날 오후 교장선생님을 찾아가 말했다. 조엘은 내내 침착하려 애쓰며, 자기가 왜 야구를 할 수 없는지 설명하는 교장선생님의 말에 귀를 기울였다.

"대체 운동경기가 있는 한, 칼라일 코치는 너한테 입단 테스트를 보게 할 수 없단다."

교장선생님은 같은 말을 반복했다.

"소프트볼은 야구의 대체 경기가 아니에요, 교장선생님."

조엘은 따져 물었다.

"완전 다른 경기라고요."

왜 이 고집불통 교장선생님은 그걸 모르는 걸까?

교장선생님은 책상 위에 서류더미를 꼼꼼하게 쌓아놓았다.

"미안하구나. 하지만 그게 그렇단다."

하지만 교장선생님은 조금도 미안해하는 것 같지 않았다.

"어떻게 그럴 수가 있죠?"

조엘은 중얼거리며 의자에 등을 기대고 팔짱을 끼었다.

교장선생님의 눈썹이 치켜 올라갔다.

"뭐라고?"

"그러니까, 여자애들한테 야구를 허락하지 않는다는 거잖아요? 꼭 암흑시대라든가 뭐 그런 데 온 것 같다고요."

교장선생님은 벗겨진 머리를 문질렀다.

"들어봐라. 그러니까, 음, 네 이름이 뭐라고 했지?"

"조엘요."

"조엘. 누구도 너한테 경기를 할 수 없다고 말한 사람은 없다. 여기 후버에는 좋은 소프트볼 프로그램이 있어. 그리고……."

"그렇지만 저는 소프트볼을 하고 싶지 않아요. 전 야구를 하고 싶어요!"

"이유가 뭐지?"

교장선생님이 물었다.

'왜냐고?' 조엘은 눈을 깜박였다. '남자애들한테 왜 야구를 하고 싶어 하냐고 물어보는 사람 있나?'

"소프트볼에서 얻을 수 없는 무언가를 야구에서 얻을 수 있을지도 모른다고 생각하는 거냐?"

교장선생님이 힘주어 말했다.

"저, 저는 늘 야구를 했어요."

조엘은 더듬거렸다. '이건 말도 안 돼.' 전에는 한 번도 이런 걸 자신에게 설명해본 적이 없었다.

"야구를 더 좋아하는 것 같아요."

교장선생님이 책상 앞으로 몸을 내밀었다.

"그러니까 정확히 뭐를 더 좋아하는데? 남자애들?"

조엘의 입이 떡 벌어졌다. 자기를 남자애들이나 졸졸 쫓아다니는 멍청이라고 생각했단 말인가?

조엘은 주먹을 꽉 움켜쥐었다가 힘을 풀었다.

"저는 야구를 진짜 잘해요, 교장선생님. 말씀드렸던 것처럼 예전에 다녔던 학교에서 1루수를 맡았고요."

"물론 그랬겠지."

교장선생님은 손목시계를 흘끔 들여다보더니 자리에서 일어났다.

"하지만 우리는 훌륭한 선수만 야구팀에 투입하고, 그저 그런 선수를 소프트볼팀에 투입하지는 않는단다. 그렇게는 하지 않지."

조엘은 의자에 앉은 채 몸을 앞으로 내밀었다.

"그건 야구하고 소프트볼이 별개의 운동이기 때문이죠, 안 그런가요?"

이제 걸려들었다!

하지만 교장선생님은 손을 들어 올렸다.

"미안하구나, 조안. 아니, 조엘. 이 지역에선 남자애들은 야구를 하고 여자애들은 소프트볼을 한단다. 여긴 그렇단다."

"하지만 그건 공평하지 않아요!"

"물론 공평하지!"

교장선생님은 의자 등받이에서 윗옷을 집어 올렸다.

"우리는 남자애들과 여자애들한테 똑같은 숫자의 운동경기를 제공해. 우리가 만약 야구팀에서 남자애와 여자애가 함께 경기를 하도록 허용한다면 어떻게 될 것 같으냐?"

교장선생님은 잠깐 멈추었다가 말을 이었다.

"우리는 여자 운동을 없애야 할 거다."

"왜요?"

조엘의 머리는 이제 핑핑 돌고 있었다. 지금까지 들었던 얘기가 도무지 이해가 되지 않았다.

교장선생님이 얼굴을 찌푸렸다.

"잠깐만, 학생. 난 네 태도가 그다지 마음에 들지 않는구나."

조엘은 입을 꽉 다물었다. 교장선생님의 태도도 그다지 마음에 드는 건 아니었다. 하지만 이 사람은 교장선생님이다. 조엘은 그냥 학생이고. 그것도 전학 온 학생.

교장선생님이 시계를 다시 들여다보았다.

"더 이상 얘기할 시간이 없구나. 벌써 회의에 늦었단다. 하지만 네가 운동을 하고 싶다면 페너 선생님께 가서 말하렴. 분명 너를 좋아할 거다."

교장선생님은 문을 열고는 조엘이 문밖으로 나가길 기다렸다.

조엘은 더 이상 교장선생님과 얘기해봤자 아무 소용 없다는 걸 알았다. 진짜 아무것도 건진 게 없었다.
조엘은 까딱 인사하고 문밖으로 나갔다.

* * *

"진짜 안됐다, 조엘."
함께 집으로 걸어가며 엘리자베스가 조엘에게 말을 건넸다.
"있지, 나 경고 먹은 것 같아."
조엘은 툴툴거리며 길바닥의 돌멩이를 발로 찼다.
"그래도 소프트볼은 할 수 있을 거야. 네가 페너 선생님한테 말만 하면, 우선 내일······."
엘리자베스의 말에 조엘은 손을 내저었다.
"여기 사람들은 왜 전부 다 나한테 소프트볼을 시키려고 하는 거지?"
엘리자베스가 우뚝 걸음을 멈추었다.
"미, 미안해."
퍽 상처 받은 표정이었다.
"그냥 도와주고 싶었어."
조엘은 한숨을 내쉬었다. 친구한테 화풀이를 하려던 것은 아니었다. 조엘은 재빨리 얼버무렸다.
"아니, 내가 미안해. 네 잘못이 아니야. 난 그냥 하도 기가 막혀서······ 알지?"

둘은 다시 걷기 시작했다. 조엘이 말했다.

"체육 시간 끝나고 페너 선생님이 말한 거 전부 들었어. 이해가 안 돼. 칼라일 코치님이 입단 테스트 보게 해줄 거라고 난 확신했거든."

엘리자베스는 고개를 저었다.

"딴 사람이라면 몰라도 칼라일 선생님은 안 돼. 그 선생님은 자기 딸이라도 야구 못 하게 할걸."

"딸이 있어?"

조엘이 물었다.

엘리자베스는 어깨를 으쓱해 보였다.

"모르지. 아들은 둘 있어. 둘 다 엄청 귀여워."

그러면서 엘리자베스는 씩 웃었다.

"에릭은 그린데일 고등학교에 다니고, 라이언은 우리 반이야. 라이언은 너랑 같이 사회과목 들어. 오늘 아침 네 뒤에서 라이언 나오는 거 봤는데."

"아……, 그……래?"

조엘은 사회 시간에 들어갔다는 것도 기억나지 않았다. 누가 있었는지는 말할 것도 없고. 머릿속에는 온통 다른 생각뿐이었다.

몇 분 뒤 둘은 조엘의 집에 도착했다. 조엘이 물었다.

"잠깐 들어올래?"

엘리자베스는 시계를 들여다보았다.

"어, 그러고 싶은데, 아빠가 곧 돌아오실 거야. 저녁 준비해야 해."

"너, 요리도 해?"

깜짝 놀라 조엘이 물었다.

"조금. 그럭저럭 할 만해. 그냥 아빠하고 내가 먹는 거니까. 내가 요리를 좋아하거든."

엘리자베스가 대답했다.

엘리자베스에게 형제자매가 없다는 건 알았지만 엘리자베스 엄마에 대해선 아는 게 없었다. 엄마가 보이지 않았지만 엘리자베스는 그 이유를 결코 말하지 않았다.

"내일 보자."

엘리자베스가 손을 흔들었다.

조엘은 고개를 끄덕이며 열쇠를 집어넣었다. 문을 밀고 안으로 들어섰다.

여기는 확실히 집처럼 느껴지지 않았다. 너무 낯설다. 그리고 너무…… 하얗다. 방마다 모조리 하얀 색인 데다 베이지색 카펫이 깔려 있다. 이삿짐 상자를 치우고 그림을 걸고 종이로 만든 1회용 햇빛가리개 대신 커튼을 달면 좀 나아질 거다.

하지만 정말 그럴지 조엘은 확신이 가지 않았다.

조엘은 배낭을 복도 바닥에 내동댕이치고 테니스화를 휙 벗어던졌다. '뭐 이런 날이 다 있담!' 조엘은 거실로 가 소파에 몸을 털썩 떨어뜨렸다. 그러고는 이삿짐 상자 위에 발을 올렸다.

"우리, 여기서 아주 잘살 거야. 있지, 조엘. 네 아빠하고 난 둘 다 그린데일처럼 작은 마을에서 자랐어. 일단 익숙해지면 이런 데서 사는 게 얼마나 좋은지 알게 될 거야."

지난주에 엄마는 그렇게 말했었다.

조엘은 미니애폴리스에 있는 친구 에릭을 생각했다. 에릭은 지금 이 시간에 아마 야구 연습을 하고 있을 거다. 조엘의 오빠 제이슨도. 오빠는 대학에 다니고 있다. 하지만 미니애폴리스에 살고 있었다면, 적어도 주말에는 오빠를 볼 수 있었을 텐데. 이제는 연휴 때나 오빠를 볼 수 있을 거다. 그래도 부모님은 그다지 마음 쓰지 않는 것 같았다.

엄마는 조엘에게 말했었다.

"제이슨은 열아홉 살이야. 이제 스스로 자기 인생을 꾸려가야지. 너도 여기서 네 길을 찾아야 할 거고. 두고 봐야지."

하지만 야구를 할 수 없다면 여기서는 자신을 위한 길은 없다는 생각이 들었다.

조엘은 어슬렁어슬렁 위층 자기 방으로 올라갔다. 아직 풀지 않은 상자는 두어 개뿐이었다. 대부분 잡동사니들로, 오빠가 학교에 다니기 위해 이사 갈 때 가져가지 않고 옛날 방에 남겨두었던 것들이다. 낡은 우승기, 야구공 모양의 저금통, 주(州) 박람회에서 얻었던 커다란 바나나 모양의 장식품.

조엘은 침대에 몸을 던지고는 침대 옆 탁자 위, 시계 옆에 늘 놓아두는 야구공을 들어 올렸다. 2년 전, 주 대항 경기 때의 홈런 볼이다. 오빠가 치고 조엘이 관중석에서 잡았던 그 홈런 볼!

정말 멋지게 잡았다! 물론, 조엘은 오빠가 경기할 때마다 유격수

뒤쪽 자리에 앉았다. 오빠의 홈런이 늘 유격수의 머리를 넘어간다는 걸 아니까. 그렇다 할지라도, 오빠가 플레이오프 경기 중에 조엘이 자리 잡은 곳으로 홈런을 칠, 게다가 조엘이 그 공을 잡을 확률은 수천억 분의 1쯤 될 것이다.

조엘은 손가락으로 공의 박음질 부분을 따라 어루만졌다. 남부 미니애폴리스에서는 모두가 제이슨 커닝햄과 여동생 조엘을 알았다. 하지만 여기서는 그렇지 않다. 슬며시 외로움이 밀려왔다. 조엘은 지금 당장 오빠한테 죄다 말하고 싶었다. 매일 그랬던 것처럼.

순간 조엘은 후다닥 자리에서 일어났다. '참, 오빠한테 전화하면 되지!'

조엘은 침대에서 폴짝 뛰어내려 복도를 지나 부모님 방으로 허겁지겁 달려갔다. 이삿짐 상자를 요리조리 피해 마침내 방바닥에 놓인 전화기를 찾았다.

오빠의 전화번호를 누르는 것만으로도 기분이 나아졌다. 오빠는 조엘이 야구를 얼마나 좋아하는지 잘 안다. 어떻게 하면 그 코치의 마음을 바꿀 수 있을지, 어쩌면 오빠는 그 방법을 알지도 모른다.

하지만 전화벨이 세 번, 네 번, 다섯 번 울리고 그러다 자동응답기가 켜졌다.

"안녕, 우린 둘 다 집에 없어요. 아니면 바쁘든가……."

생소한 목소리가 말했다. 분명 제이슨 오빠 목소리는 아니었다.

"메시지를 남겨주세요. 연락할게요."

조엘의 심장이 덜컥 내려앉았다. 오빠에겐 자기랑 얘기하는 것보다 훨씬 중요한 일이 있는 모양이었다. 조엘은 아무 말도 남기지 않고 전화를 툭 끊었다.

* * *

"자, 모두들 오늘 하루 어땠어?"

세 식구 모두 식탁에 둘러앉자 아빠가 꽤 유쾌하게 물었다. 식탁 한가운데 있는 테이크아웃 음식 상자에서 김이 모락모락 올라왔다. 살펴볼 필요도 없이, 조엘은 그게 국수와 브로콜리가 들어간 소고기 요리란 걸 알았다.

"좋았죠. 자리에 앉은 지 10분도 채 안 됐는데 노린이 내 책상 위에 서류 더미를 잔뜩 내려놓더라고요."

조엘의 엄마는 법률사무소에서 일한다. 오늘은 새 직장에서의 첫날이었다. 조엘의 아빠는 '베어푸드'라는 가게를 운영한다. 미니애폴리스에서 아빠의 관리자로 있던 사람이 그린데일에 있는 자기 가게를 아빠에게 넘겼다. 그래서 식구들이 여기로 이사를 온 것이다.

"마음에 들어. 여섯 시에 집에 있으니 진짜 좋은데."

아빠가 국수를 먹으며 말했다.

"출퇴근 시간도 줄었고."

엄마가 웃으며 말했다. 그러면서 조엘에게 밥을 건넸다.

"조엘, 넌 어때? 오늘 어땠어?"

"너희 새 야구팀은 어떻든?"

아빠가 다시 물었다.

"알 수 없죠. 코치가 근처에 있지도 못하게 하던걸요."

조엘은 밥을 집어 들며 뚱하니 말했다.

아빠의 젓가락이 입으로 가다 중간쯤에서 딱 멎었다.

"뭔 말이냐? 코치가 근처에 오지도 못하게 했다고? 팀에 들어갔지, 그렇지?"

조엘은 고개를 저었다.

"입단 테스트도 못 봤어요."

"뭐?"

아빠가 놀라 물었다.

"왜?"

엄마도 물었다.

조엘은 어깨를 으쓱하고는 접시에 브로콜리와 고기를 담았다.

"후버에 소프트볼팀이 있는 한, 난 야구를 할 수가 없대요."

조엘이 음식 접시를 식탁 위에 털썩 내려놓자 손목에 갈색 소스가 튀었다.

아빠는 콧잔등에 걸린 안경을 살짝 들어 올렸다.

"농담이지?"

조엘은 손목에 튄 소스를 핥아 먹었다.

"내가 축구를 하고 싶다면, 여자축구팀이 없으니까 입단 테스트를 보게 해준대요. 하지만 후버 중학교엔 소프트볼팀이 있어서 야구부 입단 테스트를 볼 수가 없대요."

"그게 뭔 소리야? 소프트볼하고 야구는 같은 운동이 아니야."

"나도 그렇게 말했어요."

조엘은 페너 선생님, 칼라일 코치 그리고 교장선생님이 했던 말을 모조리 부모님에게 들려주었다.

"모르겠어요. 교장선생님이 그러는데 여자애들한테 야구를 허락하면, 그러고 나면 여자 운동이 없어질 거래요. 그게 말이 돼요?"

"저런, 난 모르겠다. 교육위원회라든가 교육감한테 얘기를 해봐야겠다."

아빠가 말했다.

"그 사람이 학교 방침을 만드는 사람이에요?"

조엘이 물었다.

"기본적으로 그렇지. 적어도 방침을 시행하지."

조엘은 생각에 잠긴 채 음식을 씹었다.

"알았어요. 그렇다면 교육감한테 직접 말을 해봐야겠어요. 소프트볼하고 야구가 다르다는 걸 잘 설명해주면, 그러면 야구를 하라고 허락하겠죠, 그쵸?"

"잠깐만, 조엘. 네가 교육감을 만나러 가도 괜찮을까?"

엄마가 말했다.

"안 될 게 뭐가 있어요?"

"그래, 안 될 게 뭐가 있어?"

아빠도 따라 물었다.

"우린 여기 새로 이사 왔어. 게다가 여기는 작은 마을이야. 우리가 교육감 사무실에 달려가 불평을 해댄다면 남들이 어떻게 보겠어?"

엄마가 차분히 말했다.

"조엘이 진짜 야구를 하고 싶어 하는구나 생각하겠지."

아빠가 입가를 닦아내며 덧붙였다.

"이곳에서는 여학생이 야구를 할 수 없다는 방침이 있다면, 우리가 학교를 상대로 절대 이길 수는 없을 거야. 더 높은 사람을 찾아가야겠지."

"야구 못 하게 하는 마을에서 난 살 수 없어, 엄마."

조엘의 말에 엄마는 한숨을 쉬었다.

"야구가 너한테 중요하단 건 알아, 얘야."

그러고는 아빠를 바라보며 말을 이었다.

"조엘의 말이 맞을지도 몰라요. 교육감한테 말한다고 해서 특별히 나쁜 영향을 미칠 것 같지는 않아요. 난 다만 사람들한테 나쁜 인상을 주기 싫어요. 사람들은 우리를 모르잖아요. 그리고……."

"바로 그게 문제예요. 사람들이 나를 알기만 하면, 아니 오빠를 알기만 하면, 나한테 야구 하지 말라는 소리를 못 할 거라고요."

조엘이 불쑥 끼어들었다.

"교육서비스센터가 우리 가게에서 조금 내려가다 보면 있는 것 같던데. 이번 주에 시간 되면 내가 가볼게. 그럼 되겠지, 조엘?"

아빠가 물었다.

'이번 주에 시간 되면? 그때쯤이면 야구부 입단 테스트는 이미 끝난다고요!'

허송세월할 시간이 없었다. 당장 야구부에 들어가야 하니까.
"그냥 제가 혼자 가봐야겠어요. 내일 학교 수업 끝나고."
"너 혼자서?"
엄마는 브로콜리 조각을 먹다가 사레가 걸릴 뻔했다.
"네. 제가 뭐 꼬맹이인 줄 아세요?"
조엘은 어깨를 으쓱했다.
"여보, 난 조엘이 할 수 있다고 봐. 그린데일은 미니애폴리스가 아니야. 사실, 이런 식이 훨씬 나을지도 몰라. 자기 일은 자기가 알아서 하게 두자고."
엄마는 잠깐 생각에 잠겼다. 그러다 마침내 허락했다.
"좋아. 작은 마을에 사는 또 다른 이점은 조엘이 독립심을 훨씬 많이 가질 수 있다는 거겠지."
"맞아. 교육감이 그 방침을 다시 한 번 살펴보게 한다면…… 조엘, 넌 해낼 수 있어."
아빠가 웃으며 조엘을 바라보았다.
조엘은 아빠의 목소리에 가득한 자부심에 씩 웃음이 나왔다. '맞아, 나는 할 수 있어.'
조엘은 터무니없는 것을 요구하는 게 아니었다. 야구를 할 기회를 달라는 것뿐이었다.

고무밴드 녀석과 마주치다

다음 날 아침, 자명종이 귀를 뚫을 듯 울려댔다. 조엘은 낑낑거리며 몸을 웅크렸다. 자명종을 집어 던지고 싶은 마음이 굴뚝같았지만 그렇다고 아침 운동을 빼먹을 수는 없었다. 아직 후버 중학교의 정식 야구부원은 아니지만 몸을 다져둬야 했다.

조엘은 자명종을 끄고 늘어지게 하품을 한 다음 침대에서 부스스 기어 나왔다. 그러고는 운동복과 오빠의 낡은 미네소타 트윈스(미네소타 주 미니애폴리스에 홈구장을 둔 미국 프로야구팀 중 하나-옮긴이) 유니폼을 입었다. 오렌지 주스 한 잔을 후다닥 마시고 앞마당에서 서너 번 몸을 푼 다음 출발했다.

그린데일은 시내가 그리 넓지 않았다. 미니애폴리스와 비교하면 그렇다. 그래도 시내 한가운데에 잔디밭이 있었다. 아빠는 그게 타운스퀘어라고 그랬다. 조엘은 그곳으로 향했다.

시내로 달려가는 내내 태양이 조엘의 등을 비추었다. 굵은 아침이슬이 잔디와 자동차 앞유리를 덮고 있었다. 상쾌하고 깨끗한 냄새가 묻어나는 날이었다.

'이것도 그린데일로 이사 와서 좋은 점이네. 여기가 확실히 더 포근해. 우리가 미니애폴리스를 떠났을 땐 땅에 아직도 눈이 남아 있었는데…….'

조엘은 우체국과 빵집을 그냥 지나쳤다. 갓 구운 도넛의 향긋한 냄새를 맡으니 입안에 침이 가득 고였다. '나중에 먹어야지.'

조엘은 타운스퀘어 주위를 가볍게 달렸다. 아빠 가게는 중심가 쪽으로 두어 블록 지나면 있다. 작은 공원 입구를 뛰어 지나가는데, 공원 한가운데 회색 동상이 조엘의 시선을 사로잡았다. 바닥에 앉아 있는 남자 동상인데, 주먹으로 턱을 괴고 있었다. 뭔가를 열심히 생각하는 듯했다.

조엘은 그 동상을 보느라 앞 모퉁이를 돌아 자기처럼 조깅하며 앞으로 달려오는 사람을 미처 알아보지 못했다.

"이봐, 조심해!"

그 남자가 외쳤다.

"어머나!"

조엘은 깜짝 놀라 옆으로 물러섰다.

조엘을 향해 달리던 소년은 몸을 약간 비틀며 부딪히지 않으려 안간힘 썼다. 소년은 회색 후버 중학교 체육복을 입었는데 조엘 또래쯤 되어 보였다.

"미안."

조엘이 사과했다. 소년은 다시 몸의 균형을 잡고 조엘을 지나쳐 달려갔다. 그러면서 어깨 너머로 소리쳤다.

"괜찮아."

조엘은 이마에 묻은 땀방울을 닦아내고 그 소년을 다시 돌아보았다. 낯익은 듯했다. 키가 크고 금발에, 앞쪽은 길게 뒤쪽은 짧게 친 머리. 순간, 떠올랐다. 어제 야구부 입단 테스트 때의 고무밴드 녀석, 1루를 맡았던 녀석이다. 조엘의 포지션!

조엘은 얼굴을 찌푸리며 계속 달렸다. 지금 당장은 그 문제를 생각하지 않기로 했다.

30분쯤 지나 집에 도착하니 엄마, 아빠는 이미 출근 준비를 마치고 식탁에 앉아 신문을 읽고 있었다. 갓 내린 커피 향이 부엌 안에 가득했다.

"와우, 엄마 아빠가 옛날에는 아침에 이렇게 여유 부린 적 없잖아요?"

조엘이 말을 건네며 오븐 손잡이에 걸려 있던 수건을 가져다 얼굴을 문질렀다.

"전에는 시간이 전혀 없었으니까."

아빠가 말했다.

"출근하는 데 45분도 안 걸리는걸."

엄마가 덧붙여 말하며 고개를 흔들었다.

"조엘, 제발 행주로 땀 좀 닦지 마!"

"빨래통에 넣을게요."

조엘은 위층으로 가 샤워를 하고 옷을 갈아입었다.

부엌으로 내려오니 부모님은 막 나갈 참이었다. 아빠가 말했다.

"조엘, 오늘 내 스케줄을 확인했다. 학교 수업 끝나고 한 시간 정도 시간이 있을 것 같다. 교육감 사무실에 같이 갈까?"

"그러실 필요 없어요. 저 혼자 할 수 있어요."

조엘은 시리얼을 먹으며 말했다.

"정말이니?"

엄마가 물었다. 약간 미심쩍어하는 목소리였다.

"정말이에요."

"좋아. 내가 위치를 적어뒀다."

아빠는 조엘에게 종이쪽지 한 장을 내밀었다.

"교육감 사무실은 그린데일 교육서비스센터에 있어. 타운스퀘어에서 한두 블록 떨어져 있지."

조엘은 고개를 끄덕였다.

"알았어요. 고마워요, 아빠."

"그럼 잘해봐, 우리 딸."

엄마는 문께로 나아가며 조엘의 머리에 입을 맞추었다.

"그리고 흥분하면 안 돼. 알았지?"

"알았다고요, 엄마."

조엘은 눈을 흘겼다.

부모님이 나가고 난 후, 조엘은 《그린데일 가제트》의 스포츠면을 펼쳤다. 지면이 참 좁았다. 《미니애폴리스 트리뷴》 같지 않았다. 하지만 조엘은 미네소타 트윈스가 어제 시즌 전 시범경기를 어떻게 치렀는지 궁금했다. 조엘은 데이브 힐머라는 조지아 출신의 신입 선수를 눈여겨보고 있었다. 조엘은 올 시즌에 이 선수가 크게 성공할 거라고 확신했다. 하지만 오빠는 어림없다고 말했다. 그래서 조엘은 더더욱 관심이 갔다.

조엘은 시리얼을 입으로 떠 넣으며 아이오와 주립대학의 호크아이 팀에 대한 기사를 몇 개 훑었다. 호크아이 팀은 분명 이 부근에서 큰 관심사였다. '좋아, 그런데 미네소타 트윈스는 어디 있지?' 그런 의미에서 이 신문은 아무짝에 쓸모가 없다. 흠, 그린데일이 마음에 안 드는 또 한 가지 이유다.

'가만있어보자.' 조엘은 약간 몸을 곧추 세웠다. 미니애폴리스 신문은 절대 중학교 야구 팀 얘기를 싣지 않았다. 하지만 이웃 지역 《프리 프레스》는 달랐다. 그 신문은 작년에 조엘의 야구팀에 관한 몇 가지 기사를 실었다. 조엘의 타율도 거기 실렸었다. 문득 머릿속에 무언가가 퍼뜩 떠올랐다.

조엘은 그 기사 하나하나를 다 모아두었다. 깔끔하게 정리한 다음, 끈으로 묶어서 예쁜 구두상자에 넣어두었다. 그 구두상자가 어느 이삿짐 박스에 들어 있는지 조엘은 확실히 알고 있었다. 오늘 오후 교육감 사무실에 그 신문 스크랩을 가져간다면, 교육감은 조엘이 얼마나 야구를 잘하는지 알게 될 거다. 그리고 그럴 거라면, 작년부터 모아둔 오빠의 기사도 몇 개 가져가는 게 좋을지도 모르겠다. 그렇게 하면 훌륭한 야구선수의 유전자가 우리 가족의 피에 흐르고 있다는 걸 보여줄 수 있으리라.

아침을 채 다 먹기도 전에, 조엘은 의자를 뒤로 밀고 위층으로 성큼성큼 뛰어 올라갔다.

* * *

"뭐 하러 간다구?"

함께 학교로 걸어가는데 엘리자베스가 물었다.

조엘은 클라리넷 가방을 다른 쪽 어깨로 바꿔 맸다.

"오늘 수업 끝나고 교육감 사무실에 가서 내가 야구를 하려면 어떻게 해야 하는지 알아볼 거야. 같이 갈래?"

"안 돼. 소프트볼 해야 돼."

"참, 그렇지. 맞아, 너도 야구로 종목을 바꿔보는 게 어때?"

조엘은 엘리자베스를 슬쩍 넘겨다보았다. 엘리자베스의 눈이 휘둥그레졌다.

"내가?"

"그래, 왜 안 돼? 너, 팔 끝내주잖아."

엘리자베스는 고개를 저었다.

"고마워, 조엘. 하지만 난 괜찮아."

조엘은 배낭을 뒤져 신문 기사 스크랩을 찾았다.

"있잖아, 보여줄 게 있는데. 나, 예전 학교에서……."

하지만 조엘이 미처 말을 끝마치기도 전에 바람이 씽 불어와 신문 기사 한 장을 날려 보냈다.

"어머나!"

조엘은 신문을 쫓아 잔디밭을 가로질러 도로로 달려갔다. 신문을 집으려고 손을 내미는 순간 자전거 한 대가 끽 하고 조엘의 손을 막았다.

조엘은 고개를 들었다.

'오, 안 돼!' 또 그 소년이었다. 아침에 조깅할 때 부딪힐 뻔했던 고무밴드 녀석.

고무밴드도 조엘을 알아보았다.

"또 너니?"

조엘의 뺨이 붉어졌다.

"그래, 또 나다."

엘리자베스가 후다닥 달려왔다.

"괜찮아?"

"당연히 괜찮지. 내가 안 쳤으니까."

소년이 대답했다. 그러고는 조엘을 향해 고개를 절레절레 저으며 말했다.

"너, 진짜 외계인이구나."

'외계인이라고? 내가?' 조엘은 신문 스크랩을 얼른 주워 일어나며 말했다.

"천만에 말씀."

조엘은 고무밴드와 키가 거의 비슷했지만 지금 이 순간 자기가 엄청 작게 느껴졌다.

한 줄기 바람이 고무밴드의 머리에 잔물결을 일으켰다.

"맘대로 생각해."

그는 그렇게 말하고는 자전거를 밀며 페달을 밟았다.

"제대로 보고 다녀야지!"

조엘은 고무밴드를 향해 소리쳤다. 하지만 고무밴드는 이미 모퉁이를 돌아 사라진 뒤였다.

"기사 찾았어?"

다시 인도로 올라서며 엘리자베스가 물었다.

"응."

조엘은 기사를 들어 올리며 말했다.

"그런데 저 애 누구니? 계속 저 애랑 마주쳐."

엘리자베스의 눈이 휘둥그레졌다.

"너, 몰라?"

"좀 봐주라. 난 여기 얼마 전에 이사 왔잖아."

"라이언 칼라일이야. 칼라일 선생님 아들."

엘리자베스가 대답했다.

동지를 찾아라

"안녕, 조엘. 어제 너 입단 테스트 보러 안 왔더라."

사물함 세 개 건너편, 한 여자애가 싱긋 웃으며 조엘을 보았다.

조엘은 그 애가 누군지 생각나지 않았다. 하지만 금방 그 애를 알아보았다. 체육 시간에 보았던 그 말총머리 브루크. 하지만 오늘 브루크는 운동복에 티셔츠 대신, 검정색 짧은 치마에 최신 유행의 블라우스를 입었다. 예쁘장한 얼굴 주위로 살짝 웨이브 진 머리칼이 흘러내렸다.

그 애의 모든 게 '잘나가는 소녀'라는 걸 부르짖고 있었다. '그런데 왜 이런 애가 나한테 말을 거는 거지?'

"참, 조엘. 이 애는 브루크 하틀이야. 기억 안 나? 우리 소프트볼 팀 공동 주장이지."

엘리자베스가 조엘 뒤에서 튀어나오며 말했다.

브루크는 그렇게 차려입으니 전혀 운동선수처럼 보이지 않았다.
"아, 그래. 체육 시간에 봤어. 안녕!"
조엘은 고갯짓으로 인사를 건네며 사물함을 닫았다.
브루크는 조엘의 클라리넷 가방을 흘낏 보았다.
"보아하니 너도 밴드부일 것 같네. 다음 시간에 거기 가는 거지, 그치?"
조엘은 시간표를 더듬어 찾았다.
"맞아. 밴드부실은 저쪽이지."
엘리자베스가 대신 대답하고는 조엘을 향해 돌아서 복도 아래쪽을 가리켰다.
"어떻게 됐어? 소프트볼 입단 테스트에 안 왔잖아."
브루크는 조엘 그리고 엘리자베스와 함께 걸었다.
"말했잖아. 난 야구 해."
조엘이 담담하게 말했다.
"방과 후에 칼라일 코치한테 가서 물어봤어."
엘리자베스가 덧붙였다.
"와우."
브루크는 좀 놀란 듯했다.
"그 선생 깐깐해. 뭐래?"
"뭐라고 했겠니?"
엘리자베스가 툴툴거렸다.
"'안 돼!' 그랬겠지. 정말 안됐다. 그러니까, 페너 선생님한테 가서 우리 팀에 들어올 수 있냐고 물어볼 거지?"

브루크가 어림잡아 말했다.

"아니, 교육감한테 가서 말할 거래."

조엘이 미처 대답하기 전에 엘리자베스가 말해주었다.

"정말? 그래, 좋겠다. 야구 하면 근사할 거야!"

브루크가 부러움이 담긴 얼굴로 조엘을 바라보았다.

"정말 그렇게 생각해?"

조엘이 물었다. 조엘은 왠지 모르게 브루크처럼 생긴 여자애들은 야구를 하고 싶어 하지 않을 것 같다는 생각이 들었다. 하지만 보이는 게 다는 아니니까.

"나랑 같이 갈래? 너도 하고 싶으면 교육감한테 말할 수 있어."

조엘은 생각했다. '야구 하고 싶은 여자가 한 명 더 있으면 좀 더 든든할지도 몰라.'

"그래. 저 귀여운 남자애들 전부하고 같이……."

브루크는 손가락으로 턱을 톡톡 두드리며 생각해보는 체했다.

'귀여운 남자애들?' 조엘은 움찔했다.

"미안하지만, 안 돼."

브루크는 이어 말했다.

"내가 챙겨야 할 소프트볼 팀원들이 있어."

'그래. 넌 소프트볼이나 해.' 조엘은 생각했다.

브루크는 여자 화장실 앞에서 걸음을 멈추었다.

"머리 좀 고쳐야겠다. 완전 엉망이야. 누구 같이 들어갈 사람?"

조엘은 슬쩍 곁눈질로 보았다. 오른쪽 머리칼 서너 개가 조금 삐져나와 있었다.

'대단한 위기의 순간이로군.'

아니꼬웠지만 브루크에게는 남들의 시선을 잡아끄는 무언가가 분명 있었다.

"아니, 우린 밴드부실에 미리 가야 해. 조엘은 코코란 선생님을 만나야 하거든."

"그래."

브루크는 뒤를 돌아보았다.

"참, 조엘. 교육감하고 얘기가 잘 안 돼도, 소프트볼팀이 있다는 걸 기억해."

"고마워."

조엘의 얼굴 위로 미소가 지나갔다. 소프트볼을 하는 일은 절대 없을 거다. 특히 저런 여자팀에서는 말이다.

브루크가 화장실로 사라지자, 조엘은 엘리자베스에게 물었.

"쟤 진짜야? 팀 주장으로는 어울리지 않는 것 같은데."

엘리자베스가 답했다.

"저 애가 소프트볼 하는 거 못 봤잖아. 끝내줘. 그냥 다 쳐. 게다가 사람들을 끌어 모으는 재주가 있어. 진짜 끝내주는 주장이야."

'그렇겠지.' 조엘은 브루크가 얼마나 잘났는지 따윈 전혀 신경 쓰이지 않았다. 그 애는 퍽 위선적으로 보였다. 그 애를 보면 앰버 피츠하고 카리 로가 떠올랐다. 미니애폴리스에서 유명한 속물들.

조엘은 엘리자베스를 따라 악기 창고로 갔다. 벌써 어슬렁거리는 애들, 수다 떨며 악기를 조율하는 애들이 꽤 있었다.

엘리자베스는 바리톤 연주자 사이로 자기 자리를 찾아갔다.

"여기가 우리 물건 놓아두는 곳이야."

엘리자베스가 한쪽 벽을 따라 늘어선 벽장에 교과서를 집어넣으며 말했다. 반대편 벽에는 악기 선반이 줄지어 있었다. 엘리자베스는 꼭대기 선반에서 플루트 케이스를 집어 들고는 방 한가운데 놓인 탁자로 걸어가 악기를 조립했다.

조엘은 클라리넷 케이스를 열고 리드를 입에 넣어 촉촉하게 했다. 바로 그때 누군가 드럼채로 톡톡 치는 게 느껴졌다.

조엘은 고개를 확 돌렸다. 라이언! 그 고무밴드, 코치 아들이 조엘을 향해 드럼채를 흔들고 있었다.

"안녕, 외계인!"

'다시는 절대 안 돼.' 조엘은 속으로 종알거리며 등을 돌렸다. 왜 자꾸 저 애랑 부딪치는 걸까?

어쨌거나 조엘은 엘리자베스와 함께 밴드부실로 들어가며 라이언에 대해선 깡그리 잊어버렸다.

"여기 엄청 넓다!"

놀라웠다. 미니애폴리스의 밴드부실보다 두 배 정도 됐다. 돌아다니는 애들도 훨씬 많고.

엘리자베스가 말했다.

"그린데일에서는 밴드부가 진짜 커. 작년에 입학한 학생 중 절반

이상이 밴드부야."

"전교생의 절반? 와우!"

조엘은 깜짝 놀랐다.

"자, 자, 여기 새 클라리넷 연주자이시니가 보구나."

덩치 큰 남자가 부산스레 조엘을 맞았다.

"난 코코란 선생이다. 1학년 밴드부 담당이지. 조엘, 맞지?"

코코란 선생님이 조엘의 손을 잡고 마구 흔들어댔다.

어쩔 수 없이 코코란 선생님의 콧수염에 자꾸 시선이 갔다. 그가 말을 내뱉을 때마다 수염이 펴졌다 말렸다 하는 것 같았다.

"네."

조엘이 대답했다.

바로 그때, 얼핏 보니 브루크가 바순을 들고 오는 것이 보였다.

'브루크 하틀이 바순을?' 조엘의 생각으로 바순은 잘나가는 소녀의 악기가 아니었다.

"우리 모두 환영한다, 조엘. 미안하지만 지금 당장은 클라리넷 주자 맨 끝에 네 위치를 잡아야겠다. 하지만 이번 학기 오디션이 다음 주에 있으니까, 더 좋은 자리를 차지하게 될지도 모르겠구나."

코코란 선생님이 웃으며 말했다.

"아니, 괜찮아요. 전 그리 잘하지 못하거든요. 정말이에요."

조엘은 힘주어 말했다. 조엘에게 엄청난 음악적 재능 같은 게 있다는 괜한 희망을 코코란 선생이 가지면 곤란하니까. 제이슨 오빠는 1학년을 마치고 밴드부를 그만두었다. 조엘도 아마 그럴 것 같았다.

조엘은 클라리넷 세 번째 줄로 올라가 자기 악보대로 향했다. 갈색 머리 여자애가 몸을 움직여 자리를 내주었다.

"안녕. 이제 내가 꼴찌가 아니네."

그 애는 활짝 웃으며 조엘에게 인사를 건넸다.

"초등학교 4학년 때부터 클라리넷을 불었는데 난 늘 마지막 자리야. 왜 그런지 모르겠어. 그렇게 형편없지는 않은데. 하지만 오디션 보고 나면 네가 앞자리로 가고 난 또 마지막 자리로 밀리겠지."

"그럴 일 없을걸."

조엘은 자리에 앉아 무릎 위에 클라리넷을 올려놓았다. 그러고는 마우스피스에 리드를 조여 넣었다.

"예전 학교에서는 끝에서 두 번째였어."

"정말? 다행이네. 난 카일리야. 카일리 로빈슨."

카일리가 손을 내밀었다.

"미안, 내가 좀 수다스러웠지? 난 《에코》에 있어. 알지, 학교신문? 사람들한테 말 안 하면 얻을 수 있는 건 아무것도 없어. 그러면서 사람들은 신문이 따분하다고 불평이야. 이름이 뭐니?"

"조엘."

"조엘?"

카일리는 잠깐 생각에 빠졌다.

"어머, 네가 어제 야구부에 들어가려고 했던 애니?"

"이 동네, 뉴스 한번 확실히 빠르네."

조엘이 중얼거렸다.

카일리는 어깨를 으쓱해 보였다.

"참나, 여긴 작은 학교야. 나한테 말했다면 야구 하지 말라고 말렸을걸. 내 말은, 우리 야구부 애들 아주 형편없어. 네가 야구부에 들어간다고 해도 더 형편없어질 건더기도 없다구. 내 손에 장을 지지지! 그러니까 내가 물어보고 싶은 건 그 오합지졸 팀에 왜 끼고 싶어 하는 건데?"

"음……."

조엘이 입을 열었다. 하지만 카일리는 말할 기회를 많이 주지 않았다.

"소프트볼팀은 나쁘지 않아. 하지만 야구팀은 지난 시즌에 1승밖에 거두지 못했어."

"1승?"

'세상에!'

클라리넷 두 번째 줄에 앉아 있던 여자애가 뒤돌아보며 말했다.

"1승도 못 했어."

이번엔 빨간 머리 남자애가 호른 파트를 향해 물었다.

"너희, 야구팀 얘기하는 거야? 참나, 걔네들 완전 루저(loser)야. 형편없다구."

아이오와 호크아이 셔츠를 입은 남자애가 베이스드럼을 탕 두드렸다.

"이봐! 누구보고 루저라고 하는 거야?"

"그래. 이번 시즌에는 좀 나을 거야."

라이언이 악기들 사이에서 불쑥 큰 소리로 말했다. 라이언은 조엘을 흘끗 쳐다보더니 당황한 듯 시선을 거두었다.

"그래, 올해엔 두 번 정도 이기길 바라나 보지!"

빨간 머리 남자애가 말했다.

"장담하는데 조엘만 끼워주면 두 번은 이길 거다."

엘리자베스 옆, 금발의 자그마한 플루트 연주자가 말했다. 체육 시간에 그 애를 본 것 같았다.

베이스드러머가 콧방귀를 뀌었다.

"아무리 그래도 여자를 우리 팀에 넣는다는 건 말도 안 되지. 더 엉망이 될걸."

"여자가 너희 팀에 있으면 뭐가 문젠데?"

조엘이 물었다. 미니애폴리스의 예전 학교에서는 그따위 말을 한 사람이 없었다. 조엘 커닝햄에 대해서도.

드러머는 그저 눈을 희번덕거릴 뿐이었다.

조엘에게는 다행스럽게도, 코코란 선생님이 들어와 악보대에 지휘봉을 탁탁 두드렸다. 금세 모두가 입을 다물었다.

'여기 남자애들 전부 언제 저런 말을 했었나 싶을걸. 일단 내가 자기들 멍청이 야구팀에 들어가기만 하면 말이야.' 조엘은 생각했다.

교육감님, 부탁드려요

방과 후 교육서비스센터를 찾아가는 길은 그리 어렵지 않았다. 거리 한가운데 낡은 벽돌 건물 앞 표지판에 그린데일 교육서비스센터라고 적혀 있었다.

조엘은 어깨에 멘 배낭을 한번 추스르고 나서 육중한 문을 당겨 안으로 들어갔다. 벽면 안내판을 보니 교육감 사무실은 3층이었다. 조엘은 계단을 터벅터벅 걸어 올라갔다.

보아하니 이 건물은 오래전에 학교였던 게 분명했다. 오래된 콘크리트 벽에 창문 달린 문이 있고 낡은 학교 냄새가 났다.

계단은 3층에서 끝났다. 교육감 사무실은 복도 건너편에 있었다. 조엘은 문에 적힌 이름표를 읽었다.

마거릿 홀랜드, 교육감.

세상에 이런 행운이! 그린데일 교육감은 여자였다!

'좋았어! 여자라면 분명 내 편일 거야.'

조엘은 문을 열고 밝은 빛이 비추는 사무실로 들어섰다. 자그마하고 가냘픈 여자가 방 한가운데 커다란 책상에 앉아 있었다. 하얀색의 평범한 블라우스에 파란 색의 비즈목걸이를 했다.

"무슨 일이니?"

비서인 듯한 여자가 조엘에게 물었다.

"저기요, 그러니까……"

홀랜드 부인이라고 해야 할지, 아니면 홀랜드 교육감님이라고 해야 할지 몰라 조엘은 잠시 머뭇했다.

"저기, 교육감님을 만나러 왔는데요."

조엘의 말에 여자는 웃지도 않고 눈만 깜빡였다.

"약속을 잡은 거니?"

약속이라고? 조엘은 약속 잡는 걸 생각도 못 했다.

"아, 아뇨. 그럼 좀 기다릴게요."

조엘은 재빨리 덧붙여 말하며 비서의 책상 맞은편 갈색 벤치를 보았다.

"시간 나실 때까지 기다릴게요."

조엘은 필요하다면 오후 내내, 밤까지도 기다릴 작정이었다.

비서는 입술을 비죽거리며 전화기를 들어 올렸다.

"홀랜드 교육감님 시간이 어떠신지 확인해볼게."

조엘은 벤치에 앉았다. 그러고는 배낭을 열어 신문 기사와 그날 아침 내내 모은 기록표를 꺼냈다.

"여기 교육감님을 만나고 싶어 하는 학생이 있는데요."
비서는 조엘을 흘끗 바라보며 수화기를 입에서 멀리 밀었다.
"이름을 다시 알려주겠니?"
"조엘 커닝햄요. 왜 왔냐면……."
비서는 고개를 저으며 조엘에게 조용히 하라고 손짓했다.
"네, 알겠습니다."
비서는 전화를 끊고 안쪽 사무실을 가리켰다.
"들어가봐."
조엘은 벌떡 일어났다.
"와! 감사합니다."
마거릿 홀랜드는 조엘의 할머니 나이쯤 되었다. 부모님보다는 훨씬 나이가 많았지만 노인정에 갈 나이는 아니었다. 조엘의 턱 정도 키에 검은 머리에 흰 머리칼이 군데군데 섞여 있었다. 데님 원피스에 빨간색 스카프를 맸는데 뺨에 바른 빨간색 볼터치와 빨간색 립스틱이 잘 어울렸다.
조엘이 들어서자 교육감이 자리에서 일어나 손을 내밀었다.
"어서 와라. 홀랜드 교육감이란다."
교육감은 웃으며 말했다. 꽤 괜찮은 여자 같았다.
조엘은 교육감과 악수를 나누었다.
"조엘 커닝햄이에요."
"앉아요, 조엘 양. 무슨 일로 왔지?"
조엘은 홀랜드 교육감의 책상 앞 딱딱한 등받이 의자에 앉았다.

"음, 저는 미니애폴리스에서 여기로 막 이사를 왔어요."

조엘은 신문 기사와 기록표를 책상 위에 올려놓으며 입을 열었다. 교육감은 그것들을 잠깐 훑어보고 나서 조엘에게 돌려주었다.

'침착하고 예의바르게.' 조엘은 스스로에게 상기시켰다. 그게 자신이 원하는 것을 얻을 수 있는 방법이었다.

"저는 후버 중학교 1학년이에요. 제가 전에 다녔던 학교에서는 야구를 했어요. 그래서 여기 야구팀에서도 입단 테스트를 받고 싶었어요. 하지만 코치가 안 된대요."

홀랜드 교육감은 고개를 갸우뚱했다.

"네 말은 네가 여기 너무 늦게 이사 왔다는 말이니? 그래서 소프트볼팀 테스트를 놓쳤다는 뜻이야?"

"소프트볼이 아니라, 야구예요. 그리고 전 입단 테스트에 늦지도 않았어요. 어제였으니까요. 하지만 칼라일 코치 선생님이 이 지역에서 경기를 하고 싶다면 소프트볼을 해야 한대요. 제가 여자이기 때문이래요. 코치 선생님하고 교장선생님 두 분 다 그게 이 지역 방침이라고 했어요."

"그래, 조엘."

홀랜드 교육감은 책상 위에 손을 포개고는 다시 한 번 미소를 지었다.

"유감스럽게도 그게 이곳 방침이란다. 알겠니? 이 지역에서는 소년 운동 프로그램에 쓰는 비용과 마찬가지로 소녀 운동 프로그램에도 똑같은 비용을 사용해야 하거든."

홀랜드 교육감은 그런 방침을 이미 알고 있었다.

"그 말은 우리가 소년 운동을 지원하는 것만큼 똑같이 소녀 운동을 지원한다는 뜻이야."

"하지만 제가 여자들이 아닌 남자들이 하는 운동을 하고 싶다면 어떻게 하죠?"

교육감은 의자를 살짝 움직였다.

"음, 몇 년 전 한 아가씨가 축구를 하고 싶어 했던 적이 있었단다."

"네, 그 얘기는 들었어요. 이름이 트레이시 뭐라고 하던데, 그래서 축구를 했죠, 그죠?"

"그래. 그랬을 거다. 하지만 그린데일에는 여자 축구팀이 없었으니까. 가만 있자, 그러니 그런 경우엔······."

"여자 야구팀도 없잖아요."

조엘이 콕 집어 말했다.

"없지. 하지만 소프트볼팀이 있단다."

교육감이 말했다. 여전히 웃으면서.

"하지만 야구와 소프트볼은 똑같지 않아요!"

조엘은 흥분을 감추고 예의 바르게 행동하느라 무진 애를 쓰고 있었다.

홀랜드 교육감은 그걸 알아차리지 못한 것 같았다.

"꽤 비슷하잖니, 안 그러니? 선수가 공을 치고 1루, 2루, 3루를 따라 달리고."

"그게 다가 아니에요. 방망이도 다르고 공도 달라요. 공이 들어오는 것도 완전 다른 각도고요."

홀랜드 교육감은 귀담아 듣고 있는 것 같지 않았다. 교육감은 조엘의 기사를 들여다보고 있었다.

"이게 다 뭐니?"

교육감이 물었다.

조엘은 신이 나 몸을 앞으로 기울였다.

"작년 신문 기사하고 기록표예요. 제 기록이 신문을 장식했어요. 보이시죠?"

조엘은 홀랜드 교육감에게 한 쪽을 건넸다. 교육감은 안경 너머로 기록표를 건너다보았다.

"음, 아, 그래. 네 숫자가 다른 선수들보다 높구나."

조엘은 눈을 감고 숨을 깊이 쉬었다. 분명, 이 교육감은 야구 기록표 읽는 법을 쥐뿔도 모른다. 조엘은 이윽고 입을 열었다.

"홀랜드 교육감님, 저는 야구를 정말 좋아해요. 그리고 보시다시피, 저는……"

조엘은 대놓고 자랑하고 싶지는 않았다. 하지만 달리 뭘 할 수 있단 말인가?

"저는 실력도 있어요. 그러니 제발 칼라일 코치 선생님한테 제가 야구부 입단 테스트를 받을 수 있게 해달라고 말씀해주세요."

교육감은 고개를 저었다.

"정말 미안하구나."

교육감은 조엘의 기록표를 돌려주며 말했다.

"이 지역에서는 소프트볼이 여학생들을 위한 야구의 대체 운동이란다."

조엘은 절망에 빠진 채, 기사를 접어 청바지 주머니에 다시 집어넣었다.

그러니까 이것으로 끝이었다. 이보다 더 명확할 수가 없었다.

이 모든 것들이 진짜 불공평했다! 조엘은 아빠가 그런 거지같은 이직을 하지 않았다면, 그래서 그린데일로 이사 오지 않았다면 얼마나 좋았을까 생각했다.

* * *

'도대체 이게 뭐야?' 조엘은 교육서비스센터에서 나와 집으로 터벅터벅 걸어가며 스스로에게 물었다. 코치에게, 교장선생님에게 그리고 이제 교육감에게도 말했다. 더 이상 만나볼 사람이 없었다.

상황 종료!

미니애폴리스의 블루제이스 팀도 이번 주에 입단 테스트를 할 것이다. 그곳에 계속 있었다면 조엘은 테스트를 볼 필요도 없었다. 이미 팀원으로 있었으니 워밍업, 연습, 다가올 시즌을 위한 준비로 한창 바쁜 한 주를 보내고 있을 거다. 하지만 조엘은 더 이상 미니애폴리스에 있지 않았다.

조엘은 인도 한가운데 우뚝 멈춰 섰다. 어쩌면 다시 미니애폴리스로 돌아갈 방법이 있을지도 모른다!

오빠가 아직 거기에 살고 있다. 오빠 집도 있다. 오빠는 열아홉 살이다. 어쩌면 오빠네 집에 이사를 갈 수 있을지도 모른다!

엄마와 아빠는 진지하게 받아들이지 않을지도 모른다. 하지만 곧 익숙해질 거다. 집을 나가 독립하겠다는 것과는 다르니까. 그저 오빠가 사는 곳으로 이사하고 싶어 하는 것뿐이다. 아주 믿음직한 오빠가 사는 곳으로.

'그래, 분명 될 거야! 오빠만 그러라고 한다면. 물론 오빠는 그러라고 할 거야. 반대할 이유가 없지.'

조엘은 부리나케 집까지 내달렸다. 오빠한테 빨리 말하면 말할수록 좋은 거니까.

포기할 수 없어!

"너, 미쳤어?"

조엘의 오빠는 전화기 너머로 아예 고함을 치고 있었다.

"안 된다고?"

조엘은 전화기를 다른 쪽 귀로 바꾸어 댔다. 전화선을 더 멀리 뽑아서 식탁 위에 앉았다.

"엄마랑 아빠는 그린데일을 무척 좋아하셔. 두 분한테는 전부 다 좋지. 하지만 난 여기가 정말 싫어! 난 미니애폴리스로 다시 가서 오빠랑 살고 싶단 말이야."

"안 돼, 조엘. 절대 안 돼."

오빠는 힘주어 말했다.

"왜, 왜 안 되는데? 제발, 오빠. 방해 안 할게. 약속해. 오빠한테 밥도 해줄 수 있어. 집 안 청소도 하고."

"네가?"

오빠는 하핫 웃음을 터뜨렸다.

"밥하고 청소를 한다고?"

"왜 그래? 내가 오빠보다 훨씬 더 깔끔하다구."

조엘이 따져 물었다. 아빠는 늘 말했다. 오빠 방을 보여주면 재해 복구 지원금도 받을 수 있을 거라고.

오빠는 콧방귀를 뀌었다.

"야, 조엘! 진짜 군침 도는 제안이긴 한데 절대 그럴 일 없어."

"왜 안 되는데?"

조엘은 손가락으로 전화선을 배배 꼬면서 징징거리는 것처럼 들리게 하지 않으려고 애썼다. 오빠는 징징거리는 사람을 진짜 싫어했다.

"자, 우선, 엄마하고 아빠가 절대 허락하지 않으실 거야. 게다가 난 여기 집에 자주 있지도 않아. 또 여긴 엄청 좁아. 벌써 세 사람이 방을 같이 쓰고 있다구. 한 사람 더 들어올 여유가 없어. 제아무리 요리하고 청소하는 사람이라 해도 말이야."

"소파에서 자면 돼."

오빠는 한숨을 푹 내쉬었다.

"들어봐, 조엘. 넌 여기로 이사 올 수 없어. 넌 아직 어린애야. 넌 엄마랑 아빠하고 살아야 한다구."

조엘은 입술을 깨물었다.

"난 어린애가 아니야. 그리고 여기는 내가 있을 곳이 없다구."

"제발! 아이오와는 그렇게 나쁜 데가 아니잖아."

"야구를 못 하게 한단 말이야."

조엘은 기어들어가는 목소리로 말했다. 전화기 저쪽에서 잠시 망설임이 일었다.

"무슨 말이야? 야구를 못 하게 하다니?"

조엘은 오빠에게 자초지종을 전부 들려주었다.

"헐! 말도 안 돼."

이야기를 다 마치고 나자 오빠가 말했다.

조엘은 전화기를 든 채 냉장고로 가 주스 병을 꺼냈다.

"그러니까, 이제 나, 오빠랑 같이 살아도 되지?"

"네가 야구를 할 수 있도록 그 사람들을 설득시킬 수 있는 다른 방법을 찾아봐."

"예를 들면?"

"몰라. 하지만 내 동생이 그렇게나 쉽게 포기할 줄은 몰랐지."

"난 포기 안 할 거야. 단지 선택의 여지가 없을 뿐이야."

조엘은 큰 소리로 말했다.

"언제나 선택의 여지는 있는 거야, 조엘."

오빠는 조엘에게 정말 실망한 목소리였다.

"내가 오빠한테 가서 사는 게 유일한 선택이야!"

조엘은 다시 식탁 의자에 앉으며 볼멘소리를 했다.

"말했잖아. 그건 선택이 아니야. 그 코치한테 네가 할 수 있다는 걸 보여줄 방법을 찾아야 해. 그러고 나면 코치가 너한테 야구 하라고 매달릴지도 모르잖아."

"칼라일 코치가? 절대 그럴 리 없어."

조엘은 시큰둥했다.

"좋아, 그럼 다른 사람한테 보여주면 되지. 코치한테 압력을 줄 위치에 있는 사람."

"어떤 사람?"

"모르지. 아니, 어쩌면……."

오빠는 말을 멈추었다.

"뭐?"

조엘은 숨을 멈췄다.

"신문사에 편지를 쓰는 건 어때?"

"오빠, 뭔 소리 하는 거야?"

조엘은 얼굴을 찡그렸다.

"신문을 봐. 편집자에게 보내는 글들이 수두룩하잖아."

《그린데일 가제트》가 아직 식탁 위에 놓여 있었다. 그날 아침 조엘이 남겨두었던 그 자리에. 조엘은 스포츠면과 광고면을 넘겼다. 그러다가 순간, 독자투고란을 보고 손짓을 멈추었다.

"어, 찾은 것 같아."

조엘은 천천히 말했다.

거기에 보니 편지 서너 개가 있었다. 하나는 교육위원회와 관련된 것이었다. 또 다른 하나는 지역 세금 문제에 관한 것이었다.

"전부 다 진짜 따분해 보이는데."

"그럴지도 모르지. 하지만 오빠가 장담하는데, 거기 독자투고란에 실린 편지들을 놓고 많은 사람들이 이러쿵저러쿵 떠들어댄다구. 신문에 실린 편지는 언제나 주목을 받거든. 그리고 아이한테 온 편지는 훨씬 더 관심이 집중되지."

"그래?"

조엘은 미심쩍어 물어보았다.

"그렇다니까. 너의 시민권이 지금 침해당하고 있어. 그 전모를 알게 된다면 수많은 사람들이 너를 지지해줄걸. 그러면 그 코치는 너한테 야구를 시키는 거 말고는 선택의 여지가 없을 거야."

조엘은 편지들을 좀 더 자세히 살펴보았다. 하나는 존 스위니라는 사람이 교육위원회 문제에 대해 '균형 잡히고 현명한' 평가를 내린 것을 칭찬하는 편지였다. 하지만 다른 글에서는 존 스위니가 이 문제를 기본적으로 이해하지 못하는 멍청이라고 비난했다. 여중생이 야구를 하고 싶다고 하면 사람들이 뭐라고 할지 조엘은 궁금했다.

"언론의 힘을 절대 과소평가하지 마."

오빠의 말에 조엘은 어깨를 으쓱했다. 시도해볼 만한 가치가 있었다. 이 시점에서, 조엘이 잃을 게 뭐란 말인가? 조엘은 조리대에서 펜을 가져왔다.

"알았어. 그러니까 뭐라고 쓰면 돼?"

"아니, 그건 나도 모르지. 정말 몰라."

"제발, 오빠. 나 좀 도와줘. 편집자에게 편지 쓰는 건 한 번도 안 해봐서 모른단 말이야."

조엘이 졸라댔다.

"영어는 내 최악의 과목이잖아."
"그래도 오빠는 기발한 생각 잘하잖아."
조엘은 계속 밀고 나갔다.
"그러면……"
오빠는 잠깐 멈추었다가 말을 이었다.
"그럼 그냥 네가 입단 테스트를 보러 갔을 때 무슨 일이 있었는지 써. 그리고 네가 얼마나 야구를 하고 싶어 하는지도. 야구하고 소프트볼의 차이도 설명하고."
조엘은 종이 가장자리에 메모를 했다.
"알았어. 그런데 편지 하나에 그걸 전부 다 어떻게 써 넣어?"
"그건 네가 생각해야지. 나, 나가봐야 해. 늦었다구."
"하지만……."
"미안, 조엘. 나 심각해. 또 늦으면 안 돼. 그랬다간 오빠 잘린단 말이야. 게다가 이건 네 편지지, 내 편지가 아니잖아. 네 말로 써야 한다구."
어쩌면 오빠 말이 맞는지도 모른다. 조엘은 깨달았다. 3년 연속 주 대표로 뽑힌 야구선수가 이런 내 심정을 어떻게 안단 말인가? 조엘이 직접 쓰는 게 훨씬 나을 거다.
"됐지? 이제 끊는다. 다 잘될 거야."
"이거 안 되면, 나 오빠한테 갈 수 있지?"
오빠가 웃음을 터뜨렸다.
"나중에 이야기하자, 조엘."

조엘은 수화기 너머 오빠를 노려보듯 눈을 흘기다 전화를 끊었다. 이제 공략 방법이 생겼다. 솔직히 기분이 좀 나아졌다.
그래서 저녁식사 때 홀랜드 교육감과 만났던 얘기를 부모님에게 전할 때도 별로 화가 나지 않았다.
"너, 그다지 실망한 것 같지 않구나?"
엄마가 프라이드치킨 바구니를 조엘에게 건네면서 의외라는 눈빛을 보냈다.
조엘은 다리 하나를 먹고 나서 감자샐러드를 다 먹어치웠다. 그러고는 믿음직하게 말했다.
"처음엔 그랬어요. 하지만 그러고 나서 오빠랑 통화했어요."
"오빠랑 통화했어? 어떻게 지낸다니?"
"잘 지내는 것 같아요."
엄마가 관심을 보였다.
"수업에나 다 들어가면 좋겠다."
"무슨 뜻이에요?"
조엘이 물었다. 오빠는 수업을 절대 빼먹을 사람이 아니니까.
"아니다."
엄마가 말했다.
아빠가 다음 상자에서 음식을 집어 들었다.
"오빠가 뭐라고 했기에 네 기분이 그렇게 좋은 거냐?"
조엘은 편집자에게 편지를 보낸다는 아이디어를 말했다.
엄마가 천천히 입을 열었다.

"글쎄, 모르겠다. 썩 좋은 생각 같지는 않구나."

"왜 안 좋아요?"

조엘은 닭다리를 내려놓으며 물었다.

"네가 신문사에 편지를 보내면 모든 사람들이 네 생각을 읽게 돼. 그걸 보고 사람들이 너에 대해 판단을 내릴 거야. 그런데 긍정적인 의견이 아닌 것들도 있을 수 있어. 네가 그걸 감당할 수 있을까?"

조엘은 어깨를 으쓱했다.

"그럼요."

그 이유를 명명백백 상세히 설명한다면 사람들은 분명 조엘 편을 들 것이다. 여자라고 야구를 못 하게 하는 건 분명 잘못된 것이다.

"엄마 말이 맞다, 조엘. 공식적으로 말하면 당연히 결과가 따를 수밖에 없어. 그렇다고 하지 말아야 한다는 뜻은 아니야. 중요한 건 이 문제에 대해 네가 얼마만큼 절실하게 생각하는가 하는 점이야. 신문사에 글을 보내서 무엇을 얻을 거라고 기대하니?"

엄마의 물음에 조엘은 잠깐 생각했다.

"나한테 무슨 일이 일어났는지 사람들이 알면 좋겠어요. 많은 사람들이 내 편지를 본다면, 뭔가 이 거지같은 방침을 바꾸게 할 수 있을지도 몰라요."

'그리고 어쩌면 내가 이번 시즌에 뛸 수 있을지도 몰라.' 조엘은 스스로에게 다짐하듯 말했다.

부모님은 눈빛을 주고받았다. 부모님이 곧장 대답하지 않았다는 건 적어도 허락을 고려하고 있다는 뜻이다.

"그럼, 좋아. 하지만 보내기 전에 편지를 보여줘야 한다."
엄마가 단호히 말했다.
"아싸!"
조엘은 씩 웃었다. 이제 훨씬 기분이 좋아졌다.

* * *

저녁을 먹고 조엘은 곧장 자기 방으로 가 편지 쓰는 일에 착수했다. 다행스럽게도 조엘에겐 부모님이 쓰다 물려준 자기만의 컴퓨터가 있었다.
정확하게 하고 싶은 말이 무엇인지 생각해내느라 시간이 좀 걸렸다. 하지만 조엘은 계속 덧붙이고 또 빼가면서 글을 고쳐나갔다. 마침내 꽤 만족스러운 편지를 썼다. 프린트하기에 앞서 편지를 한 번 더 읽어 내려갔다.

편집장님께.
제 이름은 조엘 커닝햄입니다. 저는 열세 살이고 미니애폴리스에서 막 이사를 왔습니다. 저는 아주 어렸을 때부터 학교에서, 그리고 리틀리그에서 야구 경기를 해왔습니다. 저는 1루수입니다. 사람들은 제가 야구를 꽤 잘한다고들 해요.
하지만 후버 중학교에서는 아무도 제게 야구 경기를 허락하지 않습니다. 칼라일 코치 선생님은 제게 입단 테스트의 기회조차 주지 않습니다.

코치 선생님은 제가 소프트볼을 해야 한다고 말합니다. 화이트 교장선생님도 똑같은 말을 합니다. 홀랜드 교육감님도 마찬가지입니다. 대체 운동이 있는 한, 제게 입단 테스트조차 허락할 수 없다고 해요.

어떻게 소프트볼이 야구의 대체 운동경기가 될 수 있나요? 소프트볼과 야구는 전혀 같은 운동이 아니에요. 소프트볼은 공도 더 크고 배트도 더 큽니다. 소프트볼 투수는 공을 아래에서 던집니다. 경기장도 달라요. 소프트볼이 야구와 정말 같다면, 그럼 여학생들이 후버 중학교 야구부에서 경기하도록 허락받지 못할 이유가 없습니다. 만약 같지 않다면, 그럼 소프트볼은 야구의 대체 운동이 아닙니다.

이곳 그린데일에 이사 왔을 때 저는 시간이 멈춘 곳에 왔다는 생각이 들었습니다. 1950년대로 돌아간 것 같았습니다. 1950년대를 제외하고 여자들은 진짜 야구를 했으니까요. '전미 여자 프로야구리그' 이야기를 들어보신 적 없나요?

조엘 커닝햄 드림

조엘의 부모님조차 진짜 잘 쓴 편지라고 인정해주었다.
"그래도 이름은 빼야 할 것 같아."
엄마가 말했다.
"왜요? 난 진실을 말한 거라구요."
"그래. 하지만 이름을 적지 않으면 반대가 덜할 거야."
"알았어요."
조엘은 한숨을 내쉬었다. 그러고는 돌아가서 '후버 중학교'를 '전학 온 새 중학교'로, '칼라일 코치'를 '야구 코치'로, '화이트 교장 선생님'을 '교장선생님'으로, '홀랜드 교육감'을 '교육감'으로 바꾸었다. 하지만 누가 누군지 전부 다 알 거다. 그린데일에는 공립 중학교가 달랑 하나밖에 없으니까.

"이제 됐어요?"

조엘이 물었다.

엄마는 편지를 다시 읽었다. 그러더니 곧 고개를 끄덕였다.

"그래, 훨씬 솔직하고 진심 어린 것 같아."

"고마워요. 이게 효과가 있을까요?"

엄마는 말꼬리처럼 묶은 조엘의 머리를 장난스럽게 잡아당겼다.

"두고 보면 알겠지, 안 그래?"

원수의 아들, 라이언

"있잖아!"

사회 시간에 브루크가 건너편 자리에서 조엘을 소리 낮춰 불렀다.

"교육감이 뭐라고 그랬어?"

오늘 브루크는 포슬포슬 밑단 올이 풀린 청치마에 하늘하늘한 파란색 블라우스를 입었다. 파란색 머리핀이 뒷목덜미 머리칼에 매달려 있고 귓불에는 파란색 하트 모양 귀고리가 반짝반짝 빛났다. 진짜, 예뻤다.

조엘은 수업 시간에 얘기했다가 걸릴까 봐 주위를 둘러보았다. 하지만 호킹스 선생님은 책을 읽느라 정신이 없었다.

"안 된대."

조엘은 대답했다.

"안됐다."

그렇지만 브루크는 그다지 연민하는 표정이 아니었다.
"그러니까 이제 소프트볼 할 거지, 그치?"
"아니."
그러자 브루크는 얼굴을 찡그렸다.
"왜?"
"그냥."
도대체 몇 번이나 똑같은 얘기를 반복해야 하는지. 조엘은 이제 슬슬 귀찮아졌다.
조엘은 재판 절차에 대해 나와 있는 연습문제지에 다시 집중하려 했지만, 브루크는 입을 다물지 않았다.
"그러니까 무슨 뜻이야? 야구 못 하면 넌 다른 운동도 안 할 거야?"
말하는 투가 버르장머리 없는 어린애 같았다.
"아니. 지금 소프트볼팀에 들어가면, 내가 야구에 대해 별로 진지하지 않다고 사람들이 생각할 거야."
조엘은 아무렇지도 않은 척 말했다.
"어쨌거나 넌 야구를 할 수 없을 거야. 다들 그렇게 말했잖아."
그때 호킹스 선생님이 책에서 고개를 들어 누가 떠드나 살폈다.
하지만 조엘은 이 말은 브루크에게 꼭 해주고 싶었다.
"사람들이 마음을 바꿀지도 몰라."
조엘은 얼른 속삭였다. 신문에 편지가 실리고, 그래서 사람들이 전화해 불만을 터뜨리면 달라질 수도 있다고 조엘은 생각했다.

수업 후, 조엘은 야구장으로 갔다. 칼라일 코치가 조엘을 야구부에 들이지 않을 수는 있지만 연습 구경하는 것까지 막을 수는 없었다. 조엘은 펜스 뒤 관중석 맨 꼭대기로 올라가 자리를 잡았다.

선수들은 번트 연습 중이었다. 한 무리의 아이들이 홈플레이트 뒤에 줄지어 섰고, 또 한 무리의 아이들은 3루 뒤에 줄지어 섰다. 조엘이 구경하는 동안, 홈에 있는 아이들이 3루 쪽으로 번트를 하고 1루나 2루로 내달렸다. 이따금 한 아이가 조엘 쪽을 넘겨다보긴 했지만 누구도 조엘에게 뭐라고 하지 않았다. 라이언 칼라일은 홈플레이트 뒷줄에서 앞으로 움직이며 유달리 조엘을 무시하는 체했다.

"명심해라. 한 손으로 배트를 잡아. 균형점을 찾고. 그러면 나머지는 저절로 되는 거야."

칼라일 코치의 말에 조엘은 고개를 끄덕거렸다.

조엘도 똑같은 연습을 수없이 했었다. 페리 코치 선생님은 언제나 자기가 가르칠 수 있는 모든 것, 그러니까 배트 잡는 법, 각도 맞추는 법 등을 열심히 가르쳤다. 공을 배트에 정확히 맞추는 법은 한 손으로 번트하면 자연스레 터득하게 된다고도 말했었다.

한 아이가 운동복에 손을 쓱 문지르고 자기 포지션으로 가는 게 보였다. 무지 긴장한 듯했다. 공이 자기 앞으로 오자, 배트를 살짝 갖다 대긴 했지만 공을 놓치고 말았다.

다음 타자도 거의 똑같은 실수를 했다. 조엘은 잠자코 있을 수가 없었다.

"투수가 공을 던지자마자 손을 내려!"

조엘이 타자에게 외쳤다.

서너 명의 소년들이 뒤돌아 조엘을 올려다보았다.

"웬 참견이야?"

배트를 든 남자애가 외쳤다.

"내버려둬. 쟤는 우리 팀에 들어오지도 못해."

다른 남자애가 말했다.

다음 타자가 번트 자세를 취했다. 이번 타자는 투수가 공을 던지자마자 손을 내렸다. 공은 배트에 맞고 튀었다가 타자 앞 두어 걸음쯤에 떨어졌다.

"봤지?"

타자가 1루를 향해 달리자 조엘이 중얼거렸다. 하지만 타자는 돌아보지 않았다.

이제 라이언이 홈플레이트 쪽으로 걸어 나왔다. 투수가 빠른 공을 던졌다. 라이언은 앞으로 나와 배트에서 한 손을 떼고 공을 배트 아래쪽으로 살짝 건드렸다. 완벽했다. 공은 투수의 왼쪽 땅바닥을 쳤고, 라이언은 1루를 향해 달려갔다.

"빨리, 빨리!"

칼라일 코치가 소리쳤다. 선생님이 라이언에게 소리치는 건지, 공을 쫓아 달리는 투수에게 소리치는 건지 알 수 없었다. 투수가 1루에 공을 던졌지만 라이언은 무사히 살아남았다.

"잘했어!"

조엘은 짝짝 손뼉을 쳤다.

칼라일 코치가 뒤돌아보았다. 눈초리가 가늘어지면서 얼굴 전체가 일그러졌다. 칼라일 코치가 펜스로 성큼성큼 다가왔다.

"학생, 지금 뭐 하고 있는 거지?"

"아무것도 안 하는데요. 그냥 구경하고 있어요."

조엘의 심장이 쿵쾅거렸다.

"넌 지금 내 선수들을 방해하고 있어."

"전 방해 안 했어요. 그냥 여기 앉아 있는 거예요. 몇 가지 조언으로 좀 도와주려고요."

"네가 가주는 게 훨씬 도와주는 거다."

"휴, 놔두세요, 코치님."

홈플레이트에 모여 있던 소년 중 하나가 소리쳤다.

"우리 팀 마스코트가 될 수도 있잖아요."

"배트 걸은 어때?"

다른 선수가 놀렸다.

"흥, 누구 맘대로!"

조엘은 한 손을 허리에 걸친 채 외쳤다. '배트 걸이라고? 너네들 하는 꼴로 봐서 배트 보이라도 하게 되면 행운일 거다.'

"그만, 모두 제자리!"

칼라일 코치는 가슴께에 팔짱을 끼고 연습에 집중했다. 그는 조엘을 완전 무시했다.

조엘은 자리에 앉았다.

어쨌거나, 조엘이 이긴 듯했다.

* * *

다음 며칠 동안 조엘은 수업이 끝나고 야구부 연습을 보러 계속 야구장을 어슬렁거렸다. 선수들이 준비운동을 할 때, 조엘은 펜스 뒤에서 스트레칭을 했다. 두어 명의 선수들이 조엘이 스트레칭을 하는 걸 확인하고는 고개를 설레설레 내저었다. 하지만 대부분의 선수들은, 코치처럼 조엘을 모른 체했다.

선수들이 연습을 시작하면 조엘은 관중석 꼭대기에 털썩 주저앉아 구경했다. 첫날에 그러고 나서 조엘은 한 마디도 하지 않았다. 그저 구경만 했다.

입을 다물고 있는 게 늘 쉬운 건 아니었다. 하지만 조엘이 아무 말도 하지 않으면, 칼라일 코치는 조엘이 자기 팀원들을 귀찮게 한다고 야단칠 수가 없었다. 여긴 자유국가다. 조엘은 자기가 하고 싶으면 윗몸일으키기도, 제자리높이뛰기도 할 수 있었다. 구경하면 안 된다는 법은 없으니까.

'최소한 내가 야구를 얼마만큼 진지하게 생각하는지 칼라일 코치가 깨달을 거야.' 조엘은 생각했다.

조엘은 화요일 방과 후 후버 중학교 야구부의 개막 경기에도 갔다. 선수들이 스트라이크 아웃을 당하거나 공을 놓칠 때마다 어쩔 수 없이 큰 소리가 튀어 나왔다. 하지만 관중석의 얼마 안 되는 사람들도 모두 선수들에게 고함을 치고 있었다. 실수를 연발하는 선수들을 구경하는 건 무척 실망스러웠다. 후버 중학교는 2대 8로 졌다.

칼라일 코치에게도 분명 실망스러운 경기였을 것이다. 코치는 다음 연습 시간에 선수들을 엄청나게 야단쳤다. 코치가 선수들의 실책을 하나하나 나열하는 사이, 선수들은 파울 라인을 따라 똑바로 줄지어 앉아 고개를 푹 숙이고 있었다. 조엘은 칼라일 코치가 그렇게나 많이 고함을 칠 필요가 있을까 생각하기도 했지만, 선생님의 지적 사항에 모두 수긍이 갔다.

"집중해. 공을 보라구! 그리고 최선을 다해!"

하지만 그 시간 내내, 코치는 조엘의 존재를 전혀 알아차리지 못한 것 같았다.

* * *

"여기서 뭐 해, 조엘?"

어느 날 오후 엘리자베스가 조엘이 앉아 있는 관중석으로 다가오며 물었다. 엘리자베스는 체육복 가방을 어깨에 메고 있었다.

조엘은 친구를 올려다보았다. 엘리자베스가 눈부신 햇살을 가려 주었다.

"안녕, 소프트볼 연습 없어?"

"오늘은 없어."

엘리자베스가 머리에서 고무줄을 빼내자 빨간색 머리칼이 어깨 위로 흘러내렸다. 엘리자베스는 조엘 옆에 앉았다.

"우리, 수요일엔 연습 없어."

"안녕, 엘리자베스!"

관중석 뒤쪽에서 여자애의 목소리가 흘러나왔다.

"케이틀린 집에 갈 건데, 같이 갈래?"

"조엘도 같이 가도 돼?"

엘리자베스가 되물었다.

조엘은 신경질적으로 입술을 깨물었다. 그 애가 자기랑 같은 반 애라는 건 알겠는데 누군지는 몰랐다.

여자애가 어깨를 으쓱하며 말했다.

"안 될 것 없지."

조엘은 가고 싶지 않았다.

"아냐, 난 괜찮아. 난 여기 앉아서 애들 연습 보는 게 더 좋아. 너 나 가."

그러자 엘리자베스가 여자애를 향해 손을 흔들면서 말했다.

"아니, 괜찮아. 내일 보자, 쉘비."

쉘비가 가고 나자 엘리자베스는 무릎을 감싸 안고 조엘을 신기한 듯 바라보았다.

"여기 앉아서 저 애들을 왜 줄곧 쳐다보고 있는 거야?"

엘리자베스가 물었다.

"몰라. 무슨 기적을 바라고 있나 봐."

조엘은 시무룩하게 말했다.

조엘은 신문 편집장에게 보낸 편지에 대해 엘리자베스에게는 말하지 않았다. 편지를 보낸 지 1주일도 훨씬 더 지났다. 《그린데일 가제트)는 아마 그 편지를 싣지 않을 건가 보다.

조엘은 이제 무엇을 해야 할지 생각이 떠오르지 않았다.

조엘은 연습장을 다시 내려다보았다. 그러고는 엘리자베스에게 말했다.

"내 생활은 전부 다 야구와 얽혀 있었어. 난 야구를 했어. 우리 오빠도 야구를 했고. 우리 식구들은 경기장에 엄청 많이 갔어. 트윈스 팀 경기, 마이너리그 경기, 학교 경기. 봄하고 여름 내내 야구장에 가지 않고 1주일을 보낸 적은 거의 없었어."

조엘은 운동장을 내려다보았다.

"그런데 여기는 달라. 우리 오빠는 여기 없어. 프로야구팀도 여기 없어. 그리고 지금 난 더 이상 야구를 할 수 없어. 난 정말 야구를 하고 싶어. 엘리자베스, 난 야구가 없으면 내가 누군지도 모르겠어. 이해되니?"

엘리자베스는 시선을 거두었다. 그러고는 조용조용 말했다.

"어느 정도. 우리 엄마가 떠났을 때 나도 엄청 많이 느꼈던 거야."

조엘의 입이 쩍 벌어졌다. 하지만 아무런 말도 튀어나오지 않았다. 뭐라 말해야 할지 몰랐다.

"너희 엄마⋯⋯ 떠나셨어?"

엘리자베스가 고개를 끄덕였다.

"작년 크리스마스 날에, 어떤 남자하고 같이. 엄마는 이건 자기가 원하는 삶이 아니라면서 가버렸어."

"그랬구나."

조엘은 끔찍했다. 자기 문제 따위는 이 친구의 문제와 비교하면 진짜 아무것도 아닌 것 같았다.

"너, 음, 그러니까 엄마 소식은 듣니?"

엘리자베스는 어깨를 으쓱하며 말했다.

"가끔. 자주는 아니야. 처음에는 계속 엄마가 돌아오셨으면 했어. 근데, 그럴 것 같지 않아. 이런 말 하기 진짜 싫다."

엘리자베스는 눈을 깜빡여 눈물을 지워버렸다.

"그래, 그래."

조엘은 조심스레 대답했다. 엘리자베스와 이야기를 좀 더 해야 할 것 같았다. 지금 당장, 딱히 여기 야구 연습장 한가운데는 아닐지라도, 언젠가는.

조엘은 목소리를 가다듬었다.

"네가 말하고 싶으면, 언제든 나한테 말해. 알았지?"

조엘은 자기 얘기를 하고 또 남의 말을 듣는 데 꽤 익숙한지 어쩐지 확신할 수 없었다. 그런 경험이 별로 없었기 때문이다. 미니애폴리스에서 조엘의 친구들은 대부분 남자애들이었다. 남자애들은 말을 많이 하지 않는다. 하지만 조엘은 기꺼이 해보고 싶었다.

"그래. 난 괜찮아. 고마워, 조엘."

엘리자베스는 코를 훌쩍이며 재빨리 눈물을 닦아냈다.

엘리자베스가 괜찮지 않다는 걸 조엘은 알았다. 하지만 주제넘게 굴기는 싫었다.

둘은 잠시 침묵하며 야구부가 연습하는 걸 바라보았다.

"진짜 형편없는 애들도 있어."

조엘은 턱에 손을 괴며 말했다.

"라이언은 그렇게 형편없지는 않아."

고무밴드가 펄쩍 뛰어 평범한 플라이 볼을 잡자 엘리자베스가 말했다.

"참, 저번에, 라이언이 너에 대해 묻더라."

조엘은 머리칼을 귀 뒤로 넘겼다.

"그래? 뭐라고 했는데?"

엘리자베스는 어깨를 움츠리며 대답했다.

"그냥, 네가 누군지 알고 싶어 하더라구. 그래서 네 이름하고 미니애폴리스에서 여기로 막 이사 왔다는 걸 얘기해줬지. 널 좋아하는 것 같아."

조엘은 남자애가 자기 같은 여자애를 좋아한다는 게 도무지 믿기지 않았다.

"뭘 보고 그렇게 생각하는데?"

그러자 엘리자베스는 씩 웃었다.

"그냥 직감이야."

조엘은 오물오물 뺨 안쪽 살을 깨물며 라이언이 맨 뒤로 다시 뛰어가는 걸 바라보았다. 라이언은 꽤 괜찮은 구석이 있었다, 솔직히.

칼라일 코치가 호루라기를 불었다.

"좋아, 오늘은 그만 한다!"

야구부원들은 마치 감옥에서 풀려난 것처럼 학교를 향해 잽싸게 뛰어갔다. 하지만 라이언은 뒤에 남아 자기 아빠가 운동기구 정리하는 걸 도왔다. 라이언은 관중석 쪽을 올려다보지 않았다.

조엘은 자리에서 일어났다.

"우리도 가야겠다."

조엘도 라이언 쪽을 바라보지 않고 말했다.

두 소녀는 스탠드에서 내려와 펜스를 따라 걸었다. 조엘이 문득 뒤를 돌아보니 라이언이 자기를 바라보고 있었다. 조엘은 다시 고개를 돌렸다. 얼굴이 새빨개졌다.

'라이언이 진짜 나를 좋아하는 걸까?' 그러나 조엘은 곧 '흥, 무슨 상관이람' 하고 콧방귀를 뀌었다. 절대 그럴 리 없다고 생각했다. 라이언 칼라일은 원수의 아들이니까.

* * *

조엘은 토요일에는 절대 자명종을 맞춰두지 않았다. 학교 다닐 때는 조깅하려고 매일 아침 6시에 일어났지만, 주말에는 여유를 좀 부려도 된다고 생각했다. 하지만 해 뜨자마자 일어나는 게 습관이 되어 있어서, 늦잠을 자는 것도 쉽지 않았다.

조엘은 8시 반까지 침대에서 뒹굴거리다 오빠의 낡은 티셔츠와 운동복 바지를 입고 머리를 빗은 다음 운동하러 나갔다. 이번엔 거리 끝에 있는 공원을 향했다.

날이 좋아 운동하는 사람들이 더러 있었다. 조엘은 작은 다리 너머 오솔길을 따라 야구장처럼 보이는 곳으로 향했다. 아이들이 울타리 옆 벤치에 모여 있었다.

조엘은 속도를 늦추고 자세히 보았다. 몇몇 낯익은 아이들이 있었다. 영어 수업 때 보았던 한 남자애는 확실히 알아보았다. 또 다른 애는 과학 시간에 보았다. 그 아이들 한가운데에 글러브와 배트가 놓여 있었다.

조엘은 달리기를 멈추고 천천히 걸어갔다. 조엘의 시선은 공을 갖고 노는 아이들에게 고정되었다. 미네소타 트윈스 모자를 쓴 덩치 큰 소년이 옆으로 물러서자 그 애 뒤에 서 있던 아이가 조엘의 눈에 들어왔다. 라이언 칼라일.

그 순간 라이언도 조엘을 알아보았다.

"안녕!"

라이언이 손을 흔들며 인사를 건넸다.

조엘은 뒤를 돌아보았다. 그러자 라이언이 조엘을 똑바로 가리키며 말했다.

"그래, 너 말이야! 게임 할래? 선수가 모자라는데."

조엘은 이런 행운이 도무지 믿기지 않았다. 조엘이 할 수 있다는 걸 사람들에게 알리라고 오빠가 말하지 않았던가? 그렇다면 칼라일 코치 아들 말고 누가 더 있겠는가?

"좋지!"

조엘은 얼른 대답하고 아이들을 향해 달려갔다. 소년들의 눈빛이 오갔지만 조엘은 신경 쓰지 않았다. 아이들에게 자기 실력을 똑똑히 보여주고 싶었다.

"좋아. 자기가 생각하는 것만큼 진짜 잘하는지 좀 보자구."

여드름투성이 소년이 주먹을 자기 글러브에 두드려 넣으며 성격 좋게 웃어 보였다.

키가 크고 머리가 덥수룩한 소년도 조엘을 바라보았다. 그 애는 일자 눈썹이었다.

"네 이름이 뭐라고?"

"조엘."

"난 이안이야. 넌 저쪽 팀이고."

그러면서 벌써 운동장을 향해 뛰어나가는 한 무리의 아이들을 턱으로 가리켰다.

"좋아! 근데 난 글러브가 없는데."

"내 글러브 써."

이안 다음 타자로 대기 중이던 소년이 조엘에게 글러브를 던졌다.

조엘은 그걸 냉큼 잡았다.

"고마워."

모든 포지션을 다 채울 만큼 선수가 충분하지 않아서 조엘은 어디로 가야 할지 몰랐다.

"너, 3루 할래?"

라이언이 조엘에게 소리쳤다.

썩 마음에 들지는 않았지만 라이언이 벌써 1루를 차지하고 있으니 별수 없었다.

"그래."

지금 당장은 까다롭게 굴 입장이 못 됐다. 어떻게든 경기를 하는 게 우선이니까.

1회에서는 자신의 실력을 보여줄 기회가 그리 많지 않았다. 공이 조엘 근처로 오기만 하면, 그럴 때마다 2루수를 맡은 애가 조엘 앞으로 달려오며 소리쳤다.

"마이 볼! 마이 볼!"

진짜 짜증났다. 그 애는 몸이 엄청 뻣뻣했다. 영화 〈스타워즈〉에서 몸을 펼쳐 상대방을 공격하는 드로이드를 닮았다. 공을 잡아야 할 순간에도 자기 몸을 제대로 펴지 못한다는 게 다를 뿐이었다.

조엘은 자기 앞에 그 애가 세 번째로 나타나자 말했다.

"미안한데, 내가 3루수거든."

"어, 그래."

소년은 뜻 모를 표정으로 조엘을 바라보았다.

조엘은 그 애를 뚫어져라 쳐다보았다.

"내가 못 잡을 거 같아?"

"이봐, 거기. 경기하자."

투수가 외쳤다.

투수가 모자를 만지작거렸을 때, 조엘은 그 애가 후버 중학교 야구부 투수라는 걸 알아보았다.

"휴스, 자기 포지션 지켜. 그리고 너……."

투수는 조엘을 가리키며 머뭇거렸다. 이름을 까먹은 듯했다.

"네 앞으로 공이 오면 그냥 공 잡아. 알았어?"

투수는 그러고 말했다.

조엘은 비아냥거리며 말했다.

"알았어. 그러지."

불행하게도 그 회 내내 공은 조엘 쪽으로 오지 않았다.

조엘이 타석에 들어섰을 때, 아이들이 경기장 안쪽으로 바짝 다가왔다. 그건 진짜 열 받는 일이었다. 하지만 공을 제대로 받아친다면, 아이들은 분명 후회하게 될 거다.

"힘내, 조엘!"

같은 팀 한 명이 손뼉을 두드렸다.

"이봐, 여기. 저 애는 왼손잡이야!"

조엘이 자세를 잡자 투수가 자기 팀 선수들에게 말했다. 하지만 그다지 걱정하는 것처럼 들리지 않았다.

조엘은 자리를 잡고 배트를 다잡았다. 첫 번째 공은 그냥 보냈다. 원 스트라이크. 조엘은 다시 자세를 잡았다. 조엘에게 필요한 건 높은 공이었다.

이윽고 높은 공이 들어왔다.

탕!

공은 외야수 머리 위로 넘어갔다.

조엘의 뒤에서, 라이언이 낮게 휘파람 부는 소리가 들렸다.

공이 운동장 그네 옆 땅바닥으로 굴러가는 사이, 투수는 모자를 벗고 그 모습을 멍하니 바라보았다.

조엘은 배트를 내려놓고 베이스를 돌며 씩 웃었다. 두 녀석이 공을 쫓아 출발했지만, 조엘이 홈으로 내달릴 수 있다는 건 의심의 여지가 없었다.

"좋았어!"

조엘이 홈플레이트를 밟자 라이언과 팀원들이 환호해주었다.

"나쁘지 않은데!"

안경 쓴 남자애가 조엘의 등을 툭 쳤다. 그 애는 진짜 깜짝 놀란 것 같았다.

"고마워."

조엘은 아무렇지도 않은 듯 차분하게 대답했다.

그날 조엘은 안타 3개를 더 쳤는데, 1루타, 2루타 그리고 홈런을 쳤다. 그리고 휴스는 이따금씩 조엘이 공을 잡을 기회를 주었다. 조엘은 자기 앞에 오는 공을 전부 다 잡은 건 아니었지만 나름대로 자기 역할을 해냈다. 경기가 끝나갈 무렵에는 몇몇 녀석들이 조엘을 자기 팀원처럼 대해주었다.

"저 애가 야구부에서 같이 경기를 못 한다니 참 안됐다."

배트와 공, 글러브를 모으며 안경 쓴 남자애가 휴스에게 그렇게 말하는 걸 조엘은 들었다.

"대타로 활용할 수도 있을 텐데."

좋은 기회라고 생각한 조엘은 글러브를 빌려주었던 아이에게 그걸 다시 건네주며 말했다.

"그럼 너희가 코치한테 말해."

조엘은 라이언을 흘끗 바라보았다. 라이언은 운동가방 지퍼를 닫느라 분주했다.

"글쎄."

셔츠 끝자락으로 이마를 닦아내며 또 다른 아이가 말했다.

"우리 팀에 여자가 있으면 좀 웃길지도 몰라. 그러니까 내 말은, 라커룸은 어떻게 되는 거야?"

그 말에 야구부 아이들이 낄낄거리기 시작했다.

"전에 다닌 학교에서, 난 여자 라커룸 썼어. 큰 문제는 아니야."

조엘은 어깨를 으쓱해 보이며 말했다. 그러자 휴스가 말했다.

"그래. 하지만 라커룸에서는 중요한 일들이 많아. 팀을 만드는 것 말이야. 넌 그걸 전부 놓치게 되잖아."

"난 지금껏 사내애들하고 어울렸어. 그래도 난 항상 야구부 선수였다구."

그러자 휴스가 자전거 위에 다리를 올리며 말했다.

"넌 여기서 우리랑 어울릴 수 있어. 하지만 학교에서는 안 돼. 알았지?"

조엘은 그저 한숨만 내쉴 뿐이었다. 이건 진짜 희망이 없었다.

"갈 거야, 칼라일?"

다른 소년이 뒤돌아 물었다.

"오늘은 다른 길로 갈 거야. 먼저 가."

라이언이 말했다.

"그래, 그럼 나중에 보자."

그 애는 나머지 애들과 같이 자전거를 타고 출발했다.

라이언은 자전거를 끌고 조엘에게 다가와 물었다.

"너, 이 근처 사니?"

조엘은 놀라 눈을 깜빡이며 대답했다.

"난 모건 로드에 살아."

라이언은 고개를 끄덕였다.

"난 호지스에 살아."

조엘은 호지스가 어디 있는지 몰랐다. 어쨌거나 모건 로드 근처에 있는 게 분명했다. 라이언이 옆에서 자전거를 끌기 시작했으니까.

이상했다. 조엘은 아무렇지 않은 체하려 애썼지만 라이언 주위에서 어떻게 행동해야 할지 몰랐다. 라이언이 자기를 좋아하는 것 같기 때문인지 아니면 라이언의 아빠가 야구부 코치여서인지 모르겠지만, 어느 쪽이든 조엘은 진짜 신경이 쓰였다.

라이언도 그렇게 편안해 보이지는 않았다. '그렇다면 이 애는 왜 나랑 같이 걷고 있는 거지?' 조엘은 궁금했다.

언덕 위를 걷고 있을 때, 라이언이 마침내 입을 열었다.

"공식적으로 말하자면, 네가 야구 하도록 우리 아빠가 허락해야 한다고 생각해."

"정말?"

조엘은 슬쩍 옆으로 라이언을 바라보았다.

"나는 그렇게 생각한다고 아빠한테 말했어."

"그래?"

라이언이 조엘이 경기하는 걸 보기도 전에 그랬다는 뜻이었다.

"그래. 그래도 아무 소용 없었어. 우리 아빠는 좀……"

라이언이 나뭇가지를 발로 차며 말했다.

'성차별주의자?' 조엘은 조그맣게 속으로 말했다.

"자기만의 스타일이 있는 것 같아."

라이언은 이어 말했다.

"아빠는 규칙에 굉장히 엄격하셔. 하지만 내 생각에 여자는 소프트볼 하고 남자는 야구 해야 한다는 방침은 어리석어."

조엘은 눈썹을 치켜 올렸다.

"그렇지?"

라이언은 그저 고개만 끄덕였다.

조엘은 라이언 칼라일이 자기 아빠하고 조금도 닮지 않은 게 다행이라고 생각했다.

둘은 모퉁이에서 멈췄다.

"난 이제 이쪽 길로 가."

라이언이 다른 쪽 길을 가리키며 말했다. 그러고는 모자챙을 만지작거리며 덧붙였다.

"우리, 토요일마다 공원에서 야구 해. 괜찮으면 다음 주에도 와."

"그래. 고마워."

라이언은 자전거에 풀쩍 뛰어 올라 출발했다.

조엘도 다음 주에 거기 가고 싶었다.

아무도 나를 막을 수 없을걸

조엘은 화요일 내내 클라리넷 오디션이 걱정스러웠다. 연주석 테스트에는 음계와 더불어 악보를 보고 연주하는 즉석연주가 포함되어 있었다. 미니애폴리스에서 그랬던 것처럼.

조엘은 즉석연주는 전혀 걱정하지 않았다. 하지만 음계는 언제나 죽음이었다. 한 번도 연습을 안 했기 때문이다.

"됐어, 조엘."

조엘이 A$^\#$ 음계 연주를 하고 나자 코코란 선생님이 말했다.

"이제 반음계 해볼래?"

조엘은 숨을 크게 내쉬고 나서 시작했다. 첫 음계 몇 개는 매번 힘들었지만 오늘은 조엘의 새끼손가락이 제대로 움직여주었다. 조엘은 계속 중간 음역까지 가서 고음역에 이르러 속도를 늦추었다. 높은 음계에서는 새된 소리가 났지만, 그래도 조엘은 해냈다. 조엘은 다시 숨을 몰아쉬고 낮은 음계로 내려가기 시작했다.

코코란 선생님이 클립보드에 무언가를 끼적였다.

"좋아, 잘했어."

조엘이 끝마치자 선생님이 말했다.

잘했다니 그럴 리가 없었다. 하지만 코코란 선생님은 그런 선생님이었다. 코코란 선생님을 보면 미니애폴리스의 코치 선생님이 떠올랐다. 페리 코치 선생님은 모두를 기분 좋게 했다. 뛰어난 선수들이든, 그저 그런 선수들이든.

"이제 여기 온 지 두 주 정도 됐겠구나. 후버 중학교에서 잘 적응하고 있니?"

조엘이 클라리넷을 면봉으로 손질하자 코코란 선생님이 물었다.

"잘 지내고 있어요."

"학기 중에 전학 오는 건 힘든 일이지. 하지만 특별활동에 참가하면 큰 도움이 될 수도 있어."

조엘은 클라리넷 피스를 케이스에 눌러 넣으며 고개를 끄덕이기만 했다. 그게 바로 조엘이 하려는 거였다. 특별활동에 참여하는 것. 그게 바로 야구였다.

"안녕, 조엘."

조엘이 밖으로 나오려는데 라이언이 밴드부실로 다음 그룹의 아이들과 함께 들어왔다.

"오디션은 어땠어?"

"괜찮은 것 같아. 난 확실히 제1연주자는 아니야."

조엘은 숨죽여 말했다.

라이언은 씩 웃으며 말했다.

"나도 그래. 있잖아, 오늘 오후에 우리 경기 올래?"

"원정 경기아냐?"

조엘이 말했다.

"그래, 맞아. 하지만 페어몬트에서 하는 거야. 거기 애들은 실력이 별로야. 우리가 반드시 이길 거야."

"걔네들 홈그라운드에서 이길 수 있다고 생각하는 거야?"

라이언은 어깨를 으쓱했다.

"말했잖아, 걔네들은 별로 잘하지 못한다구."

조엘은 어디 가야 할 때면 제이슨 오빠에게 운전해달라고 부탁하곤 했다. 하지만 오빠는 이제 더 이상 이곳에 없다. 그리고 부모님은 오후 내내 일하고 있을 거다.

"미안, 난 못 갈 것 같아. 차가 없어."

라이언은 실망한 듯했다.

"정말 안됐다. 네가 거기 없으면 좀 허전할 거야."

"그래?"

"그래. 네가 항상 스탠드에서 보고 있었잖아. 모두 너를 봤지만 누구도 뭐라고 안 했어."

조엘은 뭐라 대답해야 할지 몰랐다.

"사실, 우린 너에 대해 말하면 안 되거든."

라이언이 이어 말했다.

"아빠가 네가 거기 없는 것처럼 굴어야 한다고 그러셨어."

조엘은 들고 있던 책을 다른 쪽 팔로 옮겨 들었다. 그러니까, 칼라일 코치가 조엘을 알아차렸다는 거다.

"너희 아빠가 나에 대해 뭐 좋은 얘기는 안 하셨어?"

라이언은 잠깐 생각했다.

"음, 네 의지가 대단하다고 언젠가 그러시더라."

조엘은 자그마한 희망의 씨앗을 느꼈다. 그건 어쨌든 대단한 것이었다.

"하지만 나한테 야구를 허락할 만큼 대단하게 여기시는 건 아니구나."

"아직은."

그때 코코란 선생님이 라이언에게 안으로 들어오라고 손짓했다.

'아직은 아니라고?'

하지만 희망이 있을지도 모른다고 조엘은 생각했다.

* * *

다음 날 아침, 조엘이 아침운동을 하고 돌아와 보니 아빠가 식탁에서 《그린데일 가제트》를 읽고 있었다. 아빠는 씩 웃으며 조엘을 올려다보더니 접어놓은 페이지를 내밀었다.

"네가 쓴 글에서 토씨 하나 안 바꾸었더구나."

마침내 편지가 실렸다! 조엘은 신이 나서 그 모든 걸 꼼꼼히 살펴보았다.

"정말, 하나도 안 바뀌었어요."

와우! 자기 글이 인쇄되어 있으니 근사해 보였다. 조엘은 아빠에게 물었다.

"뭔가 달라질까요? 이게 이곳 방침을 바꾸는 데 도움이 될까요?"
"모르지."

아빠는 싱크대에서 커피 컵을 헹구며 말했다.

"많은 사람들이 네 주장에 동의한다면, 그래서 너한테 목소리를 실어준다면, 그럴지도 모르지."

조엘은 자기 편지에 동의하지 않을 사람은 아무도 없을 거라고 확신했다.

학교에 도착했을 때, 조엘은 많은 아이들이 그 편지를 본 것을 알고는 깜짝 놀랐다. 적어도 그 얘기를 들어 알고는 있었다.

조엘이 라커 자물쇠 다이얼을 돌리는데, 한 무리의 여자애들이 자기를 빤히 바라보는 것을 느낄 수 있었다.

"저 애가 야구 한다는 그 애야."

그들 중 한 아이가 나지막한 목소리로 말했다.

"신문사에 그 편지 쓴 애."

조엘은 그 소녀가 자기가 쓴 편지 내용을 좋아하는지 싫어하는지 알 수가 없었다.

"저 애가 관중석에 앉아서 야구부가 연습하는 걸 매일 구경한대."

다른 소녀가 말했다.

"정말 희한한 애야."

조엘의 뺨이 붉어졌다. '난 희한하지 않아.' 조엘은 고개를 라커에 숨긴 채 그날 아침 필요한 책을 챙기며 생각했다. '난 그냥 야구를 하고 싶은 거라구. 그게 뭐가 희한해?'

밴드부에서 옆 자리에 앉는 카일리가 조엘의 라커 문을 흘끔거리며 말했다.

"안녕, 네가 《그린데일 가제트》에 쓴 편지, 대단했어. 나, 감동 먹었어."

조엘은 안도의 숨을 쉬었다. 적어도 누군가는 그게 괜찮다고 생각했으니까.

"넌 정말 학교신문《에코》에 들어와야 한다니까, 조엘."

카일리가 덧붙였다.

"학교신문사에도 너처럼 글 잘 쓰는 사람은 많지 않아. 스포츠 칼럼이든 특종이든 네가 원하는 건 뭐든지 쓸 수 있어. 어때?"

조엘은 라커 문을 닫았다.

"정말 고마워, 카일리. 하지만 내 생각은 달라."

"왜?"

카일리가 조엘에게 바투 다가왔다.

"너, 글을 정말 잘 쓰더라. 그리고 우린 정말 재미있는 게 많아. 우리 스태프 모두 금요일 밤 늦게까지 마지막 편집 작업을 하기도 해. 그럴 땐 피자도 주문해 먹으면서 놀아. 그건······."

"카일리!"

조엘은 웃으며 손을 들어 올렸다.
"미안해, 정말 미안해. 하지만 지금은 관심 없어."
"조엘?"
뒤에서 누군가가 조엘을 불렀다.
조엘이 뒤돌아보니 라이언이 다른 아이들과 함께 서 있었다. 라이언은 귀를 긁적였다. 긴장한 듯했다.
"저기, 잠깐 얘기 좀 할 수 있을까?"
라이언 목소리의 무언가가 조엘을 긴장하게 만들었다.
"좀 있다 내가 널 따라갈게. 괜찮지?"
조엘은 카일리에게 말했다.
"그러든가! 밴드부에서 보자."
카일리는 어깨를 으쓱하며 복도로 내려갔다.
조엘은 라이언에게 다가갔다.
"무슨 일이니? 어제 경기에서 이기기라도 한 거야?"
"아니, 2대 6으로 졌어."
"정말 안됐다."
"그래."
라이언은 조엘을 제대로 바라보지 못했다.
"있잖아, 오늘 방과 후에 네가 구경하러 올 건지 궁금해서."
"물론. 그럴 것 같은데."
'이 애는 정말 나를 좋아하는구나.' 조엘은 생각했다.
라이언은 다시 자기 귀를 긁적였다.

"그러지 않는 게 좋을 것 같아, 조엘."

"무슨 말이야?"

얼굴이 붉어지는 걸 느끼며 조엘이 물었다.

"있지, 네가 신문사에 보낸 그 편지 때문에 우리 아빠가 좀 화가 나셨어. 아빠는 네가 자기를 성차별주의자처럼 보이게 했다고 생각하셔."

'맞아! 칼라일 코치는 성차별주의자야.' 조엘은 생각했다. 하지만 아무 말도 하지 않았다.

그러자 라이언이 말했다.

"있지, 있잖아, 한 이삼일 네가 나타나지 않는 게 더 나을지도 몰라. 우리 아빠한테 냉정을 찾을 기회를 좀 줘."

조엘은 대답하지 않았다. 조엘은 이곳에서 부당하게 취급받는 사람이었다. 그리고 이제 칼라일 코치가 화났으니 야구 경기장에는 얼씬도 하지 말라고?

"어쨌거나 왜 네가 그런 일을 해야 했는지 난 모르겠어."

라이언이 중얼거렸다. 마치 자기 발에 대고 말하는 것처럼 들렸다.

"남자애들 거의 전부가 네가 토요일에 진짜 잘했다고 생각했어. 그런데 넌 그러고 나서 집에 가서 그 바보 같은 편지를 썼어. 그러니까, 넌 결국 팀플레이를 잘하는 사람이 아닐지도 몰라."

"내가 팀플레이를 잘하는 사람이 아니라고?"

조엘의 목소리가 올라갔다.

아이들 서너 명이 복도를 지나며 물끄러미 바라보았다.

"잠깐만. 우선, 난 그 편지를 토요일 훨씬 전에 썼어. 신문에 실리는 데 엄청 오래 걸렸다구. 둘째, 난 실제 너희 팀원이 아니야. 알겠어? 그게 바로 내가 편지에서 말했던 거야!"

라이언은 자기 테니스화를 내려다보며 말했다.

"네가 여자라는 것 때문에 우리 아빠가 너를 내친 것처럼 들리게 했잖아."

조엘은 웃음이 터져 나올 뻔했다. 그게 정확히 칼라일 코치가 한 행동이었기 때문이다.

"들어봐, 라이언. 너도 알고 나도 아는 사실이야. 너희 아빠는 너희 팀에 어떤 여자든 들어오는 걸 싫어한다구."

"네가 조금만 더 기다렸다면, 내가 아빠 마음을 바꿀 수 있었을지도 몰라. 하지만 네가 아빠를 나쁜 사람처럼 보이게 했어. 이제 아빠는 절대 받아들이지 않을 거야."

조엘이 따져 물었다.

"난 너희 아빠를 나쁜 사람으로 보이게 하지 않았어. 난 사실을 말했을 뿐이라구. 그리고 네가 나를 위해 싸움에 끼어드는 건 바라지도 않아."

조엘은 누구든 자기를 위해 싸움에 끼어드는 걸 원하지 않았다.

라이언의 눈빛이 싸늘해졌다.

"알았어. 그럼 네가 알아서 해. 하지만 우리 아빠는 이제 네가 야구부에서 절대 경기 못 하게 할 거야. 그건 분명해."

라이언은 휙 등을 돌려 지나가는 학생들 속으로 재빨리 사라져버렸다.

조엘은 물끄러미 라이언을 눈으로 좇았다. '내가 이 지역 방침을 바꾸면, 너희 아빠도 선택의 여지가 별로 없을걸.' 조엘은 생각했다.

* * *

그날 아침 늦게까지도, 조엘은 라이언의 말을 마음속에서 떨쳐낼 수가 없었다. 사회 시간에도 도무지 집중이 안 되었다.
호킹스 선생님이 말하고 있었다.
"이제 너희들은 재판 절차에 대한 공부를 거의 다 끝마쳤다. 이제 다음 단원으로 넘어가겠다. 모의재판."
몇몇 아이들은 관심을 보였다. 몇몇 아이들은 끙 하는 신음 소리를 냈다.
"바로 여기 교실에서 소송을 진행할 거다. 너희들은 각자 역할을 맡는다. 검사, 변호사, 원고가 필요하다. 공부를 열심히 했으면 다들 이런 용어가 익숙하겠지. 원고가 뭔지 누구 기억하는 사람?"
손 몇 개가 올라왔다.
"트래비스가 말해볼래?"
"원고는 피해를 입은 사람입니다."
"꼭 그렇지는 않아."
호킹스 선생님은 칠판에 기대며 말을 이었다.
"원고는 소송을 제기하는 사람이야. 하지만 원고든 피고든 모두에게 손해배상금이 주어질 수 있어."

호킹스 선생님은 교실 안을 천천히 걷기 시작했다.

"변호사는 자기한테 필요한 증인을 정할 거다. 그리고 너희 중 누군가에게 그 역할을 해달라고 요청할 거야."

선생님은 계속해서 말을 이어갔다.

"변호사가 변론을 준비하고 증인을 세우는 데 일주일 정도 걸릴 거다. 그러고 나서 재판을 하지. 역할을 맡지 않은 다른 사람들은 배심원을 하고."

라이언이 손을 들었다.

"누가 재판장을 하죠?"

"물론, 나지. 다른 질문 있나?"

호킹스 선생님이 웃으며 답했다.

"뭐에 관한 재판을 하나요?"

"여자가 야구를 해도 되는지 안 되는지에 관한 건 어때요?"

뒤에서 한 아이가 외쳤다.

"그래!"

몇몇 다른 목소리가 일었다.

조엘은 의자 밑으로 몸을 쑥 밀어 넣었다. 교실에서 자기 문제를 왈가왈부하는 게 조엘은 정말 싫었다.

"아니, 선생님한테 다른 생각이 있단다."

호킹스 선생님이 말했다.

"너희 모두 '골디락과 곰 세 마리' 얘기 알 거다."

선생님은 책상 뒤에서 커다란 헝겊인형을 꺼내서 들어 올렸다.
"우리 피고인, 골디락한테 인사해라."
"그게 우리 재판의 피고라고요?"
한 아이가 투덜거렸다.
"말도 안 돼요!"
그 옆에 있던 아이가 외쳤다.
"잠깐 들어봐라."
호킹스 선생님은 책상 위의 책에 헝겊인형을 기대놓고 말했다.
"골디락은 가택 침입, 폭행, 기물 파손으로 고소를 당했어. 유죄가 선고되면 감옥에서 20년을 살아야 할 상황에 처해 있다."
그러자 브루크가 소리 높였다.
"음, 분명히 유죄예요. 곰의 집에 들어갔고, 음식을 훔쳤고, 의자를 망가뜨리고 침대에서 잠을 잤잖아요."
"네, 골디락을 감옥으로 보내야 해요!"
창가 옆 아이가 브루크의 주장에 동조했다.
조엘은 얼굴을 찡그린 채 돌아섰다.
"골디락을 감옥에 처넣는다고?"
그 아이가 입은 검정 티셔츠는 색이 너무 바래서, 조엘은 앞면에 어떤 밴드의 이름이 쓰여 있는지 식별할 수 없었다. 그 아이는 자기 앞의 빈 의자에 발을 걸쳐두고 있었다.
"죄를 저질렀으면 감옥에 가야지."
남자애는 어깨를 움츠리며 말했다.

"하지만 그 애는 골디락이라구! 그 애는 어린이 책의 주인공이야."

조엘이 맞받아쳤다.

"그래서? 골디락은 법을 어겼잖아!"

브루크가 강력히 주장했다.

조엘은 한숨을 내쉬었다. 이 마을 사람들은 참 속이 좁다는 생각이 들었다. '골디락은 감옥에 가야 한다.' '조엘은 야구를 하지 말아야 한다.' 이 마을 사람들은 모든 문제를 흑백논리로만 보는 듯했다.

"네가 만약 사흘 동안 숲에서 길을 잃었다면 어떻게 할래? 먹을 것도, 마실 것도 없는데……."

조엘이 입을 열었다.

"난 노크를 할 거야. 난 그냥 남의 집에 침입하지 않아."

브루크가 대답했다.

"아무도 대답 안 하면?"

"누가 집으로 올 때까지 기다릴 거야."

"그럼, 집으로 안 오면? 얼마나 오랫동안 기다릴래?"

조엘은 되받아쳤다.

"난 그냥 규칙이 있다는 걸 말하는 것뿐이야. 사람들이 규칙을 따르지 않으면 사회는 제 기능을 할 수가 없어. 그렇지 않아요, 호킹스 선생님?"

브루크가 말했다.

"아니, 안 돼."

호킹스 선생님이 양손을 들어 올렸다.

"이건 너희들 토론이야. 내 것이 아니고. 하지만 지금까지 너희 둘 다 아주 잘했어. 브루크, 넌 검사 역할이 좋겠다. 그리고 조엘, 넌 변호사가 되는 건 어떻겠니?"

"완벽하네. 저 애는 골디락 같잖아. 규칙 따윈 신경 안 쓰니까."

누군가 뒤에서 종알대는 소리가 들렸다.

조엘은 뒤돌아보지 않으려고 무진장 애를 썼다.

* * *

방과 후 조엘은 여느 때와 같이 야구장으로 향했다.

라이언은 오지 말라고 귀띔했었다. 하지만 조엘 안의 무언가가 어쨌든 가라고 했다. 가서 논지를 충분히 입증하기를 바랐다. 누구도 조엘 커닝햄을 말릴 수 없었다. 누구도.

하지만 야구장으로 가는 도중, 조엘은 마음을 바꾸었다. '잠깐 동안 몸을 낮추는 게 좋겠어. 모두들 조금 진정하도록 말이야. 내 편지 때문에 무슨 일이 벌어지는지 잠자코 보자.' 조엘은 스스로에게 말했다.

그러기는 참 힘들었지만 조엘은 마침내 몸을 돌렸다. 돌아가다 소프트볼 구장을 지나쳤다.

여자애들이 운동장에서 연습을 하고 있었다. 멀리서 보니, 야구 연습과 꽤 비슷해 보였다. 치고, 달리고, 잡고. 조엘은 걸음을 멈추고 바라보았다. 하지만 야구와 똑같지는 않았다.

엘리자베스가 조엘을 알아보고는 손을 흔들었다. 조엘도 손을 흔들어주었다.

"안녕, 조엘!"

케이티가 불렀다. 케이티는 키가 조엘의 턱에도 오지 않을 정도로 작은 여자애로, 사회 시간에 본 적이 있었다.

"같이 할래?"

다른 몇몇 선수들이, 브루크도 포함해서, 릴레이 연습을 멈추고 호기심 어린 눈빛으로 조엘을 바라보았다. 페너 선생님도 조엘을 바라보았다.

"아니, 미안해."

조엘은 재빨리 다시 걷기 시작했다. 야구에서 여유가 좀 생겼다고 해서 소프트볼을 할 여유가 있다는 뜻은 아니었다. 게다가 조엘은 골디락을 변호할 계획을 짜야 했다.

야구 말고 딴 생각을 해야 했다.

조엘은 생각을 억지로 쥐어짰다. 누구를 증인으로 세워야 한단 말인가? 증인들한테 무슨 말을 하라고 해야 하나? 어쩌면 오빠한테 좋은 수가 있을지도 모른다.

조엘은 어찌 됐든 오빠하고 통화를 하고 싶었다. 오빠에게 할 말이 너무 많았다. 조엘은 집에 도착하자마자 오빠의 전화번호를 눌렀다. 오빠가 전화를 받자마자 조엘은 속사포처럼 쏟아놓았다.

"오빠, 나야! 무슨 일이 있었는지 알아? 내 편지가 오늘 신문에 실

렸어. 모두가 학교에서 그 얘기를 해. 그리고…….″

″어, 조엘! 지금 통화할 수 없어.″

조엘은 수화기를 향해 얼굴을 찡그렸다.

″뭔 말이야? 벌써 얘기하고 있잖아.″

″그래, 근데 나 지금 나가는 중이야. 데이트가 있어.″

데이트라고?

″하지만 난 할 말이 있다구, 오빠.″

조엘은 고집을 부렸다.

″내 편지에 관한 게 아니야. 다른 것도 있어. 진짜 중요하단 말이야. 우리 사회 시간에 모의재판을 하는데, 있잖아…….″

″미안, 조엘. 진짜 안 돼. 나중에 전화할게. 알았지?″

″알았어.″

조엘은 뿌루퉁하게 말했다. 오빠가 다시 전화할 것 같지 않았다.

이제 오빠만의 생활이 있었다. 엄마랑 아빠가 그렇게 말하지 않았던가?

사람들의 반응

"얘야, 오늘자 독자투고란 좀 볼래?"

며칠 후, 엄마가 말했다.

아침 운동에서 막 돌아온 조엘이 모자로 얼굴에 부채질을 하며 애써 숨을 고르고 있을 때였다. 조엘은 신문이 펼쳐져 있는 식탁으로 어슬렁어슬렁 걸어갔다.

"네 편지에 답장이 일곱 통 왔어."

아빠가 말을 건넸다.

"정말? 뭐래요?"

조엘은 아빠의 의자 등받이에 팔꿈치를 기댄 채 어깨 너머로 신문을 들여다보았다.

"자, 여기 네가 야구를 해야 한다고 생각하는 사람이 있다."

아빠는 톰 힐리라는 사람한테서 온 편지를 가리켰다.

조엘은 얼른 그 편지를 읽었다. 톰 힐리라는 사람은 기본적으로 조엘이 말한 야구와 소프트볼이 전혀 다른 별개의 운동이라는 내용을 반복하고 있었다.

'내 편 1명.' 조엘은 생각했다.

"또 여기 다른 지지자도 있어."

엄마가 다음 편지를 보라며 가리켰다.

편집장님께.

저는 후버 중학교 야구부에서 야구를 합니다. 조엘 커닝햄이 처음 우리 팀에 들어오고 싶어 했을 때, 코치 선생님이 안 된다고 해서 저는 내심 좋았습니다. 여자애하고 같이 야구를 하는 게 좀 이상할 것 같았으니까요. 하지만 얼마 전, 우리 선수 몇 명이 공원에서 조엘과 함께 야구를 한 적이 있어요. 조엘은 야구를 꽤 잘합니다. 그러니 조엘이 원한다면 야구를 하게 해야 합니다. 어쩌면 조엘이 한두 게임 정도 우리 팀이 이길 수 있게 도움을 줄지도 모르겠어요.

이안 왈시

'와우, 대단한걸.' 조엘은 생각했다.

"편지 잘 썼는걸. 이 애 아니?"

"잘은 몰라요."

조엘은 고개를 저었다. 지난 토요일에 이안하고 두어 마디나 서로 나누었을까.

또 다른 편지에서는 한 여인이, 자기는 야구나 소프트볼에 대해 많이 알지 못한다고 썼다. 그러면서 "여자가 야구를 하고 싶다면, 나는 110% 그 여자애를 지지합니다"라고 했다.

조엘은 콧방귀를 뀌었다.

"이 여자는 내가 대부분의 여자들이 하지 않는 걸 하려고 하기 때문에 나를 지지하는 거잖아."

"그래도 뭐, 네 편이잖니. 하지만 전부 다 그런 건 아니야. 이거 읽어볼래?"

엄마가 말했다.

편집장님께.

후버 중학교의 그 여학생은 징징 보채지 말고, 그냥 다른 여학생들처럼 소프트볼을 해야 합니다. 야구는 여자 운동이 아니니까요.

패트릭 퀴글리

"뭐라고?"

조엘은 화가 치밀어 올랐다.

"이 사람 무슨 소리 하는 거야? 야구가 여자 운동이 아니라니."

아빠가 껄껄 웃었다.

"그건 무시해버려, 조엘. 여기 교육위원회에 다니는 사람이 쓴 편지가 있다. 뭐라는지 좀 보자."

편집장님께.

커닝햄 양이 후버 중학교 야구부에서 경기를 하고 싶어 하는 건 이해합니다. 하지만 엄밀히 말해 커닝햄 양은 자기만의 의견을 주장하고 있습니다. 본질은, 운동 프로그램 전체 예산이 한정되어 있다는 것입니다. 우리는 여자 운동 프로그램에 사용하는 것만큼 남자 운동프로그램에도 똑같은 비용을 지불해야 할 의무가 있습니다. 만약 우리가 여학생들에게 야구와 소프트볼 둘 다 허용한다면, 그렇게 되면 우리는 남학생들에게 제공하는 것보다 더 많은 기회를 여학생들에게 제공하게 되는 것입니다.

제프 피츠패트릭

그린데일 교육위원회 위원

"참 멍청하네! 날 부당한 사람처럼 보이게 하잖아요."

조엘은 화가 났다.

"정말 대단한 사람들이다!"

아빠가 머리를 저으며 말했다.

"정말 창피하다. 하지만 이 남자가 하는 말을 이해는 해. 학교에서 소프트볼 전체를 없애고 야구팀만 운영하길 네가 바라는 건 아니잖아. 소프트볼을 하는 여자애들이 많이 있어."

엄마가 말했다.

"난 소프트볼을 없애라는 말은 한 마디도 안 했다고요!"

조엘은 거의 폭발할 지경이었다.

"내가 야구를 하는 것처럼 소프트볼을 하는 남자애들이 있을지도 모르는 거 아녜요? 아이들이 야구나 소프트볼 중 아무거나 하면 안 되나요? 자기들 마음대로 시키지 말고."

조엘은 신문을 집어 들고 다른 편지들도 살펴보았다. 마지막은 최악 중에서도 최악이었다.

편집장님께.
이것은 조엘 커닝햄에게 보내는 편지입니다.
넌 여기서 야구를 할 수 없어. 그러니 참고 소프트볼을 하도록 해. 이 두 가지 운동은 완전히 다르지도 않고, 또 우리는 분명 네가 소프트볼을 할 수 있으리라 생각해. 하지만 넌 아마도 듣지 않겠지. 왜냐하면 넌 소프트볼을 하는 대신 시즌 내내 야구장 스탠드에 앉아만 있을 테니까. 왜 그러니, 조엘? 네가 너무 잘나서 소프트볼을 못 하겠다는 거니? 아니면 야구를 할 수 없는 가여운 여자애가 되어 사람들의 관심을 받는 게 좋은 거니?

브루크 하틀
후버 중학교 소프트볼팀 공동 주장

조엘은 화가 나서 신문을 마구 쥐어 흔들고는 식탁 위로 확 집어 던졌다.
"참 뻔뻔스럽기도 하네!"
아빠가 씽긋 웃었다.

"브루크 하틀도 너만큼이나 아주 용기 있는 것 같구나."

조엘은 아빠에게 눈을 흘겼다.

"저런 애랑 같이 나를 도매금으로 넘기지 마세요."

엄마가 조엘의 말총머리를 쓰다듬으며 말했다.

"이런 말 하긴 싫지만, 저 애도 중요한 걸 잘 짚었다. 어쩌면 넌 여기 그린데일에서 야구를 할 수 없을지도 몰라. 그러니 소프트볼을 해야 할 수도 있어."

조엘은 엄마를 물끄러미 바라보았다.

"엄마는 내가 포기하길 바라는 거예요? 난 엄마가 내 편인 줄 알았는데."

"네 편이야, 조엘. 하지만 그건 정말 포기하는 게 아니야. 넌 모든 걸 다 했어. 여자애들하고 소프트볼 하는 게 그렇게나 끔찍하니? 좋은 친구들도 사귈 수 있잖아."

"게다가 넌 올 여름 리틀리그도 뛸 수 있어. 거기는 학교 방침하고는 관계없어."

아빠가 덧붙였다.

"어떻게 그럴 수가 있죠?"

조엘은 의자에 털썩 주저앉았다.

"아빠도 내가 소프트볼을 해야 한다는 거예요? 처음으로 배트하고 글러브를 사다 주신 게 아빠 아니었어요? 제이슨 오빠랑 저를 매일 저녁 먹고 공원에 데리고 간 사람이 아빠 아닌가요? 오빠가 미네소타 대학에서 야구를 하게 되었다는 소식을 듣고 기뻐서 펄쩍 뛰었던 사람이 아빠 아니냐고요?"

아빠는 어깨를 움츠렸다.

"그래, 조엘. 넌 이해 못 한다. 어쩌면 네가 소프트볼을 좋아하게 될 수도 있잖아."

조엘은 팔짱을 꼈다.

"저 여자애가……"

조엘은 구겨진 신문을 향해 고갯짓을 했다.

"그 팀 주장이 아니라면 또 모르죠."

아빠는 브루크의 편지를 다시 읽었다.

"아, 뭘 그런 걸 갖고 그래. 아빠 생각에는 너한테 도전장을 내민 것 같은데."

아빠가 조엘 무릎 위로 신문을 건네며 말했다.

조엘이 자리에서 일어나니 신문지가 바닥으로 툭 떨어졌다. 조엘은 발을 쿵쿵 구르며 부엌을 빠져나왔다.

"그 애 좋은 일은 절대 안 할 거예요."

조엘은 고개 돌려 말했다.

* * *

미니애폴리스에서 알고 지냈던 남자애들에게 진짜 고마워해야 할 게 하나 있었다. 그 애들은 조엘과 문제가 생기면, 앞에 놓고 정식으로 따졌다. 그 애들은 신문에 대고 항의하거나 조엘에 대해 이러쿵

저러쿵 뒤에서 떠들어대지 않았다. 브루크나 학교 안에서 브루크를 졸졸 따라다니는 애들이 지금 바로 하고 있는 것처럼.

조엘은 그 애들이 자기에 대해 이러쿵저러쿵 떠들고 있다는 걸 알았다. 그냥 느낄 수 있었다. 2교시에서 3교시 사이 쉬는 시간, 뒤에서 누군가 부르는 소리가 들렸다.

"안녕, 조엘! 괜찮니?"

엘리자베스가 손을 흔들며 조엘을 따라왔다.

조엘은 가슴께로 책을 바싹 끌어안았다.

"완전 피해망상에 푹 빠졌어. 모든 사람이 날 쳐다보는 것 같아."

엘리자베스가 씩 웃었다.

"이런, 여기 거물급 유명 인사가 있었네. 이렇게 생각해봐. 넌 이 학교에 다닌 지 아직 한 달도 안 됐어. 하지만 모두가 널 알잖아."

"애들은 나에 대해 아무것도 몰라. 그 애들한테 나는 그저 소프트볼을 하지 않는 여자이거나, 야구를 하고 싶어 하는 여자일 뿐이라구."

"그건 그렇네."

엘리자베스가 고개를 끄덕였다.

조엘은 그냥 소프트볼을 해야 하는 건 아닐까 의구심이 들기 시작했다. 적어도 그러면 아이들이 조엘을 좋아하긴 할 거다. 그렇게 되면 그린데일에서의 생활이 훨씬 쉬워질 거다.

"용기를 내! 널 정말로 대단하게 여기는 사람들도 있어."

엘리자베스가 함께 복도를 걸어가며 말했다.

조엘이 한쪽 눈썹을 치켜 올렸다.

"웃기지도 않는다!"

"아니야, 정말이야! 넌 네가 믿는 것을 위해 나서고 있잖아. 진짜 멋져. 나도 너 같으면 좋겠어."

엘리자베스가 힘주어 말했다.

조엘은 뭐라 할 말이 없었다. 엘리자베스의 말을 들으니 자기가 꽤 대단한 것 같기도 했다.

'그렇지만 엘리자베스도 용감한 사람이야. 엄마가 없는 걸 견디는 것도 쉽지 않을 거야.' 조엘은 생각했다.

엘리자베스는 징징대지도, 불평하지도, 스스로 연민에 빠지지도 않는 듯했다. 엘리자베스도 분명 때로 슬프거나 화가 날 때가 있으리라는 걸 조엘은 알았다. 하지만 엘리자베스가 다른 누군가에게 자기 감정을 밖으로 표현하는 걸 한 번도 본 적이 없었다. 자기도 엘리자베스를 좀 닮았으면 좋겠다고 생각할 때가 있었다.

엘리자베스가 계속 말을 이어갔다.

"네가 소프트볼팀에 합류하지 않는 게 옳다고 생각하는 애들도 있어. 야구 하는 애 두 명이 그렇게 말하는 걸 내가 들었거든."

"전부 다 그렇게 말하지는 않아."

조엘은 한숨을 내쉬었다. 라이언 칼라일은 분명 그렇게 말하지 않았다. 라이언은 복도에서의 말다툼 이후로는 조엘에게 한 마디도 하지 않았다.

"그렇다면, 그런 애들은 아마 자기 팀에 자기보다 더 잘하는 여자애가 있다는 사실을 견딜 수 없어서 그러는 걸 거야."

엘리자베스가 태연하게 말하자 조엘은 웃으며 대꾸했다.

"그래, 맞아. 소프트볼팀에 있는 여자애들은 뭐라고 그러든?"

엘리자베스는 잠깐 망설였다.

"진짜 알고 싶어?"

"아니야, 됐어."

무엇이든, 좋은 얘기는 아닐 것 같아 조엘은 대답을 막았다.

* * *

수요일, 아이들이 밴드부실로 향하는 육중한 출입문 주위로 몰려들었다.

"자리 배정표가 새로 붙었나 봐!"

엘리자베스가 조엘에게 말했다. 그러고는 게시판을 보러 바짝 다가갔다.

"좋았어! 여섯 번째야! 올라갔어!"

"좋겠다."

조엘은 새 자리 배정표를 보기 위해 굳이 서두르지 않았다. 달랑 7명의 클라리넷 주자가 있는 파트에서 끝에 앉는 건 그리 중요한 게 아니었다. 하지만 이제 스물한 개의 클라리넷이 있는 밴드에 있으니, 정말 끔찍해 보였다.

"그럴 줄 알았어."

문에서 멀어지는 카일리의 어깨가 축 처졌다.

"또 마지막 자리야."

"쩝."

'그럼 내가 끝에서 두 번째겠구나.' 조엘은 생각했다. 그러나 문가로 다가갔을 때, 조엘은 기절초풍할 지경이었다.

11번째 자리!

한가운데, 세 번째 섹션도 아닌 두 번째 섹션. 조엘은 그렇게까지 높은 자리에 앉아본 적이 없었다. 세상에 이게 무슨 일이란 말인가!

"야, 잠깐!"

바리톤 연주자가 조엘을 팔꿈치로 살짝 건드렸다.

"우리도 배정표 좀 보자구!"

"어쩜 이럴 수가! 11번째 자리야."

옆으로 비켜나오며 조엘은 엘리자베스에게 말했다. 밴드부를 그만두겠다는 생각을 재고해봐야 할 것 같았다.

"안녕, 엘리자베스."

브루크가 손에 바순 케이스를 들고 두 사람을 살짝 지나쳐 갔다.

조엘은 목소리를 가다듬었다.

"어, 내 이름은 조엘이야. 까먹었나 보네."

브루크가 돌아보았다. 그러고는 상냥하게 말했다.

"오, 안 까먹었어. 난 네가 아니라 엘리자베스한테 인사한 거거든."

엘리자베스가 고개를 떨어뜨렸다.

"난 항상 엘리자베스한테 인사해. 너한테 인사했다면 좀 다르게 말했겠지."

브루크는 계속 싱글거리며 말했다.

'뭐라고? 어떻게 그따위 말을 나한테 할 수가 있어? 야구랑 소프트볼이 뭐 어떻다고?'

"그래, 너랑 얘기하느니 소 귀에 경을 읽지!"

조엘은 되받아쳤다.

하지만 브루크는 벌써 가버리고 없었다.

* * *

사회 시간 종이 울리기 전, 누군가 조엘의 어깨를 톡톡 두드렸다. 조엘이 돌아보니, 곱슬머리의 여자애가 뒤에 앉아 있었다.

"안녕, 조엘. 난 스테파니야."

요란한 홀치기염 셔츠를 입은 그 애의 입속에는 은빛 치아 교정기가 가득 차 있었다.

"있잖아, 넌 왜 소프트볼을 안 하는 거니?"

조엘은 그 애를 그냥 물끄러미 바라보았다. 그러자 스테파니가 덧붙였다.

"난 너를 괴롭히려거나 뭐 그런 건 아니야. 그냥 궁금해서."

조엘은 망설였다. 이번엔 어떻게 대답할까? 소프트볼이 야구와 똑같지 않다는 조엘의 얘기를 아무도 이해하지 못하는 것 같았다.

"소프트볼이 시시하다고 생각해서 그런 거야? 아니면 남자애들이랑 게임 하는 게 더 좋은 거니?"

스테파니는 진짜 궁금해하는 것 같았다.

"전혀 그렇지 않아."

조엘은 신중하게 대답했다.

"음, 그럼 뭐야?"

"몰라."

조엘은 불편하게 몸을 움직였다. 마치 교장실에 다시 돌아와 있는 것 같았다. 설명하려고 말이다.

"난, 그러니까, 야구를 할 때 글러브 속에서 느껴지는 그 느낌이 좋아. 그리고 제대로 공을 맞추었을 때의 그 소리가 좋아."

"소프트볼 쳤을 때도 소리가 나. 안 그래?"

스테파니가 말했다.

조엘은 고개를 흔들었다.

"물론 소리가 나지. 하지만 그건 달라. 난 늘 야구를 했어. 난 소프트볼 공도 없고 소프트볼 글러브도 없어."

"그럼 사면 되잖아."

스테파니는 어깨를 으쓱해 보이며 말했다.

"넌 몰라. 그게 그렇게 간단한 게 아니야. 어쨌든 나한테는 말이야. 우리는 야구 가족이야. 우리 오빠는 연달아 3년 동안 주 대표로 뽑혔어. 오빠는 야구로 미네소타 대학에 장학금을 받고 들어갔어. 나도 장학금을 받으려면, 우리 학교에서 야구를 해야 해."

스테파니는 여전히 이해를 못 한 것 같았다.
"하지만 소프트볼 선수들한테는 장학금 없니? 대학에서 소프트볼을 할 수도 있잖아. 프로리그에서도 할 수 있고 올림픽 경기도 뛸 수 있어. 텔레비전에서 봤어."
조엘은 뒤로 물러났다. 스무고개를 하는 것 같았다. 어쨌거나 스테파니의 말이 모두 옳다는 것을 받아들여야만 했다.
"난 소프트볼이 진짜 운동이 아니라거나 좋은 운동이 아니라거나, 뭐 그 비슷한 말을 한 적이 없어. 단지 그건 내 운동이 아니라는 거야."
'게다가 난 그 주장이 꼴도 보기 싫어.' 조엘은 브루크가 건너편 옆자리에 앉는 걸 바라보며 속으로 생각했다.
"그래, 알았어. 어쨌든 설명해줘서 고마워. 난 그냥 궁금했거든."
스테파니가 말했다.
"천만에. 얘기 즐거웠어."
조엘은 조금 불편한 느낌으로 자기 자리로 돌아앉았다. 저 애가 자기를 놀리거나 떠들어댈까 봐 걱정스러웠다.
하지만 그 애는 그러지 않았다.
'내가 요즘 피해망상인가 봐.' 조엘은 생각했다.
"자, 둘은 재판 준비를 어떻게들 하고 있지?"
종이 울리자 호킹스 선생님이 물었다. 선생님의 눈동자가 조엘과 브루크에게 고정되었다.
"소송 준비는 잘 돼가나?"

"이미 증인을 채택했어요, 선생님."

브루크가 말했다. 그러면서 '내가 너보다 훨씬 낫거든' 하는 시선을 조엘에게 던졌다.

조엘은 진짜 이 재판에서 브루크를 이기고 저 얼굴에서 조롱기를 싹 지워내고 싶었다. 하지만 사실, 자기를 위해 증인이 되어달라는 말을 누구에게도 건네지 못했다.

조엘은 얼른 착수해야 했다. 그것도 빨리.

조엘은 골디락을 증인석에 세우지 않기로 이미 마음먹었다. 피고인은 증언하지 않아도 된다. 검사, 특히 브루크 같은 검사는 피고인을 정말 나쁜 사람으로 보이게 만들 수 있다. 조엘은 다른 증인들, 즉 골디락의 선생님, 골디락의 이웃 그리고 그 곰 이웃들에 집중해 변론하기로 결심했다.

불행하게도 그런 역할을 해주려는 친구를 찾기는 쉽지 않았다. 호킨스 선생님이 이 소송을 준비하라고 했을 때, 대부분의 반 친구들이 이미 브루크를 위해 증언하겠다고 나선 걸 조엘은 알고 있었다.

한 여자애가 조엘에게 말했다.

"미안. 난 배심원이 되는 게 낫겠어. 그러니까 증인은 안 돼."

또 다른 여자애는 이렇게 말했다.

"농담이지?"

그 애는 조엘을 알지도 못했다. 하지만 그 애는 브루크의 친구였다. 이 반의 모두가 브루크의 친구란 말인가? 아무도 조엘을 도와줄 수 없을 만큼 브루크의 인기가 대단하단 말인가?

'어쩌면 남자애들 중 한 명한테 부탁해야 할지도 모르겠어.' 조엘은 생각했다.

조엘의 눈길을 사로잡은 첫 번째 남학생은 라이언이었다. 라이언은 책상 위 책에 엎드려 있었다. 얼굴 위로 머리칼이 흩날렸다. 그 애는 자기 주변에서 무슨 일이 벌어지는지 전혀 관심 없는 듯했다.

조엘은 어렵게 침을 꼴깍 삼켰다. 조엘은 아직 라이언에게 화가 나 있고, 아마 라이언도 조엘에게 여전히 화가 나 있을 거다. 하지만 이젠 분위기를 바꾸어야 할 시간인지도 모른다.

조엘은 당당히 라이언에게 나아가 라이언 앞 빈 의자에 털썩 주저앉았다.

라이언이 조엘을 올려다보고는 주위를 살피며 말했다.

"안녕."

조엘은 머리를 긁적였다. 불행하게도 조엘은 분위기를 바꾸려면 무슨 말을 해야 하는지 알지 못했다. 먼저 사과를 하고 싶어도 무엇에 대해 사과를 해야 할지 몰랐다. 자기가 한 말이 다 틀렸다고 말하고 싶지는 않았다.

한참 동안, 둘 다 아무 말도 하지 않았다.

조엘이 다시 가려고 할 때, 라이언이 책을 옆으로 치우고 눈에 드리워진 머리칼을 쓸어 넘겼다. 마침내 라이언이 말했다.

"들어봐, 조엘. 그때는 내가 미안했어. 하지만 난 너보다 우리 아빠를 훨씬 더 잘 알아. 난 우리 아빠를 어떻게 다뤄야 하는지 알아. 그리고 넌……."

조엘은 즉각 따지려고 했다.

"내 말 먼저 들어줘."

라이언은 곤혹스러워 보였다.

"미안."

조엘은 얌전히 대답했다. 그러고는 계속 얘기하라는 몸짓을 했다.

"우리 아빠는 규칙을 아주 중요하게 여기셔. 그리고 올바르게 처리하셔."

'하지만 내가 야구를 하게 하는 게 올바른 일이라구!' 조엘은 생각했다.

"아빠는 옳고 그른 것에 대한 강한 신념을 갖고 계셔. 그래서 결국 아빠가 돌아설 거라고 내가 생각했던 거야. 하지만 내가 네 편을 든다며 나한테 화가 나셨어. 또 넌 아빠를 헐뜯기 시작했고……."

"난 헐뜯지 않았어!"

"헐뜯었다니까!"

조엘은 그때 말했던 그 모든 걸 돌이켜 생각해보았다. 분명 라이언 아빠를 성차별주의자라고 불렀었다. 하지만 그건 사실이었다.

"아빠가 깐깐한 건 알아. 하지만 그래도 우리 아빠야, 알아?"

라이언이 말했다.

조엘은 눈을 내리깔았다. '그래, 안다. 누구라도 자기 부모님을 깔보면 싫어할 거다. 그 사람이 말한 게 전부 사실일지라도.'

"알았어, 미안해. 정말 미안해. 더 이상 너희 아빠를 무시하지 않을게."

조엘은 약속했다. 그러고는 머뭇거렸다.

"그러니까, 내 부탁 하나만 들어줄래?"

"뭔데?"

"이번 재판에 증인 좀 되어주라."

라이언은 마음을 놓는 듯했다.

"좋아. 내가 어떤 역할 하면 되는데?"

조엘은 공책을 펴고는 라이언에게 꼭 맞는 역할을 찾아 예상 증인 목록을 훑어보았다. 라이언은 무얼 해도 맞았다.

"골디락이 다니는 교회의 목사를 하면 되겠네. 사람들한테 골디락이 일요일마다 교회에 나오고 길거리 쓰레기도 줍고, 무료급식소에서 봉사도 한다고 말해줘. 아니면, 나이 많은 옆집 이웃도 괜찮아. 골디락이 언제나 낙엽을 긁어 모아서 옆으로 치워주고, 초대하지 않으면 절대 남의 집에 들어가지 않는다고 말이야."

"골디락이 진짜, 진짜 좋은 사람처럼 들리는데."

라이언이 웃으며 말했다.

조엘도 따라 웃었다.

"그래, 맞아."

"또 다른 역할은?"

라이언은 조엘의 공책에서 또 다른 역할들을 들여다보았다.

"골디락이 몹시 배가 고팠고, 심하게 탈진한 상태였다는 걸 증명해주는 의사 역할을 하면 어떨까? 그 곰의 집에 들어갔을 때 아마 제정신이 아니었을 거라고 말이야. 아니면 곰의 이웃, 숲속에서 골디락을 발견하고 의사한테 데려다주는…….”

"곰의 이웃, 좋아."

조엘이 고개를 끄덕이며 말했다.

"곰의 이웃은 양쪽 모두에게 증인이 될 수 있으니까. 그 이웃은 골디락을 찾은 사람이기도 하지만 한편으로는 곰 식구들을 알고 있어. 그래서 그 사람은 곰의 품성에 대해 증언을 해야 할지도 몰라."

"그리고 그 곰들이 사악하다는 걸 모두가 알게 되겠지, 그치?"

라이언이 싱글벙글 웃으며 말했다.

"그렇지."

조엘도 웃었다.

"글쎄, 모르겠다. 넌 골디락을 완벽한 시민처럼 포장하려고 해. 브루크도 너하고 똑같이 곰을 그렇게 포장하려고 할 게 분명해. 하지만 사실은, 철두철미하게 나쁜 쪽은 없어. 그건 현실생활에서도 마찬가지야. 양쪽 모두 나름대로 일리가 있어."

라이언이 진지하게 말했다.

"그래, 맞아."

그렇게 말하면서도 조엘은 궁금했다.

'라이언은 재판에 대해서 말하고 있는 걸까? 아니면 그 정신 나간 야구 문제에 대해 말하고 있는 걸까?'

메트로에서 온 아이

목요일, 집에 도착하자마자 전화벨이 울렸다. 조엘은 전화기를 향해 달려갔다.

"오빠?"

숨이 턱까지 차올라 조엘이 말했다. 분명 오빠일 것이다. 일주일이 지나도록 오빠하고 통화를 하지 못했다.

"아닌데요……."

낯선 여자의 목소리였다.

"조엘 커닝햄과 통화하고 싶은데, 이 번호가 맞나요?"

"제가 조엘인데요. 누구세요?"

조엘 또래의 목소리 같았다.

"저기, 넌 나를 모를 거야. 내 이름은 만디 번스야. 난 그린데일에 살지만 홈스쿨링을 하기 때문에 후버 중학교에 다니진 않아. 어쨌든 신문에서 네 편지 다 읽었어."

"아! 그래."

조엘은 탁자 위에 앉았다.

만디가 말했다.

"난 보통 이렇게 사람들에게 전화를 하진 않아. 하지만 나도 정말 야구를 좋아해. 우리 이모는 콜로라도 실버불리츠에서 야구 했어."

조엘은 수화기를 떨어뜨릴 뻔했다. 실버불리츠는 1990년대에 시작된 여자 프로야구팀이다.

"정말?"

깜짝 놀란 조엘이 물었다.

"음, 이모는 딱 한 시즌만 뛰었어. 어쨌거나 이모는 나한테 야구를 가르쳐준 사람이야."

"그러니까, 너도 야구를 하는구나!"

마침내, 야구를 하는 또 다른 여자애를 알게 된 것이다.

"그냥 여름에. '공원&레크리에이션'에서 여름 리그를 진행해. 뭐, 대단한 건 아니야. 입단 테스트 같은 것도 없으니까. 누구든 원하면 할 수 있어."

조엘은 다른 쪽 손으로 수화기를 바꾸어 들었다.

"그러니까 야구를 하는 여자애들이 있다는 거구나!"

"내 친구 레아도 해. 우리 홈스쿨 그룹에도 두어 명 있어. 근데 너, 그거 아니? '공원&레크리에이션'에서는 여자애들을 각기 다른 팀에 넣어. 그래서 전부 한 팀에서 야구를 하는 건 아니야."

"고약하네! 너희 중 지금 야구 하는 사람 있니?"

조엘은 신이 나 물었다.

"우리 엄마는 내가 올해 소프트볼 하길 바라지만 나는 그러고 싶지 않아. 너도 알겠지만, 소프트볼하고 야구는 똑같지 않잖아."

'알다 뿐인가.' 조엘은 속으로 맞장구를 쳤다.

만디는 계속해서 말했다.

"할 수 있다면, 난 야구를 할 거야. 레아도 그럴 거랬어. 너도 그 애를 만나면 좋겠다. 그 애 진짜 잘해. 키는 작지만 진짜 빨라. 작년에 전체 리그에서 도루를 가장 많이 했어."

"멋지다."

조엘이 말했다.

"있잖아, 언제 함께 어울려볼래? 내가 레아도 데리고 갈게. 우리, 공원에서 만나서 야구 하면 어떨까?"

만디가 머뭇머뭇 물어보았다.

"와우! 신난다."

조엘과 만디는 토요일 아침 센터파크에서 만나기로 했다.

"알았어. 그럼 거기서 보자."

만디가 말했다.

"거기서 보자, 안녕."

조엘도 인사를 나누었다.

전화를 끊자마자 토요일 아침은 라이언과 남자애들이 집 옆 공원에서 야구를 하는 날이라는 게 떠올랐다. 조엘과 라이언은 서로 말을 하지 않았기에 지난주에 조엘은 그곳에 가지 않았다. 하지만 이번 주엔 갈 생각이었다.

그래도 만디와 레아를 만나는 게 더 재미있을 것 같았다. 여자애들끼리만 야구를 하는 거니까.

달랑 세 사람이 할 수 있는 건 그리 많지 않을 터였다. 그래서 조엘은 엘리자베스에게 함께 가자고 졸랐다.

"야, 난 야구 못 해. 기억 안 나?"

엘리자베스는 시큰둥한 반응을 보였다.

"난 소프트볼도 잘하지 못한다구."

"자신감만 있으면 돼. 우린 그냥 공만 주고받을 거야. 몇 번 치기도 하겠지. 뭐 대단한 건 아니야. 너네 아빠랑 네가 뒤뜰에서 하는 것하고 비슷할 거야. 셋보다는 넷이 훨씬 더 재밌을 거야."

조엘이 고집을 부리자, 엘리자베스는 한숨을 내쉬었다.

"알았다, 알았어. 갈게. 하지만 나, 못한다고 분명히 말했다."

* * *

토요일, 조엘과 엘리자베스가 센터파크에 도착하자 펜스 근처에서 이야기를 나누고 있는 여자애 두 명이 보였다. 한 명은 조엘보다 머리 반만큼 키가 작고, 옅은 갈색 머리가 어깨까지 흘러내렸다. 그 애는 발 아래로 배트를 아무렇게나 흔들며 껌 뭉치를 질겅질겅 씹었다. 다른 여자애는 훨씬 더 작았다. 짙은 검은색 생머리가 어깨까지 흘러내렸다.

조엘과 엘리자베스를 보고는 둘이 다가왔다.

"안녕, 조엘이니?"

키 큰 여자애가 물었다.

"내가 조엘이야. 여긴 내 친구 엘리자베스."

조엘이 대답했다.

그 애는 갑자기 뒤로 물러서더니 두 사람을 향해 빠른 직구를 날렸다. 조엘은 깡충 뛰었고 엘리자베스는 글러브를 쭉 내밀었다. 공은 글러브 속으로 쏙 빨려 들어갔다.

"뭐야? 이러고도 야구선수가 아니라고?"

조엘은 엘리자베스에게 웃으며 말했다.

엘리자베스는 고개를 저으며 공을 다시 던졌다. 그러고는 말했다.

"운이 좋았지, 뭐!"

"나쁘지 않은걸."

키 큰 여자애가 고개를 끄덕이며 말했다. 그 애한테서 포도맛 풍선껌 냄새가 확 풍겼다.

"난 만디야. 얘는 레아고."

만디는 자기 친구에게 엄지손가락을 내보였다.

"안녕!"

레아가 손을 흔들었다.

조엘은 만디의 엄지손가락을 물끄러미 바라보았다. 조엘은 자기 엄지손가락을 움직여보고 나서 만디의 손가락을 다시 보며 말했다.

"어머, 네 엄지손가락 다시 구부려봐."

만디는 엄지손가락을 거의 90도로 뒤로 기울였다.

"휴! 어떻게 하는 거야?"

엘리자베스가 얼굴을 찌푸렸다.

만디는 풍선을 불더니 폭 하고 입속으로 껌을 빨아들였다. 그러고는 자랑스럽게 말했다.

"난 이중관절이야. 내 손가락은 자유자재로 움직여."

"공을 던지는 데 꽤 유용해."

레아가 덧붙였다.

"너, 투수니?"

조엘이 물었다. 만디는 전화상으로 그건 말하지 않았다.

만디가 고개를 끄덕였다.

"어, 그래. 우리 홈스쿨 그룹이 같이 모일 때마다, 내가 던지고 레아가 잡아. 너희들은? 포지션이 뭐야?"

"1루수."

조엘은 얼른 대답했다.

엘리자베스는 발로 흙을 긁어대며 말했다.

"난 사실 야구 안 해. 난 소프트볼 해. 우익수야."

만디는 씽긋 웃었다.

"투수, 포수, 1루수, 우익수. 벌써 팀 절반이 모인 것 같은데."

'그랬으면 좋겠다.' 그렇게 생각하며 조엘은 물었다.

"그럼, 야구 해볼까?"

"당연하지."

만디가 말했다.

"좋았어! 하자!"

모두들 돌아가며 던지고, 치고, 수비했다.

"너희들 꽤 잘하는데."

엘리자베스가 만디와 레아에게 말했다.

"너도 잘하네."

만디가 투수 마운드에서 외야 쪽으로 자리를 바꾸며 말했다.

레아는 투수 마운드에 자리를 잡으며 말했다.

"여기에 그린데일 아카데미에서 온 애가 없는 게 안타깝다."

그러고는 엘리자베스에게 공을 던졌다. 엘리자베스가 공을 잡아 다시 던지며 말했다.

"다들 굉장히 잘한다고 들었어."

조엘은 배트를 홈플레이트에 대고 두드렸다. 그러고는 물었다.

"그린데일 아카데미가 뭔데?"

"기억 안 나? 내가 말했잖아. 사립학교. 걔네 소프트볼팀이 작년에 우리 주에서 우승했다고."

엘리자베스가 홈플레이트 뒤에서 말했다.

"아, 그래."

조엘은 그제야 생각이 났다. 사립학교는 공립학교와는 다른 방침이 있을 것이다. 후버 중학교에서 야구를 할 수 없다면 그린데일 아카데미에서는 할 수 있을지도 모른다. 사립학교에 다닐 수 있도록 부모님이 허락해준다면 말이다.

"그린데일 아카데미에 다니려면 돈이 얼마나 들어?"

조엘이 묻자, 레아가 콧방귀를 뀌었다.

"1년에 만 달러쯤."

"네가 집에서 학교를 다닐 때 그런 거고, 기숙사에 살면 훨씬 많이 들어."

엘리자베스가 끼어들며 말했다.

'저런, 그 생각까진 못 했네.' 조엘은 혼잣말을 했다. 부모님에게는 그만큼의 돈이 없었다. 게다가 조엘은 장학금을 받을 만큼 뛰어난 학생이 아니었다.

"준비됐어?"

레아가 글러브에 공을 툭툭 던지며 물었다.

"그래."

조엘이 배트를 들고 자세를 잡았다.

레아는 빠르고 높은 공을 던졌고 조엘은 배트를 세게 휘둘렀다.

탕!

공은 만디의 머리를 지나 곧장 펜스 근처에서 구경하던 여자애에게로 날아갔다.

"조심해!"

만디가 소리쳤다.

그런데 그 애는 공을 피하지 않고 몸을 뻗어 글러브도 끼지 않은 손으로 그 공을 확 낚아챘다.

조엘의 입이 쩍 벌어졌다.

"오늘 벌써 두 번이나 완벽하게 반사적으로 공을 잡아냈네. 네가 한 번, 쟤가 한 번."

조엘이 엘리자베스에게 말했다.

"별일이네. 그래도 우리 편한테는 행운인걸."

"미안!"

만디가 그 애에게 소리쳤다. 그러고는 펜스로 달려가 공을 달라며 글러브 낀 손을 내밀었다.

하지만 그 애는 만디에게 공을 던지지 않고 살짝 팔을 뒤로 젖혀 레아에게 공을 던졌다.

"와우."

엘리자베스는 공이 자기들 머리 위로 날아가 레아의 글러브에 꽂히는 것을 보며 놀라 탄성을 질렀다.

"저 애, 진짜 잘 던지네."

조엘이 말했다.

"대단한 팔이다."

레아는 글러브를 벗고 자기 손을 주물렀다.

"고마워."

그 애는 짧고 풍성한 금발을 쓸어 올리며 걸어가기 시작했다.

"이봐, 잠깐만!"

조엘이 그 애를 쫓아가며 말했다. 다른 아이들도 바로 뒤에서 조엘을 따라갔다.

"이름이 뭐니?"

그 애는 걸음을 멈추고 경계하는 눈초리를 던졌다.

"어디서 그렇게 공을 잡고 던지는 걸 배운 거야?"

레아가 물었다.

소녀는 빛바랜 플란넬 셔츠 소매로 코를 훔쳤다.

"몰라, 우리 아빠한테 배웠겠지."

그 애는 거리를 바라보며 말했다.

"이름이 뭐야?"

조엘이 다시 물었다.

그 애는 눈을 흘기며 퉁명스레 물었다.

"뭔 상관?"

조엘은 주춤 물러섰다.

"어, 난 조엘이야."

그러고는 친구들을 하나하나 소개했다.

"우린 전부 야구를 좋아해. 그래서 이렇게 어울려 놀고 있는 거야."

만디가 덧붙였다.

"네가 괜찮다면 우리랑 함께 했으면 해서."

엘리자베스가 제안했다.

그 애는 망설였다.

"그럴래?"

조엘은 이 소녀가 관심 있어 한다는 걸 눈빛으로 알 수 있었다.

"우리는 외야수 한 명이 더 필요해."

만디가 말했다.

"하지만 네가 외야수를 계속 볼 필요는 없어. 서로 돌아가면서 하면 돼."

레아가 재빨리 덧붙였다.

그 애는 어깨를 으쓱했다. 그러더니 말했다.

"좋아."

모두들 같이 야구장으로 다시 걸어갔다.

"네 이름은 뭐니?"

조엘이 물었다.

"타라."

"성은 뭐야?"

만디가 물었다.

"그냥 타라야."

그 애가 말했다.

"음, 그럼 타라. 저기 내 가방에 글러브가 또 있는데……."

만디가 펜스 옆 운동가방을 가리켰다.

"괜찮아. 난 글러브 필요 없어."

타라가 말했다.

글러브가 필요 없다고? 조엘은 얼굴을 찌푸렸다. 세상에 글러브가 필요 없는 사람도 있나?

만디가 펜스 쪽으로 뛰어가 가방에서 글러브를 찾아냈다.

"여기 있어."

그러면서 타라한테 글러브를 던졌다.

타라는 대답하지 않았다. 하지만 글러브를 꼈다.

모두 자기 포지션으로 갔다. 타자인 엘리자베스는 홈플레이트로 올라와 헬멧을 만지작거렸다. 포수인 만디는 엘리자베스 뒤에 웅크리고 앉아 글러브를 내밀었다. 투수인 조엘은 와인드업을 한 다음 낮고 빠르게 공을 던졌다.

엘리자베스가 배트를 휘둘렀지만 빗나갔다.

"원 스트라이크."

만디가 공을 투수에게 되던지며 말했다.

엘리자베스가 두어 번 스윙 연습을 하는 동안 조엘은 기다렸다. 일단 친구가 포지션으로 돌아가자 조엘은 다시 공을 던졌다. 이번엔 커브 볼을 던지려고 했다. 하지만 조엘은 아직 커브에 썩 익숙하지 못했다.

탕!

엘리자베스가 조엘과 타라 사이로 직선타를 날렸다. 타라는 공을 주워 그 공을 곧장 홈으로 던졌다. 엘리자베스는 2루에서 멈췄다.

다음으로 엘리자베스가 투수 마운드 위에 올라섰고, 조엘은 외야수로 자리를 바꾸었다.

"이제 포수 할래?"

만디가 타라에게 물었다.

"그러지."

타라는 홈플레이트로 뛰어갔다.

타라는 괜찮은 포수였다. 게다가 타석에 들어서면, 전부 다 날려 버렸다. 조엘보다도 훨씬 멀리 공을 날릴 수 있었다.

"와! 얘들아, 벌써 한 시야."

레아가 시계를 들여다보면서 말했다.

"그래?"

엘리자베스가 물었다.

조엘도 자기 시계를 들여다보았다.

"엄마 아빠가 나 어디 갔나 하시겠다."

"나도. 근데 진짜 재미있지 않냐, 그치?"

만디가 투수 마운드에서 내려오며 말했다.

조엘은 만디가 운동가방을 싸는 걸 도와주었다.

"그래. 진짜 재밌었어. 다음 토요일에 또 하자."

"그 전은 어때? 이번 주 수업 끝나고."

만디의 제안에 엘리자베스가 고개를 저었다.

"안 돼, 난 소프트볼 연습 있어."

"그래, 맞다. 깜빡했다."

만디는 타라에게로 향했다.

"너도 소프트볼 하겠네, 그치?"

타라는 고개를 설레설레 저었다.

"우리 학교엔 소프트볼팀 없어."

엘리자베스, 만디, 레아는 모두 어리둥절했다.

"어느 학교 다니는데?"

"시내 건너."

타라는 시선을 떨어뜨렸다.

시내 건너편에 무슨 학교가 있지? 조엘은 궁금했다. 조엘이 알기로는 후버 중학교와 그린데일 아카데미뿐이었다.

"너, 메트로 다니니?"

엘리자베스가 눈이 휘둥그레져 물었다.

만디와 레아는 마치 타라가 갑자기 머리통 하나만큼 자란 것처럼 타라를 바라보았다.

"메트로가 뭐야?"

조엘이 물었다.

"정규 학교 다니는 데 문제가 있는 아이들을 위한 학교."

타라가 조엘에게 무뚝뚝하게 대답했다.

"아!"

조엘은 눈을 깜빡였다. 물어보지 말걸 그랬다.

"자, 우린 네가 어디 다니는지 신경 안 써. 그치?"

"그럼."

조엘의 말에 엘리자베스가 재빨리 대답했다.

"당근 아니지."

만디는 조금 과장된 미소를 지으며 말했다.

타라가 눈썹을 치켜 올렸다.

"너희는 내가 왜 메트로에 가게 됐는지 알고 싶지 않아?"

엘리자베스는 입술을 깨물었다.

만디와 레아는 시선을 돌렸다.

조엘은 좋은 분위기를 망치고 싶지 않았다. 그런데 타라가 분위기를 깰 것 같아 아슬아슬했다.

"네가 원하지 않으면 굳이 말할 필요 없어."

조엘이 조심스럽게 말하자, 타라가 어깨를 으쓱했다.

"난 아무 짓도 안 했어. 집안 상황이 별로 좋지 않았어. 그게 다야. 난 사실 그린데일 출신이 아니야. 페어몬트에서 왔어. 양부모와 함께 살아."

"힘들겠다."

엘리자베스가 위로하듯 말했다.

"뭐 꼭 그렇지는 않아. 우리 양부모는 괜찮아. 하지만 내 동생이 보고 싶을 뿐이야."

조엘은 고개를 끄덕였다. 그 말에 충분히 공감할 수 있었다.

"이제 가자. 다음 토요일에 하는 거야, 마는 거야?"

타라가 물었다.

"난 너희가 괜찮다면 좋아."

만디가 말했다.

"나도."

레아가 말했다.

"좋아."

조엘도 동의했다. 그러고는 엘리자베스를 바라보았다. 엘리자베스는 주저하다 결국 그러겠다고 했다.

"그럼 우리 전부 여기서 다음 주 토요일 열 시에 만나는 거다!"

"좋았어. 야구 하고 싶어 하는 여자애들을 몇 명 더 찾을 수도 있을 거야."

레아가 말했다.

"걱정마. 벌써 팀 절반이 있잖아."

만디가 덧붙였다.

"팀이 꽉 차면 더 좋겠지."

조엘이 말했다.

"여자야구팀? 좋아. 그런데 누가 우리랑 게임 할까?"

타라가 말했다.

"후버 중학교 남자팀이야 늘 있지. 후버 호크스 맞지?"

만디가 웃으며 조엘을 쿡 찔렀다.

조엘은 미소로 답할 수밖에 없었다. 칼라일 코치의 반응이 눈에 선했다.

"안 돼. 우리가 감당하기엔 벅차."

조엘은 씁쓸하게 말을 맺었다.

이스턴 아이오와 여자야구리그

그날 오후, 조엘은 여자선수들로만 구성된 야구팀에 대한 생각을 머릿속에서 떨쳐버릴 수 없었다. 그게 정말 말도 안 되는 생각일까?

하지만 타라가 말했던 것처럼, 누가 우리랑 경기를 한단 말인가?

콜로라도 실버불리츠가 결성되었을 때, 다른 프로 여자야구팀은 없었다. 그렇다면 그들은 누구와 경기를 했을까? 조엘은 궁금했다.

조엘은 자기 방으로 가서 컴퓨터를 켜고 인터넷에서 실버불리츠 홈페이지를 찾아냈다. 조엘은 팀의 역사에 관해 읽어나갔다. 초창기에는 남자 마이너리그, 세미프로팀, 그리고 대학팀과 경기한 것으로 나와 있었다.

그 사이트에는 흥미로운 야구 링크도 많이 있었다. 예를 들면, 여자야구리그 페이지와 또 다른 소녀야구리그 페이지도 있었다. 조엘은 자기 눈을 도저히 믿을 수가 없었다. 로드아일랜드에, 열다섯 살에서 열여덟 살까지의 여자들만을 위한 전체 리그가 있었다. 이름이 '포터킷 슬레이터레츠 여자야구리그'였다. 조엘은 곧 캐나다, 일본 그리고 호주에도 리그가 있다는 사실을 알아냈다.

하지만 분명 그린데일에는 없었다.

조엘은 의자에 등을 대고 앉아 손가락으로 책상을 톡톡 두드렸다. 그래, 안 될 게 뭐야? 조엘은 생각했다. 로드아일랜드에서 여자리그를 결성할 수 있었다면, 여기라고 왜 못 만들겠어?

조엘은 곧장 행동으로 뛰어들었다. 정말 놀라운 생각이었다. 오빠랑 전화 통화를 해야 했다. 지금 당장.

하지만 여느 때처럼, 오빠는 집에 없었다. 조엘은 이제 그 짜증나는 응답기에 익숙해지고 있었다.

조엘은 목소리를 가다듬고 좀 조숙한 목소리를 냈다. 삐- 소리가 난 후 조엘은 말했다.

"안녕하세요. 저는 미국 인구통계국 직원입니다. 제이슨 커닝햄 씨가 아직 살아 있는지 확인차 전화드립니다. 전화할 때마다 집에 없고, 또 절대 답신을 안 하시는군요!"

그러고 나서 조엘은 서둘렀다.

"있잖아, 오빠가 확인해줄 웹사이트가 있어. www.womenplayingbaseball.com이야. 여자야구리그에 대한 정보가 전부 다 있어. 나도 여기 그린데일에서 여자리그를 하나 시작할 수 있을 것 같아. 오빠 생각은 어때? 나는······."

삐!

응답기가 꺼졌다. 조엘은 수화기를 멍하니 바라보았다.

"전화 좀 하라구!"

조엘은 수화기에 대고 소리쳤다. 이 말은 오빠가 듣지 못하리라는 걸 알지만, 그렇게 소리치니 기분이 좀 나아졌다.

조엘은 수화기를 내려놓고 한숨을 푹 쉬었다. 그저 가만히 앉아서 오빠가 다시 전화하길 기다릴 수는 없었다. 어쩌면 만디가 여자야구리그에 대해 뭔가 알고 있을지도 모른다. 만디 이모가 선수였다고 하니까.

조엘은 청바지 주머니에서 만디의 전화번화가 적힌 종잇조각을 꺼냈다. 만디가 바로 전화를 받았다.

"안녕, 조엘. 전화해줘서 정말 반가워. 레아하고 난 오늘 아침 진짜 재미있었어."

조엘은 대답했다.

"나도 그래. 있잖아, 나 지금 컴퓨터 앞에 앉아서 '여자야구' 웹사이트를 보고 있거든. 로드아일랜드에 우리 또래의 여자애들로만 구성된 여자야구리그가 있다는 거 알아?"

"아니. 정말?"

"진짜야. 그러니까 말이야, 우리가 여기서도 하나 만들어보면 어떨까?"

수화기 저쪽에서 침묵이 이어졌다.

"진심이야?"

만디가 마침내 물었다.

"너, 기회만 생기면 야구를 할 거라고 말했지, 맞지?"

"그래, 맞아. 하지만……."

"근데, 뭐? 이 지역 학교 야구부는 여자애들을 안 받아줘. 여름 리그에서는 여자애들을 여러 팀으로 따로 따로 떼어놓고. 그러니 우리가 우리들만의 리그를 시작하는 거야. 그렇게 하면, 우리들만의 규칙을 만들 수 있어."

"조엘, 우린 애들이야. 우리 중엔 그런 대단한 일을 해낼 만한 사람이 없어."

"우리가 찾아낼 수 있을지도 몰라. 로드아일랜드의 슬레이터레츠 리그 대표에게 메일을 보내서 어떻게 시작했는지 물어보면 되잖아."

그건 모험이라는 걸 조엘은 알고 있었다. 하지만 후버 호크스와 가까워지는 것에 비하면 별거 아니었다.

만디가 느릿느릿 말했다.

"그래, 좋아. 시도해볼 만한 가치는 있는 것 같아."

수화기 너머, 저녁 먹을 준비를 하라고 부르는 만디 엄마의 목소리가 들려왔다. 조엘은 얼른 만디와 전화를 끊고 즉시 이메일을 쓰기 시작했다.

"친애하는 리그 대표님." 조엘은 입술을 샐쭉 움직이며 다음엔 뭐라고 써야 할까 궁리했다. 신문사에 편지를 보내는 것만큼이나 힘들었다. 하지만 해내지 않았던가! '요점만 간단히, 간결하게.' 조엘은 혼잣말을 했다.

안녕하세요! 제 이름은 조엘 커닝햄이에요. 저는 아이오와 주, 그린데일에 살고 있습니다. 저도 여자야구리그를 시작하고 싶은데, 어떻게 하면 되는지 잘 모르겠어요. 슬레이터레츠 리그를 어떻게 시작하셨나요? 제 친구하고 저도 그렇게 대단한 일을 해낼 수 있을까요? 우리는 열네 살이에요. 답장 부탁드립니다.
감사합니다.

다음 날 아침, 조엘은 답장을 받았다.

조엘 양.
물론이에요. 야구리그를 시작할 수 있습니다. 우리 리그는 약 30년 전에 시작했어요. 아홉 살짜리 소녀가 야구를 하고 싶어 했기 때문이죠. 일단 사람들에게 알리는 것으로 시작하는 게 중요해요. 관심 있어 하는 친구들을 모으세요. 친구들의 부모님도 모으세요. 코치, 매니저, 스폰서 그리고 경기할 장소도 필요할 겁니다. 행운을 빌어요. 그리고 꼭 결과를 알려주세요.

낸시 파웰

* * *

"완전 새로운 야구리그를 시작하고 싶다고?"
믿을 수 없다는 표정으로 엘리자베스가 조엘을 바라보았다.

일요일 오후였다. 엘리자베스는 아빠와 함께 점심 설거지를 하고 있었다. 그사이 조엘은 등받이 없는 의자에 앉아 있었다.

"물론이지. 남자팀에서 안 받아주면, 여자들만을 위한 리그를 만들면 되는 거야."

"여자들만의 야구리그라고?"

쇼 씨가 고개를 돌려 조엘을 바라보았다. 쇼 씨는 회색 운동복에 '세상에서 가장 위대한 아빠'라고 선명하게 적힌 파란색 티셔츠를 입고 있었다.

"그거 재미있구나."

조엘은 쇼 씨에게 '포터킷 슬레이터레츠 여자야구리그'와 여자야구에 대해 찾아낸 정보를 들려주었다.

쇼 씨는 장식장 위에 수건을 올리며 말했다.

"흠. 그런데 여기 그린데일에서도 여자야구리그에 대한 관심이 일지 의심스럽구나."

조엘이 소리쳤다.

"분명 관심이 있을 거예요. 진짜 선택할 기회가 주어진다면 말예요. 사실, 대부분의 여자애들이 그냥 소프트볼을 하잖아요. 야구 할 생각조차 안 하고요."

"조엘 말이 맞다. 조엘이 여기 이사 오기 전까지 네가 야구를 한다는 건 생각도 못 했지. 그렇지 않니?"

쇼 씨가 엘리자베스를 돌아보며 말했다.

"네."

엘리자베스가 대답했다. 엘리자베스는 등을 보인 채 식탁을 닦고 있었다.

"하지만 이젠 너도 할 수 있겠구나. 기회만 생긴다면 야구를 하고 싶어 하는 여자애들이 많이 있을 거다."

쇼 씨는 이제 꽤 흥미가 도는 것 같았다. 쇼 씨는 팔짱을 끼고 잠시 생각에 잠겼다.

"시작하려면 우리가 뭘 해야 할지 모르겠구나."

"우리라고요? 그럼, 아저씨가 도와주실 거예요."

"그걸 말이라고 하니?"

쇼 씨의 눈동자가 크리스마스 때의 어린애처럼 반짝반짝 빛났다.

"야구는 내가 제일 좋아하는 운동이란다. 사실, 엘리자베스가 대여섯 살이었을 때, 내가 엘리자베스가 속한 티볼(T-ball: 홈플레이트 뒤에 있는 배팅 티에 볼을 올려놓고 정지된 볼을 타자가 치는 경기로, 투수가 필요 없다-옮긴이) 팀 코치를 했었지. 그렇지, 엘리자베스?"

쇼 씨가 팔꿈치로 엘리자베스를 쿡 찔렀다.

"그래요."

엘리자베스는 고개를 숙인 채 웅얼거렸다.

"너희들도 분명 코치가 필요할 거다. 내가 가서 도와주지."

쇼 씨가 말했다.

"정말요?"

그날 아침 조엘의 부모님도 리그를 만드는 데 도와주겠다고 약속했다. 하지만 조엘의 아빠는 새로운 업무 때문에 너무 바빠서 코치를 해줄 수는 없다고 했다.

"멋져요, 아저씨! 로드아일랜드의 여자리그 대표한테 말했는데 매니저하고 스폰서도 필요하대요."

조엘의 아빠는 어쩌면 베어푸드가 조엘 팀의 스폰서가 될 수도 있다고 했다.

"벌써 여자야구리그 대표한테 얘기를 했다고?"

쇼 씨는 그렇게 묻고는 의자를 빼 와 조엘 옆에 앉았다.

"이메일로요."

조엘은 슬레이터레츠 대표한테 받은 이메일 내용을 쇼 씨에게 들려주었다. 쇼 씨는 조엘의 얘기를 아주 진지하게 들었다. 그러는 동안 엘리자베스는 싱크대로 가 행주를 빨았다.

"이메일 주소 있지?"

쇼 씨가 부엌 서랍에서 메모지와 연필을 꺼냈다.

조엘은 고개를 저었다.

"지금은 없어요. 하지만 집에 프린트 해둔 게 있어요. '여자야구' 웹사이트에 보면 나와요."

쇼 씨는 받아 적었다.

"이 일을 체육선생님한테도 얘기해봤니?"

"아뇨. 사실, 어제 생각해낸 건데요."

조엘은 엘리자베스를 흘끔 바라다보았다.

"페너 선생님은 소프트볼 때문에 바쁠 거예요. 야구리그를 도와줄 만큼 시간이 없을 거예요."

"그거야 알 수 없지. 선생님한테 얘기해봐. 선생님이 직접 못 도와 준다 하더라도 그럴 만한 다른 사람을 알고 있을지도 모르니까. 안 그러니, 엘리자베스?"

엘리자베스는 수도꼭지를 잠갔다.

"뭐라고요?"

엘리자베스가 물었다.

"아, 페너 선생님요? 맞아, 어쩌면 도와주실 수도 있겠네요."

엘리자베스의 비꼬는 듯한 말투에 조엘은 좀 짜증이 일었다.

"자, 우선 할 일은, 얼마나 많은 여학생들과 야구에 대해 이야기를 하느냐다."

쇼 씨가 말했다.

"관심 있어 하는 애들을 찾아내 모임을 하면 되겠죠?"

조엘의 말에 쇼 씨는 고개를 끄덕거렸다.

"네가 광고 좀 하고 다녀야겠구나."

그러는 동안에도 엘리자베스는 마치 딴청 피우듯 부엌을 분주히 오가며 장식장에 물건을 챙겨 넣고 있었다.

"만디, 레아, 타라랑 포스터를 만들어 붙이면 되겠다."

조엘이 말했다.

"응."

엘리자베스가 건성으로 대답했다.

"그래, 좋다. 너희들이 그 일을 하는 동안, 난 인터넷 좀 찾아봐야겠다."

메모지를 움켜쥔 쇼 씨는 엘리자베스의 이마에 입을 맞추고는 자기 방으로 갔다.

"와우. 너희 아빠 진짜 이 일에 푹 빠지신 것 같아, 그치?"

조엘이 웃으며 말했다.

"그런 것 같네."

엘리자베스는 눈을 내리깐 채 조엘 옆 의자에 앉았다.

조엘은 웃음을 멈추었다.

"엘리자베스, 왜 그러니? 여자리그가 별로 좋은 생각이 아닌 것 같아서 그래?"

엘리자베스는 어깨를 으쓱했다.

"좋아. 하지만 말했잖아, 조엘. 난 야구선수가 아니야. 너랑 만디만큼 야구를 잘하진 못해."

"그래도 넌 할 수 있어. 내가 이미 봤는걸."

"하지만 그건 사실 아무 문제도 안 돼. 넌 결국 우리 아빠의 관심을 끌어냈잖아. 그러니 이제 난 야구를 해야 할 거야. 내가 원하든 말든 상관없이 말이야. 난 조롱거리가 되고 말 거야."

"안 그럴 거야! 전에 한 번도 야구를 안 해본 애들이 엄청 많을 거야. 중요한 건 그거야. 모두에게 야구 할 기회를 주는 거."

엘리자베스는 연필을 꺼내 조리대 위에 놓여 있는 신문지 가장자리에 하릴없이 낙서를 끼적였다.

"너도 야구를 하다 보면 야구를 좋아하게 될 거야."

조엘은 힘주어 말했다.

"그럴지도 모르지."

엘리자베스는 풀죽은 목소리로 말했다.

"어제 공원에서 재미없었니?"

"재미있었어. 하지만……."

"그런데 뭐? 네가 확실히 어떻게 할지 지금 결정하지 말고 모임을 할 때까지 기다려봐, 알았지? 네가 진짜 야구를 하기 싫으면, 그때 가서 안 하면 돼."

엘리자베스는 고개를 저었다.

"넌 절대 포기 안 하지. 그렇지, 조엘?"

"안 해. 절대로."

조엘은 씩 웃으며 대답했다.

"좋아, 생각해볼게."

엘리자베스가 대답했다.

* * *

조엘은 밴드부실에 가기 전에 서둘러 체육관으로 갔다. 쉬는 시간에 페너 선생님을 만나 여자야구리그에 대한 생각을 물어보고 싶었다. 하지만 페너 선생님 교실에는 보조 교사가 있었다. 실망한 조엘은 밴드부실을 향해 휴게실을 가로질렀다.

"안녕, 조엘."

카일리가 한참을 걸어와 따라붙었다.

"네가 다른 섹션으로 가버리고 나니까 우리 클라리넷 섹션이 엄청 지겨워. 난 이제 레이첼 모리스 옆에 앉아. 그 애는 너만큼 재미가 없어."

조엘은 웃음을 터뜨렸다.

"나도 너랑 같이 있었을 때가 그리워."

"있지, 더 자주 어울릴 방법이 있긴 해. 《에코》에 들어오면 돼!"

"카일리, 전에도 말했지만……."

"진짜 좋은 거 맡게 해줄게."

카일리가 서둘러 말했다.

"넌 스포츠면 편집자도 될 수 있어. 우리 중엔 스포츠에 관심이 많은 사람이 없어. 그래서 그 일을 원하는 사람이 아무도 없어. 너라면 잘해낼 거야!"

아주 잠깐, 스포츠 기사를 쓴다는 게 퍽 흥미롭게 들렸다. 하지만 조엘은 이내 정신을 차렸다.

"고마워, 카일리. 하지만 안 돼. 지금 당장은 시간이 없어."

"무슨 말이야, 시간이 없다니?"

여자애들이 모퉁이를 돌아갈 때 카일리가 물었다.

"더 이상 야구장에서 어슬렁거리지 않는다고 들었는데, 그러니까 시간이 많을 거 아냐!"

조엘은 망설였다.

"있지, 내가 요즘 어떤 계획을 세우고 있어."

조엘은 주위를 돌아보며 누구 듣고 있는 사람이 없나 확인했다.

그러고는 카일리에게 바짝 다가갔다.

"우리, 여자야구리그를 시작할지도 몰라."

카일리의 눈이 휘둥그레졌다.

"정말?"

"나랑 엘리자베스랑 몇몇 친구들이 지금 준비 중이야. 우리가 할 수 있을지는 잘 모르겠어. 어쨌거나 시도는 해볼 거야. 그래서 지금은 신문에 글 쓸 시간이 없어."

카일리는 퍽 놀란 것 같았다.

"근사하다. 네가 《에코》에 그 리그에 관한 기사를 쓸 수도 있겠는걸."

정말 끈질긴 아이라고 조엘은 생각했다. 자기보다도 더.

함께 복도를 따라 내려가며 카일리가 말했다.

"그렇게 하면 네가 학교 전체에 그 얘기를 단번에 알릴 수 있잖아."

카일리의 말이 맞았다. 조엘은 《그린데일 가제트》에 이미 편지를 보냈었다. 《에코》에 글을 쓰는 것도 그리 나쁘지 않은 것 같았다. 그게 리그를 만드는 데 도움이 된다면…….

"좋아. 그렇지만 딱 한 번이다."

마침내 조엘이 대답했다.

* * *

"어젯밤에 만디한테 말했는데……,"

조엘은 점심시간에 함께 식당으로 걸어 내려가며 엘리자베스에게 말했다.

"우리, 오늘 밤 도서관에서 만나 포스터를 만들기로 했어."

"좋아."

엘리자베스는 우유갑을 열어 한 모금 마셨다.

"좋아? 너도 올 거라는 뜻이지?"

엘리자베스는 어깨를 으쓱하더니 말했다.

"나도 여자야구리그에 대해 좋게 생각해. 그 친구들도 진짜 맘에 들어. 그래서 기꺼이 도와주고 싶어. 내가 진짜 야구를 하고 싶은지는 아직 확실하지 않지만."

"그거면 충분해."

엘리자베스가 올 거라고 조엘은 확신했다.

그날 밤, 조엘과 엘리자베스는 예정대로 도서관에서 만디, 레아, 타라를 만났다. 사서가 작은 회의실 하나를 빌려주었고 아이들은 타원형의 탁자에 모여 앉았다.

"진짜 우리가 이걸 하고 있다는 게 믿어지지 않아."

만디가 말했다.

레아가 가져온 검은색 스케치북을 펼쳤다. 미술용품 가게에서 파는 예쁜 스케치북 같았다.

"와우, 레아! 네가 그렸어? 진짜 끝내준다."

엘리자베스가 레아 어깨 너머를 들여다보며 말했다.

조엘도 탁자 위로 몸을 기울였다. 레아가 그린, 공을 던지려고 와인드업 자세를 취하고 있는 소녀는 꼭 사진 같았다.

"대단하다. 네가 이렇게 잘 그리는지 몰랐어."

"있지, 네가 나를 알고 지낸 게 겨우 3일밖에 안 되거든."

레아가 웃으며 말했다.

"그러네."

조엘은 순순히 받아들였다.

안 지 3일밖에 안 됐는데 조엘은 벌써 이 친구들이 엄청나게 편했다. 아주 오래전부터 알아온 것처럼 느껴졌다. 미니애폴리스에서 함께 어울려 다녔던 친구들 같았다. 아니, 더 나았다. 전에는 여자애들과 어울려 다닌 적이 없었으니까.

만디가 레아의 스케치북을 넘기며 말했다.

"다른 그림들도 좀 보여줘봐, 레아."

소녀의 얼굴 아래에 야구 배트가 놓인 그림이 하나 있었고, 다른 그림에는 배트를 쥐고 서 있는 여자애가 있었다. 하지만 와인드업하고 있는 투수의 모습이 가장 멋져 보였다.

"이걸 우리 포스터로 써야겠는걸."

타라가 말했다.

"나도 좋아."

조엘이 찬성했다.

"컴퓨터로 스캔을 한 다음에 사이즈를 좀 줄여서 여백에 글을 쓰자. 그런데 뭐라고 쓰지?"

만디가 말했다.

조엘이 탁자를 탁탁 두드렸다.

"맨 윗부분에 큰 글씨로 써야겠지."

"이거 어떠니? 소프트볼에 질렸나요?"

타라가 말했다.

"잠깐만."

엘리자베스가 끼어들었다.

"실제로 소프트볼을 좋아하는 여자애들도 많아, 알지?"

만디가 고개를 끄덕였다. 그러고는 재빨리 말했다.

"우린 누구도 공격하고 싶지 않아. 우린 그냥 진짜 기본적인 것만 써야 할지도 몰라. 예를 들면 '그린데일 여자야구리그에 가입하세요!' 이렇게."

"그린데일 근처 다른 마을에 사는 애들도 야구를 하고 싶어 하면 어떻게 해?"

타라가 물었다.

"그럼 이스턴 아이오와 여자야구리그, 어때?"

만디가 말했다.

"그럴싸한데."

조엘은 다른 마을 아이들도 함께할 수 있다는 게 마음에 들었다. 그린데일에는 야구를 하고 싶어 하는 아이들이 충분하지 않을지도 모르니까.

"그리고 거기 아래엔 이렇게 써야 해. '코치, 스폰서, 선수 그리고 부모님들은 4월 20일 7시까지 그린데일 공립도서관 지하강당 준비 모임에 나오세요.'"

레아가 말했다.

"거기서 회의를 해도 된다는 허락을 확실히 받은 거야?"

엘리자베스가 물었다.

"그럼! 오늘 오후 여기 회의실 예약할 때 신청했어."

조엘이 대답했다.

"우리 이름하고 전화번호도 쓰자. 더 물어보고 싶은 사람도 있을 테니까."

만디가 말했다.

"음, 다 쓸 공간이 없어. 네 것하고 내 것만 쓰면 어떨까?"

조엘이 말했다.

"우리 아빠 이름하고 전화번호를 써도 돼. 아빠가 코치를 하실 거라고 했으니까."

엘리자베스가 덧붙였다.

"어른 이름도 넣으면 훨씬 나을 거야. 그럼 우리가 훨씬 진지하게 보일 테니까."

레아가 그림 둘레에 글을 적었다.

"좋아, 이거 어때?"

"근사해 보인다."

조엘이 말했다.

"너 진짜 엄청 잘한다, 레아."

엘리자베스도 거들었다.

"그럼 이제 우리가 해야 할 일은 복사를 해서 붙이는 거야. 우리 삼촌이 저 길 아래에서 복사 가게를 하셔. 삼촌이 엄청 싸게 복사해 주실 거야. 어쩌면 공짜로 해줄지도 몰라."

레아가 말했다.

"와우, 대단하다."

조엘은 지금까지 일이 이렇게 순조롭게 진행되어온 것이 믿기지 않았다. 리그를 시작하는 게 정말 이렇게 쉬워도 되는 걸까 싶었다.

레아와 엘리자베스는 복사를 하러 도서관을 나서고, 그사이 타라와 만디 그리고 조엘은 남아서 포스터 보낼 곳을 체크했다. 그들은 그린데일에 있는 학교, 교회, 도서관, 슈퍼마켓과 반경 80킬로미터 이내 마을에 모두 우편으로 보내기로 했다. 조엘은 또 지금 진행하고 있는 것을 《에코》에 짧은 기사로 쓸 작정이었다.

집으로 돌아갈 무렵, 그들의 손에는 각각 스무 개의 전단지와 그것들을 보내고 붙일 장소 목록이 들려 있었다.

"이 정도면 아이오와 절반을 도배하겠는걸."

만디가 농담을 했다.

"그럴지도 모르지."

조엘이 말했다.

* * *

집에 도착할 즈음, 조엘은 녹초가 되었다. 엄마는 거실에서 법정 드라마를 보고 있었다. 조엘은 엄마 옆 소파에 몸을 푹 던졌다.

엄마가 조엘의 관자놀이를 주물러주었다. 조엘이 아이였을 때 그랬던 것처럼.

"너 없을 때 오빠한테 전화 왔었어."

"그래?"

조엘은 천천히 몸을 일으켜 세웠다.

"잠깐만, 지금은 집에 없어. 여덟 시에 스터디 그룹이 있다고 했어."

조엘은 투덜거렸다.

"하고많은 시간 중에 하필 내가 집에 없을 때 전화할 건 또 뭐야! 여기 이사 온 후로 딱 한 번 오빠랑 통화했단 말이야."

"지금은 오빠가 한창 바쁜 때야. 수업도 있지, 피자 가게에서 일도 하지, 숙제도 있지, 야구도 해야 하잖아. 엄마 생각에는 아마 매일 연습이 있을 거야. 거기에 경기도 해야 하는데, 몇몇 경기는 원정 경기잖아."

"이젠 오빠가 우리 식구 같지 않네."

조엘은 소파에 다시 등을 파묻으며 투덜거렸다.

엄마는 조엘을 감싸 안았다.

"너도 요즘 굉장히 바쁜 거 알지? 학교도 가야지, 새 친구도 사귀

어야지, 야구리그 일도 있지…… 오빠가 그러는데 곧 주말에 집에 온다더라. 너한테 이메일도 보내겠대."

조엘은 자기 방으로 가서 컴퓨터를 체크했다. 5센티미터쯤 쌓인 눈 속에서 시즌 개막 경기를 했다는 소식을 담은 옛날 동네 친구의 메일이 있었다. 강팀인 미네통카를 9대 5로 깼단다. 기분 좋은 소식이었다.

하지만 오빠한테서 온 이메일은 없었다.

선수를 모집합니다

 다음 날 아침, 조엘은 포스터를 붙이려고 학교에 일찍 도착했다. 학교 식당에 하나, 도서관 문에 하나, 상담실 밖 게시판에 하나씩 붙였다. 조엘이 체육관 문에 테이프로 포스터를 붙일 때는 몇몇 아이들이 모여들기도 했다.
 "뭐라는 거야?"
 한 여자애가 키 큰 아이들 틈에서 몸을 앞으로 길게 빼고 넘겨다보며 말했다.
 앞에 있던 남자애가 큰 소리로 말했다.
 "이스턴 아이오와 여자야구리그에 참가하세요."
 남자애의 목소리가 '리그'라는 단어를 읽을 때 갈라졌다.
 "여자들을 위한 야구리그라고? 이게 뭐야, 장난하나?"
 짧게 자른 머리의 남자애가 콧방귀를 뀌었다. 조엘은 포스터 묶음을 꽉 감싸 안으며 그 애에게 말했다.

"장난 아냐. 후버 야구부는 남자들을 위한 거잖아."

조엘이 말을 마칠 즈음, 칼라일 코치가 남자 라커룸에서 나오는 게 보였다.

'이런! 학교에 포스터 붙이면 안 되는 방침이 있다고 일장연설을 하겠군.'

하지만 칼라일 코치는 벽에 붙어 있는 포스터에 눈길조차 주지 않았다. 조엘에게도.

"자, 얘들아. 옆으로 비켜라. 통로를 막고 있잖아."

칼라일 코치는 모두에게 복도로 물러서라고 말했다.

조엘은 얼른 다른 애들과 같이 옆으로 비켜섰다. 포스터를 뗄 필요가 없어서 천만다행이었다.

여학생 체육실에 도착해 보니 페너 선생님이 사무실에서 업무를 보고 있었다.

조엘이 똑똑 문을 두드리자 선생님이 올려다보았다.

"안녕, 조엘. 무슨 일이니?"

선생님은 자주색 운동복 소매를 걷어 올렸다.

"보여드릴 게 있어요."

조엘은 포스터를 페너 선생님에게 내밀었다.

선생님은 포스터를 한 번 쓱 훑어보았다.

"그래, 교무실에서 봤어."

선생님이 고개를 끄덕였다.

"조엘, 이 말을 해야겠다. 네 결심은 정말 대단해. 하지만 이건 작은 일이 아니야. 완전히 새로운 리그를 시작한다는 게 그렇게 만만한 일은 아니야."

조엘은 스스로 좀 부끄러워졌다.

"고맙습니다, 선생님. 소프트볼하고 여러 가지 일들 때문에 지금 당장은 몹시 바쁘시다는 거 알아요. 하지만 선생님이 우리 야구리그를 도와주실 수 있는지 여쭈어보려고요. 제 말은, 앞으로 우리가 해 나가려면……."

페너 선생님이 의자 뒤로 몸을 기댔다.

"어떻게 도와주면 되는데?"

"그러니까, 선생님이 하실 수 있는 것으로요. 코치, 스폰서, 선수, 경기할 장소…… 우리한테 뭐가 필요할지 아시잖아요. 그런 것들 전부 다 필요해요."

"그래, 그렇겠지."

페너 선생님이 소리 없이 웃었다. 선생님은 펜을 하나 집더니 책상에 대고 톡톡 두드렸다.

"정말 도와주고 싶어, 조엘. 하지만 네가 알다시피, 지금 소프트볼 때문에 굉장히 바쁘단다. 지금은 우리 팀이 최우선이야."

조엘은 어깨를 축 늘어뜨렸다. 예상은 했기 때문에 진짜로 놀란 건 아니었다.

"시즌이 끝나고 나서는 어떠세요?"

조엘은 다그쳐 물었다.

"그때면 도와주실 시간이 있겠죠?"

"그럴지도 모르지. 하지만 너희들이 꼭 올 여름에 리그를 시작할 필요가 있는지 모르겠구나. 레크리에이션 센터에서 여름 프로그램을 진행하거든. 여자애들이 하는 야구 프로그램도 있어."

"네. 하지만 센터에서는 여자들을 여러 팀으로 쪼개놔요. 제가 바라는 건 여자들만 하는 리그를 새로 시작하는 거예요."

페너 선생님은 호의적인 반응을 보였다.

"그거 좋은 생각이야, 조엘. 하지만 전체 리그를 채울 만큼 여자애들을 찾을 수 있을 거 같니?"

"그럴 거예요. 잘 알려지기만 한다면 말예요."

"글쎄, 네가 선수들을 찾는다 해도, 연습하고 경기할 장소가 필요할 거야. 그건 생각해봤니? 여름 내내 야구와 소프트볼 리그를 하는 레크리에이션 센터, 교회 단체가 굉장히 많아. 모두가 경기할 만한 곳을 찾는다는 건 거의 불가능해."

"하지만 맘만 먹으면 방법도 생기겠죠. 그렇죠?"

조엘은 애써 씩씩한 척 말했다.

페너 선생님은 아무 말도 하지 않았다.

'좋아, 씩씩한 척하는 건 별로일지도 몰라.'

조엘은 손에 든 포스터 더미로 고개를 떨어뜨렸다.

"그러니까 선생님은 별 관심이 없으시다는 건가요?"

"아니, 꼭 그렇지는 않아. 여자야구리그에 대한 생각은 정말 좋아. 다만 생각해봐야 할 게 아주 많다는 거야."

"알아요. 전부 다 해결하려고 해요. 준비모임에서 하려는 게 그런 거예요. 적어도 우리 모임에 와주실 수는 있죠, 페너 선생님?"

페너 선생님은 미소를 지었다.

"그래. 너희 모임에 가보마."

"정말요? 와! 고맙습니다!"

조엘이 뒤돌아 방을 나서려는데 선생님이 말했다.

"네가 소프트볼에 대해 다시 생각해봤으면 좋겠다, 조엘. 우리 팀원들은 네가 그러기를 정말 바라고 있단다."

조엘은 그 말을 믿을 수가 없었다. 조엘은 들고 있던 포스터를 다른 팔로 바꾸어 들었다.

"사실, 제가 야구 한다는 것에 대해 몇몇 아이들이 약간 화가 나 있는 것 같아요."

선생님은 고개를 끄덕였다.

"그래. 몇몇은 그렇더구나. 하지만 네가 오기만 한다면 금세 달라질 거야. 우리 애들은 이기고 싶어 하니까!"

그러고는 씩 웃었다.

'이기기 싫은 사람도 있나?' 조엘은 속으로 생각했다. 하지만 경기에서는 이기는 것보다 즐기는 것이 더 중요하다. 그게 어른들이 항상 아이들한테 얘기하려고 하는 게 아니던가?

"잘 새겨둘게요."

조엘은 대답했다.

* * *

"난 이해가 안 돼."

브루크가 며칠 뒤 조엘에게 말했다.

브루크는 밴드부실 앞의 악기 창고에서 조엘을 가로막았다. 브루크는 조엘의 글이 실린 《에코》 최신호를 한 부 들고 있었다.

"여자들만의 야구리그를 시작한다고? 왜지?"

조엘은 브루크 옆으로 손을 뻗어 클라리넷 케이스를 집어 들며 말했다.

"여자애들한테 야구 경기할 기회를 주려고. 기사 읽어봐."

브루크는 조엘을 따라 밴드부실로 들어왔다.

"그럼, 좋아. 정확히 어떻게 하려는 건데? 여자들만으로 이루어진 팀끼리 서로 경기를 하게 하겠다는 거야?"

"그건 일반적인 리그 방식이고."

조엘은 차분히 대답하고 클라리넷 두 번째 줄로 올라갔다. 브루크는 바순을 끌고 조엘을 따라왔다.

"그러니까, 사람들이 입단 테스트를 보는 거야, 아니면 야구 하고 싶은 사람은 누구든 네가 뽑는 거야? 매주 경기하고 연습도 몇 번씩 할 거야? 어디에서 할 거야?"

조엘은 자리에 앉아 어깨를 으쓱해 보였다.

"아직 몰라."

"누가 너희 스폰서가 되는데? 레크리에이션 센터? 거기에 말해봤어? 교회는 뭐래?"

이 모든 질문이 도대체 다 뭐란 말인가? 그냥 조엘이 답을 못 하기 때문에, 그래서 조엘을 바보처럼 느끼게 하려는 걸까?

"정말 몰라."

조엘은 악보집을 펼쳤다.

브루크는 조엘의 악보대 앞에 팔짱을 낀 채 섰다.

"음, 서둘러봤자 여름에나 시작할 수 있겠지. 여름 전까지는 그거 죽어도 못 할걸. 좋아, 그러니 나랑 거래를 하자. 네가 지금 우리 소프트볼팀에 들어오면, 그럼 내가 올 여름 야구리그에 들어갈게."

조엘은 브루크를 멀뚱멀뚱 쳐다보았다. 브루크는 야구를 하고 싶어 하지 않는다. 그리고 조엘은 소프트볼을 하고 싶어 하지 않는다. 그걸 브루크는 모른단 말인가?

조엘은 자리를 고쳐 앉았다.

"있지, 네가 이해하기 쉬운 말로 다시 설명해줄게. 알았지? 나보고 소프트볼 하라는 건 너한테 오보에 불라고 하는 것과 똑같아."

"뭐?"

부르크가 놀라 어리둥절해했다.

"바순하고 오보에는 엄청 비슷해. 둘 다 나무로 만든 악기고, 더블 리드(오보에, 바순처럼 리드가 두 개 달린 악기-옮긴이)지. 네가 둘 중 하나를 연주할 수 있으면, 넌 다른 것도 연주할 수 있을 거야, 그치?"

"아니, 완전 다른 악기거든!"

조엘은 계속해서 말을 이어갔다.

"그렇지! 야구하고 소프트볼도 완전 다른 운동이라구!"

브루크는 고개를 저었다.

"넌 정말 어쩔 수가 없구나, 조엘. 내가 졌다."

　　　　　　＊　＊　＊

방과 후, 조엘은 포스터를 붙이려고 그린데일 아카데미로 가는 버스를 탔다. 거기 소프트볼팀이 얼마나 대단한지 듣고 또 들었다. 어쩌면 거기 여자애들 몇몇이 야구를 고려해볼지도 모른다.

캠퍼스는 시내 외곽, 새로 지어진 주택단지에 둘러싸여 있었다. 예쁜 주택단지를, 조엘은 창문 밖으로 유심히 바라보았다.

버스가 학교 앞에 멈추자 조엘은 버스에서 내렸다. 그린데일 아카데미는 3층짜리 벽돌 건물로, 숲을 등지고 자리하고 있었다. 앞마당 잔디는 촘촘하고도 푸르렀다. 잡초는 하나도 보이지 않았다. 조엘은 이렇게 완벽한 잔디밭 위를 걸어간다는 게 좀 이상하다는 생각이 들었다. 그래서 편자 모양으로 둥글게 이어진 길을 따라 정문 출입구 쪽으로 걸어갔다.

출입구 안으로 들어서서 조엘은 발을 털었다. 그린데일 아카데미에 있는 건 모두 다 깨끗하고 새것 같았다.

나이 든 수위가 복도 끝에서 비질을 하고 있었다. 수위는 조엘을 등지고 있어서 조엘을 알아차리지 못했다.

교무실에서 일하는 서너 명의 사람들이 있었다. 가서 포스터를 붙여도 되냐고 물어봐야 할까? 하지만 벽 여기저기에 포스터와 광고가 붙어 있었다. 몇 개 더 붙인다고 안 될 게 뭐람? 조엘은 정문 맞은편 커다란 게시판에 압정 두 개로 포스터를 붙였다. 그러고 나서 복도를 돌아다니며 화장실 문, 도서관 출입구 옆 그리고 정수기 위에 테이프로 포스터를 붙였다.

근처 어딘가에 체육관이 있을 거다. 체육관이 있다면, 체육 선생님도 있겠지. 어쩌면 야구리그에 관해 얘기를 할 수 있을지도 모른다.

"누구 찾아왔니?"

몹시 지쳐 보이는 여자애가 조엘 뒤 화장실에서 툭 튀어나왔다. 그 애는 파란색과 금색이 들어간 그린데일 아카데미 체육복에 반바지를 입고 있었다. 땀에 젖은 곱슬머리 위로 땀 흡수 밴드를 매고 있었다.

"너희 체육 선생님을 찾고 있는데."

"아즈라인 선생님? 소프트볼 구장에 계셔. 저기 문으로 가봐."

"고마워."

조엘은 복도를 달려가 문을 활짝 열었다. 문을 여니 학교 뒷마당이 펼쳐졌다. 어마어마하게 넓은 공터가 경작을 준비하는 텅 빈 들판까지 쭉 뻗어 있었다. 여자애들과 남자애들이 무리지어 윗몸일으키기와 스트레칭을 하고 있었다. 남자야구부는 또 다른 곳에서 연습을 하고 있었다. 그리고 저 멀리에 소프트볼팀이 있었다.

소프트볼 구장으로 향하는 조엘에게 관심을 보이는 사람은 아무도 없었다. 조엘은 연습을 방해하고 싶지 않아서 펜스 뒤 잔디밭에 앉아 구경했다. 연습이 끝나면 코치에게 말을 건네기로 했다.

소프트볼팀은 공을 던지고 받는 연습을 하는 중이었다. 벤치에 앉아 있는 여자애는 네 명뿐이었다. 나머지는 필드에 나가 있었다.

아즈라인 코치는 하늘색 운동복을 입고 있었다. 큰 키에 머리칼은 검정색인데, 양 옆으로 회색 머리칼이 있었다. 그는 홈플레이트에 서서 다른 선수들을 향해 공을 툭툭 쳐주고 있었다.

"공을 잡을 때는 양손을 써, 소냐."

아즈라인 코치가 우익수에게 소리쳤다.

"공을 던질 때는 팔꿈치를 위로 들고!"

선수들이 꽤나 진지하다는 걸 조엘은 알아차렸다. 수다 떠는 사람은 아무도 없었다. 벤치에 앉아 있는 선수들도 마찬가지였다. 선수들 모두 연습에만 몰두하는 것 같았다. 주(州) 우승팀다웠다.

"다시."

아즈라인 코치가 투수에게 말했다.

투수가 와인드업 자세를 취한 뒤 공을 던졌다. 코치는 그 공을 곧장 투수 쪽으로 쳐 보냈다. 투수는 깜짝 놀라 뛰어올랐고, 겨우 그 공을 잡아냈다.

"똑바로 봐, 첼시!"

코치가 투수에게 소리쳤다.

첼시는 긴 금발머리를 어깨 뒤로 넘기고 나서 자기 포지션으로 돌아가 다시 공을 던졌다. 이번에 코치는 유격수를 향해 직선타를 날렸다. 유격수가 앞으로 달려 나와 공을 잡았다.

"그런대로 괜찮아, 니키."

코치가 고개를 끄덕이며 말했다.

벤치에 앉아 있는 선수들도 교대로 그라운드에 올라갔다. 니키는 다른 선수들과 같이 벤치로 돌아왔다. 니키는 벤치에 앉으며 호기심 어린 눈으로 조엘을 흘끔 바라보았다.

조엘은 자리에서 일어나 벤치가 있는 곳 뒤로 움직였다.

"잘 잡던데."

조엘이 말했다.

벤치에 앉아 있던 선수들 모두가 조엘을 휙 돌아보았다.

"넌 누구니?"

니키가 물었다. 니키는 수천 갈래로 땋은 듯한 머리 위에 검은색 모자를 썼다. 땋은 머리끝마다 작은 구슬이 매달려 있었다.

"넌 여기 오면 안 돼, 몰라?"

니키 옆 금발머리가 말했다. 조엘은 펜스에 기댔다.

"그래. 난 조엘 커닝햄이야. 후버 중학교에 다녀."

"여기서 뭐 하는 건데? 상대 팀 염탐하려고?"

니키 반대편 검정색 머리칼의 여자애가 짐짓 화난 듯 말했다.

"아니."

조엘은 고개를 흔들었다.

"난 야구를 해. 우리 친구 몇 명이 여자야구리그를 결성하려고 하거든. 너희 중에 관심 있는 애가 있는지 알아보려고 왔어."

니키가 고개를 들어 올렸다.

"어떻게 할 건데?"

"다른 야구단하고 똑같아. 전부 여자들이 한다는 것만 빼고."

"거기!"

코치가 끼어들었다.

"떠드는 거야?"

코치는 허리께에 손을 얹고는 화난 듯 소리쳤다.

아이들은 눈치를 보며 필드로 나갔다.

"관심 있으면 다음 수요일 도서관에서 하는 준비모임에 와."

조엘이 소리쳤지만, 돌아보는 사람은 아무도 없었다.

조엘은 손목시계를 흘끔 들여다보았다. 4시 20분. 연습은 그리 오래 걸리지 않을 거다. 연습이 끝나면, 다른 여자애들하고 얘기를 더 할 수 있을지도 모른다. 어쩌면 아즈라인 코치하고도.

연습은 조엘의 예상보다 훨씬 오래 걸렸다. 공 던지고 받는 연습을 하고 나서 선수들은 달리기 연습을 했다. 달리기 연습을 하고 나서는 공 던지고 받는 연습을 더 했다.

가끔씩 여자애들이 자기들끼리 수군거리다 조엘을 바라보곤 했다. 관심이 있다는 뜻일까?

5시 10분쯤, 아즈라인 코치가 여자애들이 하는 얘기를 엿들은 게 분명했다. 코치는 화가 나서 물었다.

"야구리그가 뭐라고?"

여자애들이 자기 코치한테 뭐라고 했는지 조엘은 알 수 없었다.

"연습 계속해."

코치는 선수들에게 지시하고는 모자를 만지작거리더니 조엘에게 향했다. 움직이는 선수들은 아무도 없었지만 그들의 눈동자는 모두 코치에게 박혀 있었다.

'세상에! 이 여자, 기분이 별로 안 좋아 보이는데.' 조엘은 얼른 일어서며 생각했다.

"학생은 뭐 하러 여기 온 거지?"

아즈라인 코치가 펜스에 가까이 다가오더니 조엘에게 말했다.

"여긴 비공개 연습이야. 가주면 고맙겠어."

"저, 저는 선, 선생님하고, 애들하고 그냥 얘기하려고요."

조엘은 더듬거렸다. 이제 팀원 전체가 조엘을 바라보고 있었다.

"여자야구리그를 만들려고 하는데요."

"야구리그에 관심 있는 사람은 여기 하나도 없다."

코치는 팔짱을 끼더니 조엘을 뚫어져라 바라보았다.

조엘은 속상했다. 저 애들이 관심이 있는지 없는지 어떻게 안단 말인가? 몇몇 아이들은 관심이 있어 보였다.

"우리는 주 우승팀이다. 어떤 방해도 원치 않아. 자, 이제 가주겠니?"

"하지만……."

"어서!"

코치가 고함을 질렀다.

결국 조엘은 몸을 돌려 연습장을 걸어나갔다. '칼라일 코치보다 더하군.' 조엘은 입을 삐죽했다.

그린데일 아카데미 팀은 재빨리 다시 연습을 시작했다. 하지만 조엘은 니키가 어깨 너머로 자기를 뒤돌아본다는 걸 알아차렸다.

"수요일 밤이야! 그린데일 공립도서관에서 7시!"

조엘은 니키에게 소리쳤다. 그러고는 아즈라인 코치가 쫓아내기 전에 얼른 구장을 빠져나왔다.

두 번째 신문 투고

　사람들이 이스턴 아이오와 여자야구리그에 관해서 들은 게 분명했다. 여자야구에 대해 쓴 편지가 점점 더 많이 《그린데일 가제트》와 신문 웹사이트에 실리기 시작했다.
　조엘은 매일 아침 그 편지들을 열심히 살펴보았다. 몇 가지 썩 괜찮은 글도 있었다.

　조엘 커닝햄에게 찬사를 보냅니다! 여자야구리그를 시작하면 왜 안 된단 말인가요? 여자 운동에 지속적인 관심을 보여줍시다!

　물론 그렇지 않은 편지도 있었다.

　그린데일은 여자야구리그를 지원할 만큼 재정 상태가 충분하지 않습니다. 현재 우리가 갖고 있는 몇 안 되는 구장의 상태 또한 좋지 않습니다. 서너 개의 야구 및 소프트볼 팀들은 이미 경기시간을 놓고 서로 다투고 있는 실정입니다. 하나의 공동체로서 우리는 이렇게나 다양하고 많은 그룹에 우리 재정을 어떻게 분배할 수 있겠습니까?

조엘은 다른 주제에 관한 편지를 건너뛰고 야구에 관한 글만 찾았다. 레크리에이션 센터 직원이 보낸 편지가 특히 관심을 끌었다.

지난 몇 년 동안, 여름 체육프로그램에 등록하는 소녀들이 계속 줄어들었습니다. 분명 야구에 관심 있는 이 지역 소녀들이 있겠지요. 하지만 온전한 리그를 만들 수 있을 만큼 선수들이 충분할 것 같지는 않습니다. 그리고 그런 소녀들 중 대다수가 우리 프로그램 중 하나에 등록할 겁니다. 우리가 프로그램을 유지할 만큼 인원을 충분히 모집하지 못한다면, 우리는 센터의 몇 가지 프로그램을 어쩔 수 없이 취소해야 할 수도 있습니다. 그러면 그린데일의 소녀들은 이번 여름에 어떤 운동도 할 수 없을 것입니다. 조엘 커닝햄이 야구를 정말로 하고 싶어 한다면, 교육위원회에서 방침을 바꾸고 학교 야구부에서 조엘이 야구를 할 수 있도록 허용할 것을 강력히 주장합니다. 조엘은 아마 우리 여름 야구리그에서도 환영받을 것입니다. 커닝햄 양이 다른 곳에서 야구를 할 수 있다면 독자적인 야구리그를 굳이 시작하진 않을 것입니다.

제프리 티베츠, 소장
그린데일 레크리에이션 센터

교육위원회가 조엘에게 후버 야구부에서 야구할 수 있도록 허락하라는 티베츠 씨의 '주장'이 조엘은 맘에 들었다. 하지만 그런 일이 일어날 것 같지는 않았다. 이제 그건 조엘에게 명명백백했다.

티베츠 씨는 그린데일 레크리에이션 센터의 프로그램에 소녀들이 등록하지 않으면 어쩌나 걱정하고 있었다. 그렇다면 레크리에이션 센터조차 없는 아주 작은 마을에 사는 여자애들은 어떻게 해야 할까? 이런 여자애들은 운동을 하러 그린데일까지 와야 한다. 지역 야구리그가 이 여자애들에게 공동체 안에서 팀을 가질 기회를 줄지도 모른다.

조엘은 한숨이 새어 나왔다.

어딘가에는 항상 조엘에게 안 된다고 말하는 사람이 있었다.

* * *

"이제 우리 뭘 해요?"

조엘은 저녁을 먹고 나서, 가지고 온 신문을 엘리자베스 아빠에게 주며 물었다.

"지난번엔 후버 야구부에서 경기하는 걸 반대하더니, 이제는 제가 여자야구리그를 만드는 것조차 반대하는 사람이 있어요."

쇼 씨가 안경 너머로 조엘을 흘끗 바라보았다.

"몇몇 투고자들의 의견 때문에 우리가 기운을 잃어서야 되겠니. 안 그래?"

쇼 씨가 신문을 내려놓자 엘리자베스가 신문을 집어 들었다.

"그렇지만, 이런 사람들 몇몇이 우리 모임에 나타나 큰 소란이라도 피우면 어떻게 해요?"

조엘이 찌푸린 얼굴로 물었다.

"아, 그러진 않을 거다. 이 근처 여자애들이 도대체 몇 명이나 야구를 하고 싶어 하는지 일단 그것부터 알아내야 할 거다. 고작 몇 명만 나타난다면, 반대파가 굳이 걱정할 거리가 없지 않겠니? 야구리그를 만들지 못할 테니까 말이다. 하지만 많은 여자애들이 경기를 하고 싶어 한다면, 음, 그러면 몇 가지 해결해야 할 문제들이 있겠지. 특히 어디서 경기를 해야 할 것인지. 이 근처엔 운동장이 모자라. 그래도 뾰족한 수가 생길 거다. 잘 해결할 수 있을 거야."

"알았어요, 아저씨."

조엘은 애써 실의에 빠지지 않은 척 말했다.

"조엘! 이것 좀 봐. 너를 반대하는 편지들은 전부 남자들한테 온 거야."

엘리자베스가 독자투고란을 보다 말고 고개를 들어 말했다.

"뭐라고?"

조엘은 엘리자베스한테서 신문을 얼른 빼앗았다. 지금껏 알아차리지 못한 거였다. 역시, 엘리자베스의 말이 옳았다.

이 남자들 모두에게 답장을 써야 하나?

집에 도착하자마자, 조엘은 컴퓨터 앞에 앉아 타이핑을 시작했다.

편집장님께.

조엘 커닝햄이 다시 편지 보냅니다. 너무도 많은 사람들이 제가 여자야구리그 창단하는 걸 원치 않는다니 참 화가 납니다. 여기에서는 여자가 야구 하는 게 왜 이렇게 힘든 거지요? 많은 이들이 소프트볼은 여자들을 위한 야구 대체운동이라고 생각합니다. 하지만 소프트볼은 절대 그렇지 않습니다. 소프트볼의 역사에 대해 온라인상에서 찾아본다면, 소프트볼을 맨 처음 시작한 사람들이 남자라는 걸 알 수 있을 거예요!

그린데일에는 야구를 하고 싶어 하는 다른 여자애들이 분명 있습니다. 난 그 애들을 만나보았습니다. 이들은 작년 여름 레크리에이션 센터에서 경기를 했습니다. 하지만 모두 각기 다른 팀에서 경기를 했습니다. 모두 같은 팀에서 다른 여자애들과 경기를 하면 훨씬 재미있을 거라고 우리는 생각해요. 그게 바로 우리가 여자야구리그를 시작하려는 이유입니다.

그린데일에 경기장이 충분하지 않다는 점에 대해서는 유감스럽게 생각합니다. 그렇다고 여자들이 경기를 하지 말아야 하나요? 더 많은 구장을 지을 수는 없는 건가요? 우리가 뭔가를 할 수는 없는 건가요? 우리는 레크리에이션 센터의 프로그램이 없어지는 걸 원치 않습니다. 마찬가지로 어떤 여자애도 자기가 원하는 운동을 할 수 없는 것도 원치 않습니다. 우린 단지 우리가 원하는 운동을 하고 싶을 뿐입니다. 그게 그렇게 잘못되었나요? 레크리에이션 센터가 여자 회원을 잃을까 걱정한다면, 우리 야구리그를 후원할 수도 있지 않나요?

조엘 커닝햄

조엘은 편지를 다시 읽어보았다. 마지막 부분, 레크리에이션 센터가 여자야구리그를 후원하는 것에 대해 생각해보았다. 조엘의 머리에 그 생각을 심어준 사람은 브루크였다. 그 전날 밴드부실에서, 브루크가 물어봤을 때, 조엘은 브루크의 말에 큰 관심을 기울이지 않았다. 하지만 그건 꽤 좋은 지적이었다. 레크리에이션 센터가 이스턴 아이오와 여자야구리그를 후원한다면, 센터에서는 코치, 운동장, 운동기구 그리고 스케줄을 제공할 것이다. 게다가 등록한 사람들로부터 돈도 벌 것이다. 그러면 모두에게 좋은 일이다. 어쩌면 레크리에이션 센터에서 편지를 보낸 그 남자가 조엘의 편지를 읽고 진짜 좋은 생각이라며 무릎을 칠지도 모른다.

조엘은 편지를 부모님께 보여드릴까 생각해보았다. 하지만 부모님은 외출하셨다. 어쨌거나 반대할 이유는 없지 않을까?

조엘은 이메일을 보내며 간단한 메모를 덧붙였다.

"수요일 이전에 신문에 실리게 해주시면 고맙겠습니다."

몇 분 후, 신문사로부터 온 답장을 보고 조엘은 깜짝 놀랐다. '와우, 엄청 빠른걸!'

친애하는 투고자께.

죄송하지만, 우리는 귀하로부터 받은 편지를 30일 이내에 신문에 실은 바 있습니다. 30일 이내에는 같은 투고자의 글을 한 번 이상 실을 수가 없습니다.

편집자, 린다 모니코

'쳇, 미리 양식에 맞추어둔 편지잖아.'

지금부터 30일 뒤면 준비모임은 이미 끝난 뒤다. 지금 당장 편집자에게 이야기해야 한다.

조엘은 린다 모니코 부인에게 전화해서 상황을 설명하기로 했다. 분명 편집자는 이해할 거다.

편집실 전화번호는 《그린데일 가제트》 웹사이트에 바로 나와 있었다. 조엘은 그 편집자가 직접 전화를 받아서 또 깜짝 놀랐다.

"안녕, 조엘."

모니코 부인은 마치 오래된 친구라도 되는 것처럼 전화를 받았다.

"마을에 굉장한 논쟁을 불러일으킨 애구나."

"네, 맞아요. 저기, 왜 같은 달에 편지 두 통을 신문에 실을 수 없는지 알고 싶은데요."

"신문사 방침이야. 한 사람의 의견만 계속 실을 수는 없거든. 다른 사람들도 의견을 말할 기회를 주어야 하니까."

조엘은 한숨을 쉬었다. 또 그 방침 타령이었다. 이 작은 마을의 방침들이 진짜 지긋지긋했다.

"하지만 이건 전부 다 새로운 내용이잖아요."

조엘은 편집자에게 따져 물었다.

"지난번엔 학교에서 야구 할 수 없는 것에 대해 썼지만, 이번에는 여자야구리그 창단에 관한 거잖아요."

모니코 부인은 완고했다.

"미안하구나, 조엘. 둘 다 같은 주제에 관한 거야. 같은 독자로부터 온 것이고. 네가 원한다면 우리 웹사이트의 독자의견란에 올려도 돼. 하지만 신문에 실을 수는 없단다."

'흠, 웹사이트에 싣는 것도 괜찮은 방법이군.' 하지만 전화를 끊기 전, 문득 또 다른 수가 떠올랐다.

"저기요, 신문사는 늘 새로운 이야기를 찾잖아요, 그쵸? 제 편지를 싣는 대신, 여자야구리그와 관련해서 저를 인터뷰할 수는 없나요? 그러니까, 그 얘기 전부와 관련해서 말예요."

모니코 부인은 잠깐 동안 아무 말이 없었다.

"음, 특집 편집자하고 얘기를 해봐야 할 것 같구나. 아니면 스포츠 편집자하고. 준비모임을 다룰 기자를 보내서 진행 과정을 취재할 수 있겠지. 확인해보마."

즉, 다른 말로 하면, 확실히 약속한 건 아니었다.

"잘 알겠습니다. 감사합니다."

조엘은 전화를 끊고 곧장 신문사의 웹사이트로 들어갔다. 편지를 올리려고 했지만, 양식이 너무 좁았다. 어쩔 수 없이 두 번에 걸쳐 나누어 포스팅을 해야 했다. 지면에 올리는 것만큼 그럴듯해 보이진 않았다. 그렇지만 누군가는 조엘의 의견을 읽을 거다.

조엘은 컴퓨터를 끄려다 수신함에 편지가 와 있는 걸 발견했다. 다른 것에 열중하느라 오빠한테 이메일이 온 것도 모르고 있었다. 조엘은 곧장 이메일을 열었다.

말썽꾸러기 꼬마 아가씨.

잘 지내고 있어? 바로 전화 못 해서 미안해. 이제 야구 시즌이 시작돼서 엄청 바쁘거든. 우리 팀의 다른 녀석들은 진짜 잘해. 전부 다 나보다 잘해. 그래도 난 내 포지션이 있어. 1루수. 우리는 처음 두 경기에서 이겼고, 어젯밤 경기는 졌어. 여자야구리그라니, 근사하다. 근데 미안하지만 어떻게 시작하는지는 나도 잘 몰라. 학교 모의재판도 재미있겠다. 넌 따지는 거 잘하니까 훌륭한 변호사가 될 거야! 솔직히 난 네가 왜 계속 나한테 조언을 구하는지 모르겠어. 넌 스스로 잘하잖아. 넌 내가 필요 없어. 또 연락할게, 조엘아!

조엘은 입술을 잘근잘근 깨물었다.
"난 언제나 오빠가 필요하다구."
조엘은 컴퓨터를 끄며 나지막이 궁시렁댔다.

* * *

"우리 모의재판은 다음 주 화요일이다. 다들 맡은 부분을 미리 열심히 연습하기 바란다."
화요일, 호킨스 선생님이 말했다.
조엘은 숨이 막혔다. 야구리그를 생각하느라 너무 바빠서 재판 준비할 시간이 부족했다.
"자, 어떻게 진행할 것인지 알려주마."

선생님이 말을 이어갔다.

"브루크, 넌 검사니까, 네가 먼저 시작할 거야. 브루크가 모두발언을 하고 나서 자기주장을 편 다음 증인을 부를 거야. 조엘, 넌 브루크의 증인한테 반대신문을 할 기회가 있어. 그러고 나서 브루크, 조엘이 제기한 의문에 설명하고 싶으면 넌 증인에게 다시 질문할 수 있다. 네가 증인신문을 끝내면 조엘은 자기 증인을 부를 거다. 네가 반대신문을 하고, 조엘이 다시 질문을 할 거야. 양쪽 모두 마치고 나면, 각자 종결주장을 하고 소송은 배심원에게 넘어간다. 질문 있나?"

손을 드는 사람은 아무도 없었다. 벨이 울리자 아이들은 문을 향해 우르르 몰려 나갔다.

"당장 포기하는 게 나을 거야, 조엘."

브루크가 실실 웃으며 말했다.

"이건 하나 마나 한 소송이야. 넌 승산이 없어."

"큰소리 안 치는 게 좋을걸!"

조엘이 말했다. 조엘은 브루크가 농담하는 척하고 있다는 걸 알고 있었다.

"맞아! 조심해, 브루크."

뒤에서 어떤 여자애가 말했다.

"조엘은 늘 이긴다구. 누가 상처를 입든 신경 안 쓰지."

"뭐? 그건 아니야!"

조엘은 몸을 휙 돌렸다.

"맘대로 하셔!"

그 여자애는 툭 내뱉고는 브루크와 함께 복도를 걸어 내려갔다. 브루크는 돌아서서 조엘을 향해 손가락을 흔들어댔다.

"난 내가 원하는 걸 얻으려고 사람들에게 상처를 주지는 않아."

조엘은 사물함에 쿵 하고 몸을 부딪치며 중얼거렸다.

"난 그런 사람이 아니라구!"

누가 자기를 그렇게 생각한다는 게 정말 화가 났다.

문득 엘리자베스가 떠올랐다. 엘리자베스는 야구를 하고 싶지 않다고 처음부터 아주 분명하게 말했다. 그런데도 조엘은 엘리자베스에게 어느 정도 부담을 주었다. 엘리자베스의 아빠가 코치를 맡아줘야 했기 때문이다.

조엘은 눈을 질끈 감았다. 정말 그 애 말처럼 자신이 원하는 걸 얻기 위해 누군가를 아프게 한 걸까?

엘리자베스는 이제 여자야구리그에 푹 빠진 듯했다. 하지만 어쩌면 그런 척하는 건지도 모른다. 아니, 어쩌면 여전히 선택의 여지가 없는 것처럼 느끼고 있는 건지도 모른다.

"안녕, 조엘!"

카일리가 조엘 옆으로 다가왔다.

"무슨 일 있어? 표정이 안 좋아 보이네."

조엘은 시선을 피했다.

"카일리, 넌 내가 원하는 것을 얻기 위해서라면 다른 사람은 어떻게 되든 신경 안 쓰는 그런 사람처럼 보이니?"

카일리의 눈이 휘둥그레졌다.

"아니. 넌 절대 포기하지 않는 사람처럼 보여. 그렇지만 누굴 일부러 아프게 하는 사람은 아니라고 생각해. 왜 그러는데?"

조엘은 어깨를 움츠렸다.

"어떤 애들은 그렇게 생각하는 것 같아서."

카일리는 손을 흔들었다.

"어이쿠, 한 귀로 듣고 한 귀로 흘려버려. 넌 여자야구리그라는 훌륭한 걸 해내고 있잖아. 새로운 길을 여는 거야. 새로운 기회를 창조하는 거라구."

"그렇게 생각하지 않는 사람도 있다는 게 문제지."

조엘은 한숨을 쉬며 말했다.

"이해하게 될 거야. 두고 봐."

카일리가 말했다.

* * *

그날 밤, 저녁을 먹은 뒤 조엘은 엘리자베스에게 전화를 걸었다.

"여보세요. 나, 조엘이야."

엘리자베스가 전화를 받자 조엘은 바로 이어 말했다.

"너한테 물어볼 말 있는데."

"뭔데?"

조엘은 깊은 한숨을 쉬었다.

"너, 정말 야구 하고 싶은 거니, 아니면 나랑 너희 아빠가 벌이는 일에 그냥 끌려오고 있는 거니?"

엘리자베스는 아무 말도 하지 않았다.

"엘리자베스?"

이윽고 엘리자베스가 말했다.

"그래, 이렇게 뭔가 커다란 일에 일부분이 된다는 게 좋아. 다른 애들도 마음에 들어. 함께할 뭔가가 있다는 것도 아빠랑 나한테 좋고. 우리 엄마 외에 달리 집중할 수 있는 거."

"그런데?"

조엘은 재촉했다. 그 다음에 '그런데'라는 말이 튀어 나오리라 짐작했다.

"그런데 난 이 일에 확신이 없어, 조엘. 난 재미있어서 경기를 해. 너희들처럼 그렇게 진지하게 생각하는 건 아니야."

그렇다면, 난 사람들을 당황하게 하는 그런 사람이란 말인가? 조엘은 스스로에게 물어보았다. 학교 여자애들이 수군거리는 것처럼? 조엘은 엘리자베스의 감정을 전혀 알아차리지 못했다. 마치 야구를 하는 것이 유일하게 중요한 문제인 것처럼 행동해왔다.

"미안해."

엘리자베스가 말했다.

"아니, 내가 미안해."

조엘은 목소리를 가다듬었다.

"넌 내 베스트 프렌드야, 엘리자베스. 가끔 내가 뭐에 좀 푹 빠질 때가 있어. 특히 야구에. 하지만 네가 원하지 않는 걸 강요하려는 뜻은 절대 없었어."

"알아. 그리고 만약 내가 무언가를 진짜로 하고 싶지 않다면, 당당하게 말해야 한다는 것도 알아."

'맞는 말이야.' 조엘은 생각했다. 하지만 조엘은 입을 굳게 다물고 엘리자베스가 계속 말하기를 기다렸다. 어색한 침묵이 이어졌다.

"있지, 네가 야구를 하고 싶다면, 네가 팀에 들어온다면 정말 좋을 거야. 하지만 네가 원하지 않는다면, 그것도 난 다 이해해. 네가 하지 않겠다고 결정해도 넌 여전히 내 베스트 프렌드야."

조엘은 말도 안 되는 소리 같다는 생각이 문득 들었다. 전에는 '베스트 프렌드'를 가져본 적이 없으니까.

"알았어, 조엘. 고마워."

전화를 끊고 나서 조엘은 생각했다.

'엘리자베스가 야구를 하지 않겠다고 결정한다면, 쇼 씨가 코치를 하고 싶어 할까? 그걸 궁금해하다니, 난 정말 어쩔 수 없는 인간일까?'

엘리자베스에게 한 말은 전부 진심이었다. 하지만 마음 한편으로는 엘리자베스가 정말 야구를 하기로 마음먹으면 좋겠다고 바라고 있었다.

예상 밖의 관심

"이럴 수가!"

수요일 밤 도서관 지하강당으로 하나 둘씩 사람들이 몰려오는 것을 보고 만디가 탄성을 질렀다.

"백 명은 되겠다!"

"대단해!"

레아가 한숨 돌리고 속삭이듯 탄성을 질렀다.

"끝내준다."

엘리자베스도 탄성을 질렀다.

하지만 조엘은 바짝 긴장한 채였다. 진짜 엄청 긴장됐다.

조엘이 말했다.

"진짜 이 사람들이 전부 다 우리 야구리그에 관심이 있어 온 거면 좋겠다. 혹시 야구 못 하게 하러 온 사람들이면 어떡하지?"

"왜 이래? 누가 우리를 막을 수 있겠어? 우린 혼자가 아니잖아."

레아가 손을 내밀며 말했다. 만디가 그 위에 손을 얹었다. 타라가 다가와 만디 위에 손을 얹고, 엘리자베스도 손을 보탰다.

조엘은 씩 웃으며 맨 꼭대기에 손을 얹고 소리쳤다.

"우린 모두 하나, 아자, 아자, 파이팅!"

"여기 이 사랑스러운 아가씨들을 방해하긴 정말 싫지만, 이제 회의를 시작해야겠는걸."

쇼 씨가 다가와 엘리자베스의 머리를 헝클어뜨렸다.

조엘의 부모님도 쇼 씨 바로 뒤에 있었다.

"준비됐니, 조엘?"

아빠가 조엘의 어깨를 힘껏 잡아주었다.

"무슨 말 해야 하는지 알지?"

엄마가 물었다.

"내가요?"

조엘은 뒤로 한 걸음 물러섰다.

"내가 저 사람들 앞에 나가서 말을 해야 한다고요?"

"이건 네가 꾸민 일이야."

쇼 씨가 말했다.

조엘은 침을 꿀꺽 삼켰다. 조엘은 그저 여자애들 몇 명이서 부모님들하고 같이 탁자에 둘러앉아 아이디어를 짜내면 되겠거니 생각했었다. 자기가 사람들 앞에 서서 말을 해야 하리라고는 진짜 꿈에도 생각하지 못했다.

"우리가 너랑 같이 올라갈게. 괜찮지?"

만디가 그렇게 말하고는 나머지 아이들에게 시선을 돌렸다.

엘리자베스가 주춤 물러섰다.

"말 안 해도 된다면."

"나도."

타라도 얼른 따라 말했다.

"내가 먼저 시작해줄까?"

쇼 씨가 물었다. 조엘은 힘겹게 꼴깍 침을 삼켰다.

"아뇨. 우리가 시작한 일이니까, 우리가 해야죠."

조엘의 심장이 쿵쾅쿵쾅 뛰었다. 조엘은 몸을 돌려 강당 앞으로 걸어갔다. 만디, 레아, 타라 그리고 엘리자베스가 한 줄로 따라와 조엘 주위에 둥그렇게 섰다.

조엘은 무슨 말로 시작해야 할지 알 수 없었다. 하지만 다행스럽게도 곧 어떤 생각이 떠올랐다.

조엘은 목소리를 가다듬었다. 마이크조차 없었다.

"안녕하세요?"

조엘은 어렵게 입을 열었다. 이 사람들을 어떻게 하면 조용히 시키고 자기 말에 귀 기울이게 한단 말인가?

"제 이름은……"

조엘은 관중을 향해 모기만 한 목소리로 겨우 들릴까 말까 하게 말했다.

앞줄에 있던 누군가가 입 속에 손가락 두 개를 집어넣어 휙 하고 휘파람을 불었다. 강당 안이 금세 조용해졌다. 모두가 조엘을 바라보았다.

조엘은 다시 입을 열었다.

"제 이름은 조엘 커닝햄입니다."

목소리가 약간 떨려 나왔다.

"저는 미니애폴리스에서 이사 온 지 얼마 되지 않습니다."

'요점만 간결하게 말하자.' 조엘은 스스로에게 상기시켰다.

"저는 미니애폴리스에서 학교 야구부원으로 뛰었습니다. 하지만 이 지역에서는 저한테 야구를 허락하지 않습니다. 사람들은 소프트볼이 야구와 같다고 말합니다. 그린데일에서, 여자는 소프트볼을 하고 남자는 야구를 합니다."

조엘의 부모님이 앞줄 한가운데서 힘내라며 고개를 끄덕였다. 쇼 씨는 엄지손가락을 치켜세웠다. 그 뒤에, 페너 선생님이 관심 있게 듣고 있다는 것을 조엘은 알아차렸다.

조엘은 말을 이어나갔다.

"음, 저는 사람들에게 두 운동이 완전히 다르다는 것을 설명하려고 노력했습니다. 그리고 여자에게 야구를 못 하게 하는 것은 엄청나게 불공평하다고 생각했습니다. 이곳에서도 야구를 하고 싶어 하는 여학생 네 명을 만났습니다."

만디, 레아, 타라 그리고 엘리자베스가 서로를 바라보며 어색하게 미소 지었다.

"어쨌든, 야구팀을 결성하길 바라는 다른 여학생들이 또 있을지도 모른다고 생각했습니다. 함께, 그리고 서로 대항해서 야구를 하면 무척 재미있을 거라고 생각했습니다. 그래서 우리가 여기 모인 겁니다."

조엘은 또 무슨 말을 해야 할지 몰라 잠깐 고민했다.

"저는 여자야구리그가 멋진 아이디어라고 생각합니다."

뒤에서 땅딸막한 남자가 말했다.

"재청이요!"

파란색 정장을 입은 여자가 말했다.

조엘은 안도의 한숨을 쉬었다.

"야구리그를 시작하려면 뭘 어째야 하는지 아는 사람 여기 있어요?"

한 여자가 물었다.

그러자 모두가 한꺼번에 입을 열었다. 하지만 어디서부터 어떻게 시작해야 하는지 아는 사람이 있는 것 같지는 않았다.

쇼 씨가 강당 앞줄에서 걸어 나와 관중을 향해 조용히 하라는 손짓을 했다.

"여러분, 안녕하십니까? 저는 게리 쇼입니다. 조엘은 제 딸의 친구이자 우리 이웃이지요. 저는 여기 그린데일에서 여자야구리그를 정말로 보고 싶습니다. 여러분 모두 의문사항이 꽤 많으리라는 걸 알고 있습니다. 그리고 제가 모든 해답을 가지고 있지도 않습니다. 하지만 우리가 함께 해나간다면, 어떻게 시작해야 하는지 찾아낼 수 있을 겁니다."

쇼 씨는 조엘과 함께 인터넷을 통해 알아낸 것을 사람들에게 들려주었다. 그러자 모두들 질문을 쏟아내기 시작했다.

어떤 부모는 팀을 어떻게 구성하는지 알고 싶어 했다. 또 다른 부모는 어디서 경기를 할 것인지 알고 싶어 했다. 세 번째 부모는 스폰서에 대해 물었다.

"한 번에 하나씩 하죠."

쇼 씨가 말했다.

강당 뒷줄에 서 있던 한 남자가 앞으로 걸어 나왔다.

"우리 아빠야."

레아가 조엘에게 속삭였다.

"제 동생이 복사 가게를 합니다. 오늘 밤 여기 못 왔지만, 그 애가 야구리그를 후원하고 싶다더군요."

레아 아빠가 말했다.

그러자 또 다른 남자가 구석의 접이 의자에서 벌떡 일어섰다. 금발의 곱슬머리에 키가 크고 빼빼 마른 그 남자는 시카고 컵스 야구모자를 쓰고 있었다.

"저는 데이브 호너입니다. 메릴에서 볼링장을 하죠. 야구를 하고 싶어 하는 여자애 두 명을 알고 있어요. 만약 메릴에서 완전한 팀을 하나 만든다면, 기꺼이 후원하겠습니다."

조엘과 만디는 서로 눈빛을 교환했다. 한 가지는 분명했다. 사람들 관심이 지대하다는 것.

"좋습니다, 여러분. 여기 참가 명단이 있습니다."

쇼 씨가 말했다. 쇼 씨는 노란색 종이 두 장을 강당 앞 탁자 위에 올려놓았다.

"하나는 아이들을 위한 것이고 다른 하나는 어른들을 위한 것입니다. 야구를 하고 싶은 여학생은 이름, 주소, 전화번호, 나이를 이 종이에 써주세요. 나머지 분들은 다른 종이에 서명해주십시오. 그리고 이 야구리그를 시작하는 데 여러분이 어떤 도움을 줄 수 있는지 적어주십시오."

사람들이 일어나 움직이기 시작하자 강당 안이 훨씬 왁자지껄해졌다. 조엘과 친구들은 벽에 기대어 뒤로 물러났다. 그사이 쇼 씨와 조엘 부모님은 어른들과 이야기를 나누었다.

짧은 갈색 머리에 주근깨가 가득한 한 여인이 걸어와 조엘에게 자기소개를 했다.

"안녕, 난 체스터필드에 있는 초등학교 체육 선생님이야. 너희 팀 코치가 되면 기쁘겠구나."

페너 선생님도 걸어 나왔다. 머리가 희끗한 할머니가 페너 선생님의 팔을 잡고 함께 걸어 나왔다.

"안녕, 얘들아."

페너 선생님이 둘러보았다.

"사람들이 엄청 모였구나."

"네, 대단하지 않아요?"

조엘이 신이 나 말하자, 페너 선생님은 고개를 끄덕이고 옆의 할머니를 흘끗 바라보았다.

"얘들아, 우리 어머니야."

할머니가 웃으며 손을 내밀었다.

"만나서 반갑습니다, 할머니. 저는 엘리자베스 쇼예요."

엘리자베스가 싹싹하게 인사를 건넸다.

"저는 조엘이고요."

조엘도 할머니와 악수했다.

"너희 둘 다 만나서 정말 반갑다."

할머니는 느릿느릿 말을 했다.

"신문에서 너희 이야기를 죽 읽었단다."

"어머니는 여자야구에 관심이 대단하셔."

페너 선생님이 거들었다.

"우리 언니가 1940년대 전미 여자 프로야구리그 선수였단다. 너희들, 그 리그에 대한 이야기는 들었겠지?"

페너 선생님의 어머니가 물었다.

"그럼요. 제2차 세계대전, 메이저리그 야구선수들이 전쟁터에 나갔을 때 시작됐잖아요. 영화도 있는걸요. 〈그들만의 리그〉라고요."

조엘이 말했다.

"그래, 맞다."

할머니는 기분이 좋은 듯했다. 할머니는 엘리자베스의 손을 꼭 쥐었다.

"너희들이 야구리그를 시작하는 걸 꼭 보고 싶구나."

"나도 그래. 코치가 더 필요하면 기꺼이 도와줄게. 여름까지는 많이 도와줄 수 없는 게 안타깝지만."

페너 선생님이 말했다.

"그게 어딘데요. 그때까지 준비될지도 확실히 모르는걸요. 고맙습니다, 페너 선생님."

페너 선생님과 할머니가 가자 누군가가 조엘의 어깨를 톡톡 두드렸다. 그린데일 아카데미에서 온 그 여자애였다. 수천 갈래로 머리를 꼬아 묶은 그 유격수.

조엘은 깜짝 놀라 외쳤다.

"안녕, 니키. 맞지? 네가…… 와줘서 정말 기뻐."

니키는 씩 웃었다.

"정말인지 확인해봐야겠다고 생각했어. 너희들 대단한걸."

조엘은 니키를 엘리자베스에게 소개했다.

"나, 너 기억 나. 작년 가을 KGRN 콘테스트에서 이긴 애지?"

엘리자베스가 물었다.

"무슨 콘테스트?"

조엘이 궁금해 물었다.

"메이저리그 월드시리즈 때였어. 라디오방송국이 쇼핑몰에서 야구 퀴즈대회를 개최했거든. 누구든 참가할 수 있었어."

니키가 설명해주었다.

"근데 네가 이겼다고?"

조엘은 깜짝 놀랐다.

"우리 아빠도 그 콘테스트에 참가했어. 그런데 어린애한테 졌다고 얼마나 창피해하셨는데."

엘리자베스가 말했다.

니키는 어깨를 으쓱해 보였다.

"그냥 늘 하는 야구니까."

"그러니까 우리랑 같이 야구 하고 싶은 거지?"

조엘이 희망에 가득 차 물었다.

"당연하지."

니키가 대답했다.

"하지만 그저 앉아서 야구 이야기나 하고 싶지는 않아. 난 직접 야구를 하고 싶다구!"

"그래, 우리가 그걸 하고 있는 중이야."

조엘이 말했다.

"얘들아, 너희들."

만디, 레아, 타라가 합류했다.

그런데 다른 여자애 두 명을 데리고 왔다. 둘은 아주 똑같이 생겼다. 조엘은 사람들 틈에서 이미 그 애들을 보았다.

"여긴 페이지. 여긴 파울라."

만디가 쌍둥이를 번갈아 인사시켰다.

"둘 다 작년 여름 레크리에이션 리그에서 우리랑 같이 경기했어."

누가 페이지이고 누가 파울라인지, 어떻게 구별하는지 조엘은 도무지 알 수가 없었다. 둘 다 키가 크고 호리호리한 데다 금발 머리를 어깨 뒤로 넘기고 있었다.

"만나서 반가워."

목소리도 똑같은 것 같았다.

"페이지는 중견수고 파울라는 우익수야."

만디가 덧붙였다.

조엘은 조용히 동그랗게 모여 있는 아이들을 세어보았다.

"너희들, 그거 알아? 여기서 한 명만 더 있으면 팀을 꾸릴 수 있다는 거."

"주위를 둘러봐. 여기 있는 여자애들 모두 야구를 하고 싶어 해."

레아가 말했다.

조엘은 숨을 몰아쉬었다. 많은 애들이 관심을 갖고 있지만 이스턴 아이오와 여자야구리그가 정말로 가능할까 싶어 조엘은 두근거리는 가슴을 손으로 눌렀다.

* * *

"좋아. 서른여섯 명이 정식으로 등록했어."

쇼 씨가 신청서를 넘겨다보며 말했다.

대부분의 사람들은 집으로 돌아가고 조엘, 만디, 레아, 엘리자베스 그리고 그 부모들만 강당 앞 탁자 주위에 남아 있었다.

"대단하구나."

조엘 엄마가 고개를 흔들며 말했다.

"그러게요. 그래도 리그를 결성하기엔 아직 턱없이 모자라요."

조엘이 턱을 문지르며 뚱하니 말했다.

"게다가 나이도 다 제각각이야."

만디가 신청서를 가리키며 말했다.

"여섯 살부터 열여섯 살까지 전부 같이 야구를 할 수는 없어."

"리그를 연령별로 다시 나누어야겠구나."

쇼 씨가 말했다.

조엘은 입술을 깨물며 신청서를 꼼꼼히 들여다보았다.

"여섯 살부터 아홉 살까지 나눌 수 있겠어요. 그 다음엔 열 살부터 열세 살까지. 그 다음엔 열네 살 이상. 그러면 어떻게 되죠?"

"연령별로 나누면 각각 한 팀씩 꾸리기에도 턱없이 부족해. 계산 좀 해봐."

레아가 의자에 등을 파묻었다.

"이렇게 해선 절대 안 돼."

만디가 볼멘소리를 했다.

그러자 만디 아빠 번스 씨가 말했다.

"난 그렇게 생각 안 한다. 이건 그냥 준비모임이야. 봐라, 얼마나 많은 사람들이 모였니? 그것만으로도 우린 정말 깜짝 놀랐다."

"스폰서 제안도 서너 개나 되고."

웡 씨가 말했다.

"코치도 있잖니."

쇼 씨가 거들었다.

"우린 끈기 있게 계속 밀어붙이기만 하면 돼."

조엘 엄마가 말했다.

"그래, 맞아. 좀 더 홍보를 해야겠어."

쇼 씨가 고개를 끄덕이며 말했다.

"어떻게요?"

엘리자베스가 물었다.

"음, 서른여섯 명이 각자 야구 하고 싶어 하는 사람을 한 명씩 구할 수 있다면, 우리는 리그를 시작하는 데 충분한 숫자를 쉽게 채울 수 있을 거다."

조엘 아빠가 지적했다.

"전 잘 모르겠어요. 일흔두 명의 선수가 있다 해도, 각각의 연령별 그룹에 한두 팀 이상은 안 될 거예요. 그걸로 리그를 시작하는 건 턱도 없어요. 팀별로 대항해서 경기하기엔 충분하지 않아요."

레아가 느릿느릿 말했다.

"처음에는 한 연령대에만 집중해야 할지도 모르겠구나."

만디 아빠가 제안했다.

쇼 씨는 탁자 위 신청서를 훑어보았다.

"대부분 열 살에서 열네 살 정도구나. 열 살부터 열네 살로 먼저 시작할 수 있어."

"그럼 다른 애들은 어떻게 해요?"

조엘이 물었다. 야구를 할 수 없다고 말해야 한다니, 정말이지 끔찍하게도 싫었다. 조엘은 겪어봐서 누구보다 잘 알았다.

"조그맣게 시작하는 건 괜찮아. 일단 경기를 할 수 있는 팀을 두어 개 만들어놓으면, 다른 연령별 그룹 안에서 더 많은 관심을 얻을 수 있을 거야."

만디 아빠가 고개를 끄덕였다.

"이 근처에는 큰 마을이 네 개 있다. 그린데일, 메릴, 체스터필드, 페어몬트. 이 지역 중학교에서 애들을 모으는 데 집중해보자."

"그린데일에는 몇 명만 더 있으면 돼요. 그건 그리 어렵지 않을 거예요."

레아가 목소리를 높였다.

"하지만 우리가 페어몬트, 체스터필드, 메릴에서 어떻게 애들을 구해요. 거긴 아는 사람도 없는데."

만디가 물었다.

"서명한 여자애들 몇 명에게 전화해서 친구들 중에 관심 있는 애들을 소개해달라고 하면 되잖아."

만디 엄마 번스 부인이 말했다.

"우리 포스터를 체육 선생님들에게도 보내면 돼요."

조엘이 제안했다.

"그리고 언론을 활용해야 한다. 신문, 라디오, 텔레비전."

쇼 씨가 끼어들었다.

"참, 《그린데일 가제트》에서 온 기자를 본 사람 없어요? 제가 며칠 전에 린다 모니코 부인하고 통화를 했는데 우리 이야기를 취재하러 사람을 보낼 수도 있다고 했거든요."

"난 못 봤는데."

만디가 말했다.

"나도."

레아가 끼어들었다.

"쳇! 안 보낸 모양이네."

조엘은 얼굴을 찡그렸다.

"상관없다. 다시 전화해서 모임이 어떻게 진행됐는지 얘기해주면 돼."

쇼 씨가 말했다.

엘리자베스, 만디, 레아 그리고 조엘은 신청서 더미를 네 개로 나누었다. 각자 서명한 아홉 명에게 전화를 해서 관심 있는 한두 명이 더 있는지 알아보기로 했다.

어쨌거나, 이제 시작이었다.

조엘은 집으로 향하며 다시 희망을 얻었다.

그린데일 그린삭스

조엘은 체육 수업이 끝난 후 샤워를 마치고 밖으로 나왔다. 그때 누군가 소리치는 게 들렸다.

"그래도 와야지!"

브루크였다. 조엘은 그 튀는 목소리로 금방 알 수 있었다.

누군가가 대답했다. 하지만 그 여자애의 목소리는 분명하게 들리지 않았다. 엘리자베스 같았지만 조엘은 자신할 수 없었다.

조엘은 머리에서 수건을 벗겨냈다. 정확히 말해 엿들은 건 아니었다. 소리가 들려오는데 어쩌란 말인가?

브루크가 말할 차례였다.

"왜 그래, 아직 진짜 팀도 아니잖아. 하찮은 모임 한 번 놓친다고 무슨 큰일이라도 나니?"

브루크가 말했다.

의심의 여지가 없었다. 브루크가 엘리자베스에게 내일 아침에 있을 야구 모임에 대해 뭐라 말하고 있었다. 조엘은 화가 났다. 엘리자베스가 야구 하는 데 브루크가 참견을 하다니.

수건을 단단히 움켜잡고, 조엘은 라커로 쏜살같이 쳐들어갔다. 맨살이 드러난 어깨 위로 물이 뚝뚝 떨어졌다. 브루크와 엘리자베스는 조엘을 보고 깜짝 놀랐다. 그곳에서 옷을 갈아입고 있던 다른 여자애들 몇 명이 뒤로 물러났다.

"너희들, 무슨 이야기 하고 있는 거야?"

조엘은 브루크와 엘리자베스를 차례로 훑어보며 물었다.

"아무것도 아니야."

엘리자베스는 라커에서 양말을 꺼내고는 조엘을 쳐다보지도 않은 채 벤치에 앉았다.

브루크는 몸을 곧추 세우고 섰다.

"다음 주에 그린데일 아카데미와 경기할 거야. 걔네들은 힘든 상대야. 그래서 내일 아침 훈련을 해야 해. 그런데 엘리자베스는 다른 계획이 있다는군."

조엘은 벤치에 샴푸를 내려놓았다.

"내일은 토요일이야. 토요일에 훈련 계획을 세워놓고 모두 나오기를 바랄 수는 없지."

조엘이 말했다. 조엘은 자기도 미니애폴리스의 블루제이스에서 선수로 뛸 때 토요일 훈련에 수없이 참가했었다는 걸 까맣게 잊어버렸다. 조엘 역시 십중팔구 훈련에 나오지 않은 팀원들에 대해 불만을 터뜨렸을 거다.

"조엘."

엘리자베스는 이건 자기와 브루크 사이의 문제라는 듯 조엘을 말렸다. 하지만 조엘은 브루크가 자기 친구를 손쉽게 이기는 것을 가만히 두고 볼 수만은 없었다.

브루크는 라커 문을 꽝 닫고는 엘리자베스에게 말했다.

"엘리자베스, 너한테 달렸어. 뭐가 중요한 건지 알란 말이야!"

브루크는 재빨리 운동가방을 챙겨 라커룸을 나가버렸다.

다른 아이들이 조엘과 엘리자베스를 뚫어져라 쳐다보았다. 그러고는 브루크를 따라 나갔다. 엘리자베스는 바닥을 내려다보았다.

조엘은 엘리자베스 옆 벤치에 앉았다.

"야구 때문에 애들이 널 힘들게 하는 거니?"

엘리자베스는 아직까지 여자야구리그에 참가하겠다고 약속하지 않았다.

엘리자베스가 어깨를 으쓱해 보였다.

"내버려둬."

조엘은 엘리자베스에게 야구 모임에 빠지고 소프트볼 훈련에 가라고 말해야 할지 고민스러웠다.

"걱정하지 마. 이건 내 문제야, 알았지?"

엘리자베스가 말했다.

조엘은 입술을 깨물었다. 엘리자베스 말이 맞다. 조엘은 자기가 주제넘게 행동하고 있다는 걸 알아차렸다. 이건 정말이지 조엘이 간

섭할 일이 아니었다.

"좋아. 브루크가 말한 것처럼, 네가 어떻게 결정하든 그건 전적으로 너한테 달렸어."

말은 그렇게 했지만, 조엘은 엘리자베스가 야구를 선택하기를 정말로 바랐다.

* * *

"그러니까, 모두 전화한 거지? 사람들이 여전히 여자야구리그에 관심이 있는 것 같아?"

다음 날 아침, 아이들이 센터파크의 그네 주변에 몰려들자 조엘이 물었다.

조엘은 아이들을 쭉 훑어보았다. 엘리자베스는 그네에 앉아 그네 줄을 빙빙 돌려대고 있었다. 엘리자베스는 오늘 이곳에 나오려고 소프트볼 연습을 빼먹었다.

'진짜 친구야.' 조엘은 생각했다.

"메릴에 사는 여자애 하나가 자기 소프트볼팀 대부분이 야구에 관심 있다고 했어."

레아가 큰 소리로 말했다.

"멋진데."

조엘은 고개를 끄덕이며 말했다. 조엘은 니키 옆 풀밭에 책상다리를 하고 앉았다.

"그런데, 그 애들 전부 여름 전에는 시작하기 싫대. 두 가지 운동을 한꺼번에 하는 건 힘들다면서."

레아가 덧붙였다.

"페어몬트에 사는 여자애 하나가 그러는데, 자기들은 이미 아홉 명의 선수를 모았대. 교대 선수 몇 명만 더 모으면 완전한 팀을 갖출 수 있대."

쌍둥이 중 하나가 끼어들었다. 조엘은 그 애가 페이지인지 파울라인지 헷갈렸다.

"정말 멋진데!"

니키가 말했다.

"내 생각엔 말이야, 우리가 지금부터 해야 할 일은 경기할 장소를 구하는 거 같은데."

타라가 말했다.

"왜 여기서 계속 경기할 수 없는 거지? 여긴 누구나 사용할 수 있는 공원이야. 우리도 사용할 수 있다구. 그렇지 않아?"

조엘이 물었다.

"물론이지."

만디도 동의했다. 다른 여자애들도 고개를 끄덕였다.

"팀 이름도 필요해."

조엘이 말했다.

"우리 모두한테 딱 어울리는 이름이었으면 좋겠는데."

만디가 신중하게 말했다.

"글쎄, 우리 모두 그린데일에 살잖아."

레아가 말했다.

"동물 이름을 사용하는 팀들이 많더라. 기역으로 시작하는 동물 이름에는 뭐가 있을까?"

엘리자베스가 말했다.

"고릴라, 게코, 기린, 고양이, 거위······."

좀 더 수다스러운 쌍둥이가 손가락을 꼽아가며 동물 이름을 댔다.

타라가 코를 긁적이며 말했다.

"그린데일 거위는 어때?"

모두가 껄껄거리며 웃었다.

"좀 이상하긴 하다. 그래도 그린데일 게코는 썩 어울리는데."

만디가 고개를 살랑살랑 저었다.

"그런데, 게코가 뭐야?"

"도마뱀의 일종이야."

타라의 물음에 니키가 답했다.

"도마뱀이라니!"

레아가 새된 소리로 말했다.

이번에 아이들은 더 큰 소리로 하하 호호 웃어댔다.

"그린데일 그린삭스(green sox:초록색 양말-옮긴이)는 어때?"

엘리자베스가 큰 소리로 말했다.

"그럴듯한데. 진짜 야구팀처럼 들린다. 누구 다른 의견 있어?"

조엘이 말했다.

"진짜 야구팀 같다. 프로팀처럼 말이야."

만디가 말했다.

"그런 팀은 없지."

레아가 끼어들었다.

"그래, 없어. 그래서 그 이름이 더 맘에 드는데."

만디가 말했다.

"그러면, 그린삭스가 맘에 드는 사람은 모두 '예'라고 말해봐."

조엘이 말했다.

"예!"

타라와 파울라만 빼고 모두가 한목소리로 말했다.

"난 게코가 맘에 들어. 독특하잖아."

파울라가 기어들어가는 목소리로 말했다.

"삭스는 좀 이상해."

타라가 말했다.

"아, 그래? 그렇다면 레드삭스도 이상하다고 생각하는 거야? 화이트삭스도 그렇고?"

니키가 말했다.

"화이트삭스는 진짜 이상해. 하지만 그건 중요한 게 아니잖아."

타라가 말했다.

니키가 이마를 찌푸렸다.

"그렇다면, 더 좋은 생각 있니?"

"아니, 없는 것 같아."

타라가 말했다.

"다수결로 하자."

니키가 말했다.

"좋아."

파울라가 한숨을 내쉬었다.

타라가 어깨를 으쓱해 보이며 말했다.

"좋아, 너희들이 이겼어. 우린 냄새나는 초록색 양말 팀이 되겠군."

"걱정 마. 악취가 풍기면 내 손에 장을 지질게!"

만디가 씩 웃으며 말했다.

그린삭스 팀원들 모두가 자지러지게 웃어댔다.

"멋지다. 이제 우리는 팀 이름, 코치 그리고 스폰서까지 갖추었어. 이제 선수 한 명만 더 있으면 돼. 그러면 우리는 진짜 팀이 되는 거라구!"

조엘이 말했다.

* * *

"잘 지냈니? 조엘!"

토요일 오후, 쇼 씨가 담장 너머로 유쾌하게 조엘을 불렀다.

조엘은 소리 나는 쪽을 쳐다보았다. 집 안에 처박혀 있기에는 정말 아까운 날씨였다. 그래서 조엘은 밖에 나와 골디락 재판 모두발언을 연습하던 중이었다.

"방금 캐서린 케네디 씨와 통화했다."

쇼 씨가 말했다. 엘리자베스는 자기 아빠 옆에 서서 제자리뛰기를 하고 있었다.

조엘은 노트를 내려놓고 담장 쪽으로 다가가 물었다.

"그 사람이 누군데요?"

"체스터필드 소프트볼팀 코치란다. 그분이 야구팀 하나를 다 모 았다는구나. 선수 열한 명을."

쇼 씨가 방긋 웃으며 말했다.

조엘은 가슴 한편에서 질투가 솟구치는 걸 느꼈다.

"그 코딱지만 한 동네에서 벌써 팀을 모았다고요?"

체스터필드는 그린데일보다도 작은 동네였다.

"그쪽에서 열한 명을 구할 수 있었다면, 우리는 더 많은 애들을 구할 수 있을 거야."

엘리자베스가 말했다. 엘리자베스는 자기 아빠만큼이나 신이 난 것처럼 보였다.

"그럴 수도 있겠다."

조엘이 말했다.

그린삭스 팀원들은 불이 나게 전화를 돌리고 포스터도 수없이 붙였다. 하지만 여전히 완전한 팀을 짜지는 못했다.

"그쪽 체스터필드 여자애들이 게임을 하고 싶어 한다는구나. 그 애들은 토요일에 첫 번째 훈련을 갖는대. 그래서 내 생각에는, 우리도 다음 주 토요일에는 훈련을 시작해야 할 것 같다."

쇼 씨의 말에 조엘의 귀가 번쩍 트였다.

"정말요?"

쇼 씨가 어깨를 으쓱했다.

"안 될 이유가 없지. 그리 힘든 일도 아니잖아. 여자애들 몇 명은 여전히 소프트볼을 하고 있으니까. 일주일에 한두 번 훈련을 하면 될 거다. 수요일하고 토요일에."

"좋은 생각이에요! 그렇게 해요."

조엘은 어서 빨리 야구를 하고 싶어 미칠 지경이었다.

* * *

"이제 재판을 시작하겠습니다. 존경하는 호킹스 판사님께서 재판을 주재하겠습니다."

호킹스 선생님이 교실 앞 연단에 작은 망치를 탕탕탕 두드렸다.

몇몇 아이들이 킬킬 웃음을 터뜨렸다.

교실 안에는 브루크와 조엘의 의자가 앞에 마련되어 있고 여섯 명의 배심원을 위한 의자는 옆쪽에 놓여 있었다.

"모두발언 준비가 되었나요?"

호킹스 판사가 물었다.

"네."

브루크가 대답했다. 브루크는 배역에 어울리는 복장을 입었다. 진한 감색 셔츠 웨이스트 블라우스였는데, 그런 옷을 입으니 좀 더 성숙해 보였다.

'자기 엄마 옷을 빌려 입었겠지.' 조엘은 혼잣말을 했다.

"저도 준비됐습니다, 존경하는 재판장님."

조엘이 말했다. 평범한 청바지와 티셔츠를 입고 오지 말았어야 했나 보다. 브루크가 자기보다 훨씬 전문가처럼 보였으니까.

브루크가 자리에서 일어섰다.

"존경하는 재판장님, 고귀한 방청객 그리고 배심원 여러분. 저는 골디락이 가택 침입, 폭행, 기물 파손으로 유죄라는 걸 증명해 보이려고 합니다. 골디락은 곰의 집에 침입했습니다. 아빠 곰을 공격하고, 음식을 훔치고, 새로 산 의자를 부숴버렸습니다. 우리는 골디락이 법이 정한 최고 형량대로 처벌받아야 한다고 강력히 주장하는 바입니다."

텔레비전에서 보았던 변호사들이 하는 것처럼, 조엘은 일어서서 눈을 부라렸다.

"존경하는 재판장님, 고귀한 방청객 그리고 배심원 여러분. 골디락은 지금 기소된 것처럼 사악한 사람이 아닙니다. 골디락은 예의바른 학생이며 공동체 자원봉사자로 활동하고 있습니다. 골디락은 3일 동안 숲에서 길을 잃었고, 먹을 음식도 마실 물도 없었습니다. 그러다 마침내 오두막을 발견했고, 문을 두드려봤지만 집에는 아무도 없었습니다. 그녀는 집 안으로 들어갔습니다. 집 안에 있는 동안 음식을 조금 먹었습니다. 골디락은 우발적으로 의자 하나를 부수었습니다. 그리고 아빠 곰을 쳤습니다. 하지만 그것은 스스로를 방어하기 위한 행동이었습니다. 이 모든 것이 단지 조심스럽지 못했기에 일어났습니다. 골디락은 선한 사람입니다. 그러니 감옥에 가두어서는 안 됩니다."

브루크는 자신의 첫 번째 증인을 신청했다. 제이크 트렘블리가 자리에서 일어섰다. 제이크는 사냥꾼 복장으로 변장했다.

"저는 골디락한테 숲에 들어가지 말라고 경고했습니다. 하지만 골디락은 제 말을 귀담아 듣지 않았어요. 자기 맘대로 들어갔어요."

제이크가 말했다.

"고맙습니다, 트렘블리 씨."

브루크가 말했다.

"전에도 골디락을 만난 적이 있었나요?"

조엘이 제이크에게 반대신문을 했다.

"아니오."

"그렇다면 왜 골디락이 당신 말을 들어야 할까요? 생전 처음 보는 사람인데 말이지요. 골디락은 당신에게서 도망치기 위해 숲에 들어간 것일 수도 있습니다. 왜냐하면 골디락은 낯선 사람과 이야기하고 싶지 않았으니까요. 어쩌면 그래서 길을 잃게 된 건지도 모릅니다."

제이크는 뭐라고 대답해야 할지 몰랐다. 조엘은 스스로 이런 생각을 해낸 자신이 자랑스러웠다.

브루크 뒤에 앉아 있던 다니엘은 엄마 곰 역할을 했다. 다니엘은 모피로 덮인 가짜 귀를 붙이고 머리띠를 하고 있었다. 브루크는 다니엘에게 다가가며, 포리지(porridge:오트밀에 우유나 물을 넣어 만든 아침식사용 죽-옮긴이)가 너무 뜨거워서 그게 식을 동안 가족들과 산책하러 갔다 왔다는 게 사실인지 확인했다.

그때 조엘이 일어섰다.

"엄마 곰, 당신은 골디락이 당신 집에 침입했다고 주장합니다. 그런데 문을 잠그지 않고 나간 게 사실 아닌가요?"

"네, 우리는 잠깐 동안 외출했던 겁니다."

다니엘이 대답했다.

"만약 문을 잠그지 않았다면, 어떻게 그것을 '침입'이라고 말할 수 있지요?"

다니엘의 눈동자는 조엘과 브루크를 번갈아 바라보았다. 다니엘은 무슨 말을 해야 할지 몰랐다.

'또 내가 한 건 했어!' 조엘은 몸을 움직이며 생각했다.

"이제, 당신은 엄마 곰입니다. 그건 당신이 훌륭하고 친절한 영혼을 지녔다는 뜻입니다. 맞지요?"

"네."

다니엘은 조엘을 경계의 눈빛으로 바라보았다.

"음, 만약 골디락이 당신 집 문 앞에 도착했을 때 당신이 집에 있었다면, 배고프고 목마르고 겁에 질리고 당황한 상태에서 말입니다, 당신은 골디락을 집 안에 들어오라고 하지 않았을까요?"

"잘 모르겠어요. 아마 그랬겠죠."

"그리고 당신은 골디락에게 포리지를 조금 건네주지 않았을까요?

그녀에게 앉으라고 하지 않았을까요? 아기 곰의 침대에서 잠을 자도록 허락하지 않았을까요?"

다니엘은 안절부절못하다가 대답했다.

"글쎄요, 저는 집에 없었어요. 그리고 골디락이 제 남편을 공격했죠!"

조엘 뒤에 있던 몇몇 증인들이 웃음을 터뜨렸다.

"법정에서는 정숙해주세요!"

호킹스 판사가 작은 망치를 탕탕탕 두드렸다.

조엘은 눈썹을 치켜들었다.

"엄마 곰, 골디락은 단지 자신을 보호하려고 했던 게 사실 아닌가요? 어쩌면 골디락은 겁을 집어먹었을지도 모릅니다. 결국, 골디락은 어린 소녀에 불과해요. 당신 남편은 몸집이 커다랗고 무시무시한 곰이고요."

그러자 브루크가 벌떡 일어섰다.

"이의 있습니다, 재판장님! 변호인은 제 증인을 괴롭히고 있습니다."

"기각합니다! 엄마 곰, 질문에 대답하세요."

호킹스 판사가 말했다.

"질문이 뭔지 까먹었는데요."

다니엘이 자그마한 목소리로 말했다.

"제 말은, 골디락은 어린 소녀에 불과하다는 겁니다. 어떻게 골디락이 아빠 곰을 공격할 수 있었을까요? 우리는 아빠 곰이 부상을 당했다는 증언은 들어본 적이 없습니다."

조엘이 지적했다.

엄마 곰은 그 점에 대해 뭐라고 할 말이 없었다.

다음은 아기 곰 역할을 맡은 케이틀린이 증인석으로 발걸음을 옮겼다. 케이틀린은 다니엘과 마찬가지로 곰의 귀로 분장했고, 핑크색 잠옷바지를 입고 있었다. 곱슬머리를 양 갈래로 묶고, 담요와 테디 베어를 들고 있었다.

케이틀린은 어린애 목소리로 '야비하고 추잡한 골디락'에 관한 브루크의 질문에 모두 답했다.

"좋아, 아기 곰. 난 골디락이 네 포리지를 모두 먹어치웠다고 들었어."

조엘은 자기 차례가 되자 이야기했다.

"맞아요."

케이틀린이 엄지손가락을 빨며 대답했다.

"네 엄마가 너한테 포리지를 다시 만들어줄 수는 없었을까?"

"없었어요. 그게 우리가 가진 포리지 전부였걸랑요."

"그렇다면 엄마가 너한테 뭐 다른 걸 만들어줄 수는 없었을까?"

"없었어요. 저는 포리지만 먹걸랑요."

모두가 낄낄거렸다.

조엘은 눈을 크게 떴다.

"넌 꽤 까다로운 애구나, 아기 곰. 골디락이 너희 집에 오기 전날에도 포리지를 먹었겠구나, 맞지?"

"기억 안 나요."

케이틀린이 입을 삐죽거리며 대답했다.

"엄마 곰은 네가 하루 종일 음식을 안 먹게 내버려두지는 않을 거야. 너희 집에 포리지가 떨어지면, 엄마는 분명 가게에 가서 포리지를 사 올 거야. 하지만 불쌍한 골디락은 꼬박 사흘 동안이나 아무것도 먹지 못했어. 골디락이 불쌍하다는 생각 안 들었니?"

"아뇨. 그 여자애가 제 의자를 부숴버렸어요."

"그래, 나도 알고 있다. 그건 사고였어. 골디락은 정말 미안하게 생각하고 있어. 너한테 새 의자를 사줄 거야. 골디락은 정말이지 감옥에 갈 필요가 없어. 그렇지 않니?"

"아뇨. 가야 해요."

케이틀린이 주장했다.

"왜?"

"왜냐하면 그 여자애는 못됐으니까요!"

케이틀린은 테디베어를 꼭 껴안았다.

조엘은 새로운 전략을 시도했다.

"넌 사람을 좋아하지 않는구나. 그런 거니, 아기 곰?"

"네."

"넌 인간한테 편견을 갖고 있는 게 틀림없어."

케이틀린이 입술을 깨물었다. 케이틀린은 자기가 실수했다는 걸 눈치 챘다.

'좋아! 걸려들었어!'

몇 분 뒤, 조엘이 자기 증인을 세울 차례가 되었다. 증인들 모두 골디락이 얼마나 멋진 사람인지, 그래서 골디락이 기소되었다는 이야기를 듣고 얼마나 큰 충격을 받았는지 이야기했다.

라이언은 곰의 이웃인 판스워스 씨 역할을 했다. 라이언은 굵고 신중한 목소리로 말했다.

"곰 가족은 훌륭한 가족입니다. 그들은 스스로 잘해나가며 아무 문제도 일으키지 않습니다."

"곰 가족이 인간을 무서워한다고 말할 수 있습니까?"

"분명히 그렇습니다. 그렇고말고요."

"그렇다면 골디락은 어땠습니까? 당신이 골디락을 숲에서 발견했을 때 말입니다."

"정말, 정말 괴로워했습니다. 정말 끔찍했어요."

"감사합니다, 판스워스 씨."

조엘이 말했다.

이안 왈시는 의사 역할을 했는데, 골디락이 허기지고 탈수 증상을 보였으며 분명 당시에는 제정신이 아니었을 거라고 주장했다.

브루크는 이 증인들한테 반대신문 할 수 있는 게 많지 않았다.

'내가 이길 거야. 브루크, 두고 봐!' 조엘은 자신이 있었다.

모든 증인들이 증언을 마친 뒤, 브루크와 조엘은 종결주장을 폈다. 그러고 나서 배심원들이 밖으로 나가 의견을 모았다.

"너희들 모두 정말이지 멋지게 해냈다. 배심원이 뭐라고 결론 내릴지 궁금하구나."

호킹스 선생님이 말했다.

교실 안 아이들이 모두 귓속말을 하고 있었다.

'그래, 배심원이 뭐라고 결론 내릴지 정말 궁금한걸.'

조엘이 훨씬 잘했다는 건 의심의 여지가 없었다. 조엘은 그걸 알고 있었다. 그리고 교실 안의 아이들 모두가 그걸 알고 있다고 확신했다. 그 잘난 브루크 하틀에게 통쾌하게 한 방 먹인 것이다!

조엘은 통로 건너편을 흘끗 바라보았다. 브루크가 쳐다보고 있었다. 그 애 얼굴에는 걱정하는 표정이 역력했다.

'브루크도 가끔 져볼 필요가 있어.' 조엘은 만족스러웠다.

배심원들이 서류철 하나를 들고 교실 안으로 들어섰다. 배심원들은 매우 진지한 모습이었다.

"평결을 내렸습니까?"

호킹스 판사가 물었다.

조엘은 몸을 곧추세웠다.

배심원들은 서로를 쳐다보았다. 이윽고 남자애 하나가 일어서서 말했다.

"그렇습니다, 존경하는 재판장님. 우리는 피고 골디락에 대해 유죄평결을 내립니다."

'뭐라고?' 조엘은 멍하니 입을 벌렸다.

브루크조차 놀란 표정이었다. 하지만 이내 브루크의 얼굴에 미소가 서서히 번져나갔다.

'아니야! 이럴 수는 없어! 말도 안 돼!'

하지만 조엘이 졌다.

"좋았어!"

몇몇 아이들이 브루크 주변에 몰려들어 축하를 해주었다.

조엘은 눈길을 돌렸다.

'어떻게 골디락이 유죄라고 할 수 있지? 증언을 듣지도 못했나? 아니면 진실은 상관없다는 건가? 이 모든 재판이 단지 인기 콘테스트, 뭐 그런 거에 불과했던 건가?'

조엘은 배심원들의 판결이 공정하지 못하다는 생각에 화가 치밀었다.

벨이 울리고, 아이들이 문 쪽으로 우르르 몰려나갔다.

조엘은 자기 자리에 꼼짝 않고 있었다.

"이봐, 잘했어."

라이언이 지나가며 팔을 가볍게 툭 쳤다.

조엘은 탁상용 컴퓨터를 응시했다.

"그래. 고마워."

"왜 그래?"

라이언이 이마를 찌푸렸다.

눈물이 핑 돌았기에 조엘은 고개를 돌렸다. 그러나 조엘은 결코 울지 않았다. 결코.

"수업 들어가야지, 라이언. 내일 보자!"

호킹스 선생님이 다가오며 말했다.

라이언은 고개를 끄덕이고는 교실을 나갔다. 선생님은 조엘 맞은

편 책상에 몸을 기댔다.

조엘은 고개를 들어 선생님을 올려다보았다.

"제가 이길 수 있었어요. 제가 변론을 더 잘했다고요."

조엘은 힘주어 말했다.

호킨스 선생님이 코밑수염을 어루만지며 말했다.

"내 생각에는 배심원들은 그렇게 생각하지 않았던 것 같구나."

"그건 애들이 모두 브루크가 이기기를 원했기 때문이라고요. 진짜 재판에서는, 배심원들이 증거에 입각해 결론을 내려요. 개인적인 감정이 아니라요!"

조엘의 말에 선생님은 눈썹을 치켜 올렸다.

"항상 그런 건 아니란다. 그래서 상소 절차가 있는 거란다."

"좋아요. 그렇다면 저는 상소하겠어요."

호킨스 선생님이 웃었다.

"이 모든 걸 그리 심각하게 생각하지는 마라, 조엘. 너는 아주 잘해냈어. 넌 훌륭한 주장을 제기했어. 변론도 잘했고. 그 점은 네 성적에 반영될 거다."

선생님은 조엘의 어깨를 토닥여주었다.

"성적은 상관없어요! 저는 공정한 걸 원한다고요."

조엘은 낙담하여 책상 밑에서 주먹을 꽉 쥐었다.

"항상 이기는 사람은 없어, 조엘. 법정과 일상생활에서, 네 주장을 펼치고 일이 어떻게 되는지 그저 보는 게 다일 때도 있어. 때로는 이기기도 하고 때로는 지기도 하지. 그리고 어쩔 땐 그것이 공정하지 않은 것처럼 보이기도 해."

호킹스 선생님이 말했다.

'내 말이 그 말이에요!' 조엘은 생각했다.

하지만 조엘은 이렇게 그냥 앉아 있을 수만은 없다는 걸 알았다. 침울한 채 징징거리면서.

"고맙습니다, 호킹스 선생님."

조엘은 자리에서 일어서며 말했다.

이제 행동으로 옮길 시간이었다.

열한 번째 선수

그날 오후, 조엘은 여자애들 몇 명이 화장실에서 속닥이는 소리를 들었다. 조엘에 관한 이야기였다.

이렇게 엿듣는 게 아예 일상이 되어버렸다. 이 마을 사람들은 다른 건 할 말이 없나?

"그 애는 완전 루저야."

"그러게. 그 애가 져서 난 너무 신나. 자기가 제일 잘난 줄 안다니까. 미니애폴리스에서 왔다고 뻐겨대기는!"

조엘은 화장실 칸막이 문틈으로 몰래 밖을 살펴보았다.

쉘비와 케이틀린이었다. 그 애들은 모두 소프트볼 선수였다. 브루크도 거기 있었다. 브루크는 머리를 빗고 있었는데 아무 말도 하지 않았다.

"너무 잘나서 후버에서 소프트볼을 할 수 없다나. 너무 잘나서 우리와 어울리지 못한다나. 그러면 그 애는 뭘 하지? 그 잘난 리그를 시작해서, 결국 그린데일 아카데미로 가서 붙겠지. 우리의 가장 큰 라이벌한테 말이야. 제발 게임 한번 하자고 사정하겠지."

"니들도 그 애가 밴드부에서 한 말을 들었어야 했는데. 나보고 뭐라고 했는지 알아? 내가 멍청하다나 뭐라나."

브루크가 가방에 빗을 넣으며 큰 소리로 말했다.

조엘은 변기 물을 내리고 칸막이 안에서 불쑥 튀어 나왔다.

"난 너한테 멍청하다고 말한 적 없어!"

모두 화들짝 놀랐다.

"듣고 있었던 거야?"

쉘비가 추궁했다.

조엘은 쉘비의 말을 무시하고 브루크를 향했다.

"그래, 넌 얼굴을 직접 마주 보고 이야기하는 것보다 등 뒤에서 나에 대해 말하는 게 취미인가 보지? 그래? 좋아. 계속 해봐. 또 뭐가 있는데? 또 뭘 말할 건데?"

"아무것도 없어. 얘들아, 가자."

브루크는 가방을 어깨에 메고는 친구들에게 말했다.

조엘은 팔을 뻗어 아이들이 나가지 못하게 문을 가로막았다. 이제 조엘과 브루크가 결판을 내야 할 시간이었다.

"난 너보고 절대 멍청하다고 말한 적 없어. 난 소프트볼 하고 싶지 않다고 말했을 뿐이라구."

조엘은 다시 한 번 반복했다.

"그래, 넌 그 말을 신물 나게 했지. 모두 귀에 못이 박힐 지경이야. 너는 야구선수야. 소프트볼 따위를 하기엔 아까울 정도로 야구를 잘하지."

브루크의 눈이 번득거리고, 정성껏 화장한 얼굴은 빨개졌다.

"내가 잘해서 소프트볼 할 수 없다고 말한 적 없어."

"이거 왜 이러셔? 네가 하는 모든 행동이 그걸 말하고 있는데. 넌 이곳에 적응하려는 노력조차 하지 않잖아. 학교 주변을 거들먹거리며 돌아다니기만 하고."

조엘의 입이 떠억 벌어졌다.

"너 말 한번 잘했다, 브루크! 너야말로 사람들을 죄다 깔본다구. 너 같은 여자애는 언제나 다른 사람들을 깔보지."

"무슨 뜻이야? 나 같은 여자애라니? 넌 나에 대해 네가 모든 걸 알고 있다고 생각하지?"

브루크가 눈을 흘겼다.

"어느 학교에나 너 같은 여자애는 있어. 너희들은 모두 똑같아. 인기 있고, 완벽하고, 속물적이고, 야비하지."

조엘이 말했다.

놀랍게도, 브루크는 아무 말도 하지 않았다. 그저 멍하니 서 있을 뿐이었다.

"그게 네가 생각한 거니?"

마침내 브루크가 말했다. 조엘은 브루크의 마스카라가 파르르 떨리는 걸 알 수 있었다. 브루크가…… 우는 걸까?

조엘은 숨이 막혔다. 자기가 조금 지나쳤는지도 모른다.

브루크는 조엘의 팔을 밀어 젖히고는 화장실을 나섰다. 화장실 문이 브루크 뒤에서 흔들리다 닫혔다.

"넌 쥐뿔도 몰라, 이 야구쟁이야!"

쉘비가 나지막한 목소리로 말했다. 그러고는 케이틀린과 함께 브루크를 쫓아 서둘러 나갔다.

* * *

"나하고 브루크 사이에 무슨 일이 있었는지 너도 들었지?"

방과 후 집으로 걸어가며 조엘은 엘리자베스에게 말을 건넸다.

엘리자베스가 고개를 끄덕였다.

"그래, 들었어."

"진짜 엉망이었어. 하지 말아야 할 말을 했어. 난 브루크 같은 여자애가 정말 진저리 나! 그런 애들은 어딜 가나 있다니까!"

"무슨 뜻이야, 브루크 같은 여자애라는 게?"

"너도 알잖아. 인기 있는 애들. 완벽한 옷에 완벽한 머리, 완벽한 삶. 이런 애들은 자기와 조금이라도 다른 애들한테는 아주 야비하게 군다구."

"브루크는 그런 애가 아니야."

엘리자베스가 느릿느릿 말했다.

"넌 화장실에서 그 애가 하는 말을 못 들어서 그래."

조엘은 거리를 건너며 말했다.

엘리자베스는 대답하지 않았다.

"미니애폴리스에서 어떤 여자애들은 내가 왜 야구를 좋아하는지 절대 이해하지 못했어. 그 애들은 언제나 나를 놀려댔어. 그래서 난 남자애들밖에 친구가 없었지. 여자애들 중에 나를 좋아하는 애는 아무도 없었어."

조엘은 말을 이어갔다.

"그건 모두 브루크 같은 여자애들 때문이었어!"

엘리자베스는 배낭을 다른 쪽 어깨로 바꿔 메며 말했다.

"난 브루크를 아주 오래전부터 알고 지냈어, 조엘. 브루크는 네가 생각하는 그런 애가 절대 아니야. 브루크도 상처가 있어."

"그래, 뭔데? 손톱이라도 부러졌었나 보지?"

조엘이 못마땅한 듯 입을 삐죽거렸다.

엘리자베스는 걸음을 멈추었다.

"브루크 아빠가 죽었어. 지붕에서 일하다 떨어져서…… 한동안 마비가 되어 고생하다 결국 돌아가셨어."

"저런, 몰랐어."

조엘은 눈을 깜박였다. 그렇다고 해서 브루크가 더 좋아지게 된 건 아니지만, 조엘은 브루크가 안됐다는 생각이 들었다.

"3년 전에 일어난 일이야. 브루크는 안 그런 척 애썼지만, 브루크와 브루크 엄마한테는 너무 힘든 일이었지."

"정말 안됐다."

조엘은 제이슨 오빠를 먼 대학에 보낸 것만으로도 충분히 힘들었다. 조엘은 오빠 또는 식구 중 누군가가 영원히 가버리는 것은 생각조차 하기 싫었다.

"브루크는 학교에서 정말 잘하고 싶어 해. 그래야 대학 장학금을 받을 수 있으니까. 그래서 언제나 매사에 그렇게 적극적인 거야."

다시 걷기 시작하며 엘리자베스가 말했다.

조엘은 이해하고도 남았다. 조엘 역시 장학금을 타야 하니까. 브루크만큼 절실하지 않을지는 몰라도 말이다.

"참, 그것 말고 너한테 할 말이 있어. 브루크가 우리 리그에서 뛰고 싶어 하는 것 같아."

"말도 안 돼."

조엘은 브루크가 그린삭스 팀에서 뛰는 모습을 상상할 수 없었다.

"아니, 정말이야. 브루크가 계속 나한테 여자야구리그에 대해 물어봤거든."

"브루크는 나를 미워해. 기억 안 나? 브루크는 나랑 같은 팀에서는 절대 뛰지 않을 거야."

조엘은 보도에 있던 조약돌을 발로 찼다.

엘리자베스가 손을 위로 치켜들었다.

"브루크는 네가 왜 소프트볼을 하지 않으려는지 그 이유를 이해 못 해. 그렇다고 해서 브루크가 너를 미워하는 건 아니야. 사실, 너희 둘이 서로에 대해 알게 되면 틀림없이 친한 친구가 될 거야. 너희 둘은 많이 닮았어."

"내가? 브루크랑 닮았다고?"

'말도 안 돼.' 조엘은 혼잣말을 했다.

엘리자베스가 고개를 끄덕였다.

"너희 둘은 정말 훌륭한 운동선수야. 둘 다 똑똑하고 경쟁심이 아주 강해. 그리고 모두…… 고집이 세지."

"난 고집 세지 않아!"

조엘이 재빨리 말했다. 하지만 사실이 그랬다. 조엘은 자기가 고집 세다는 걸 알고 있었다.

"브루크가 인정하지 않으려 하겠지만, 내 생각에 브루크는 너를 대단하게 여기는 것 같아. 이곳에서 야구를 하려고 그렇게나 열심히 노력하니까."

엘리자베스의 목소리가 갑작스레 낮아졌다.

"그리고 우리 그린삭스에 한 명이 더 필요하잖아."

"우리라고? 그 말은 너도 함께 야구 한다는 뜻이야?"

조엘은 엘리자베스의 팔을 덜컥 움켜잡았다.

엘리자베스는 얼굴을 붉혔다.

"주제 바꾸지 마, 조엘! 네가 브루크한테 같이 하자고 부탁하면 좋겠어. 만약 네가 브루크한테 부탁하면, 브루크가 얼씨구나 하고 함께할 거야."

"아니, 싫어. 난 절대 브루크한테 부탁하지 않을 거야. 학교 도처에 가입신청서가 있어. 만약 같이 뛰고 싶다면, 브루크가 와서 나한테 말하면 되잖아."

조엘이 재빨리 대답했다.

"브루크는 절대 그렇게는 안 할 거야."

엘리자베스가 말했다.

"그러면 우리랑 같이 못 뛰는 거지 뭐!"

조엘이 어깨를 으쓱하며 말했다.

엘리자베스가 한숨을 내쉬었다.

"말했지? 너희 둘은 정말 똑같아. 정말 고집불통이라니까."

* * *

토요일 아침, 엘리자베스 아빠가 녹색 운동복을 입고 센터파크에 나타났다. 운동복 앞면에는 노란색 글씨로 커다랗게 '코치'라고 적혀 있었다.

"아빠가 스포츠용품점에서 산 거야. 웃기지 않니?"

훈련을 시작하기 위해 둥글게 서서 기다리고 있는 동안 엘리자베스가 속삭였다.

"귀여우신데."

조엘이 방긋 웃으며 말했다. 조엘은 쇼 씨가 코치 일을 진지하게 받아들이는 것이 기뻤다.

"좋다, 그린삭스."

쇼 코치가 호루라기를 불었다.

조엘과 엘리자베스 모두 깜짝 놀랐다. 엘리자베스는 주춤하며 귀를 후벼 팠다.

"호루라기도 새 거야."

"안녕, 소녀들. 너희들을 다시 보게 되어 반갑다. 너희도 알다시피, 난 엘리자베스 아빠다. 그린삭스 팀 코치를 맡게 되어 정말로 기쁘다. 우리는 모두 이제 서로에 대해 잘 알고 있으리라 생각한다. 그러니 지금 당장 시작하지 못할 이유는 없겠지?"

쇼 씨가 말했다.

모두가 세차게 고개를 끄덕였다.

쇼 코치는 도서관에서 빌린 책에서 무언가를 확인했다. 그러더니 팀원들에게 30분 동안 몸 굽히기, 스트레칭, 무릎 굽히기를 시켰다. 그건 조엘이 익숙하게 하던 공식적인 운동은 아니었다. 하지만 괜찮았다. 처음 연습치고는 말이다.

쇼 코치는 모든 애들의 장점과 약점을 알고 싶어 했다. 준비운동을 한 다음, 쇼 코치는 선수들을 각기 다른 포지션에 교대로 세웠다.

조엘은 자기 팀원들이 1루수 위치에서 어떻게 하는지 자세히 살펴보았다. 조엘은 언제나 1루수가 자기 포지션이라고 생각했다. 하지만 쇼 코치가 하라는 대로 어떤 위치에서든 훈련에 임했다.

페이지도 1루에서 썩 잘했다. 하지만 페이지는 조엘보다 키가 작았다. 게다가, 페이지와 파울라는 외야수 위치에서 실력 발휘를 가장 잘하는 것 같았다. 특히 둘이 함께 외야수를 볼 때 그랬다. 둘은 누가 공을 잡으러 가야 하는지, 누가 중계 플레이를 해야 하는지 언제나 잘 알고 있는 것 같았다.

조엘은 만디와 레아가 또 다른 훌륭한 팀을 이루었다고 생각했다. 투수와 포수로서 말이다. 한편, 레아는 키가 작지만 빨랐다. 레아는 포수보다는 2루수에 더 잘 어울리는 것 같기도 했다.

그리고 타라는 팔이 정말 대단했는데, 조엘이 보기에는 분명 좌익수감이었다. 어쩌면 3루수. 하지만 니키와 엘리자베스가 어느 포지션에 가장 적합한지는 판단하기 힘들었다.

쇼 코치가 호루라기를 다시 불었다.

"좋다, 오늘은 이만하면 됐다."

쇼 코치는 아이들을 모두 불러들였다.

조엘은 약간 실망스러웠다. 이제 막 시작한 것 같은데, 훈련이 끝났다니. 벌써? 조엘은 이마에 흐르는 땀을 닦고 나서 친구들과 합류하기 위해 더그아웃으로 뛰어갔다.

"첫 훈련치고는 나쁘지 않았다. 하지만 이제 시작일 뿐이다, 그린삭스. 이야기할 게 좀 있다. 이걸 보도록."

쇼 코치가 말했다. 그러는 동안 선수들은 물병과 장비를 챙겼다.

쇼 코치는 컴퓨터로 디자인한, 아이들 생일파티 초대장처럼 생긴 무언가를 돌렸다. 카드 뒷면에는 공과 배트가 있었다. 안에는 이렇게 적혀 있었다.

"체스터필드 커널스는 그린데일 그린삭스에 야구 경기를 요청합니다. 날짜는 5월 3일. 경기장은 나중에 통보하겠습니다. 즉시 회답 바랍니다."

"걔네들이 우리한테 도전한다고요?"

만디가 씹고 있던 껌을 탁 터뜨리며 물었다.

"어쭈! 도전을 거절할 수야 없지."

조엘이 말했다.

"하지만 우린 아직 완전한 팀을 꾸리지 못했잖아."

엘리자베스가 지적했다.

"걔네들은 어떤데요?"

니키가 물었다.

"걔네들은 아홉 명 내지 열 명 정도 될 거다, 내 생각에 말이야."

쇼 씨가 말했다.

"저는 조엘 말에 찬성이에요. 도전을 거절할 순 없어요. 선수 한 명만 더 구하면 되잖아요."

만디가 말했다.

엘리자베스가 조엘을 팔꿈치로 살짝 치며 속삭였다.

"브루크가 있잖아."

조엘의 온몸이 뻣뻣하게 굳었다.

"브루크가 누구야?"

만디가 몸을 앞으로 숙이며 물었다.

"브루크는 우리 소프트볼팀의 공동 주장인데 정말 잘해."

엘리자베스가 말했다. 그러고는 조엘을 똑바로 쳐다보았다.

"그렇다면 왜 걔를 부르지 않는 거니, 조엘?"

레아가 물었다.

"그래."

몇몇 아이들이 끼어들었다.

조엘은 엘리자베스를 째려보았다. 조엘은 브루크가 자기 팀에 들어오는 걸 원하지 않았다! 하지만 사람을 가릴 처지가 못 되었다. 엘리자베스도 그걸 알고 있었다.

"글쎄, 브루크한테 우리 팀에 들어오라고 부탁하는 걸 굳이 왜 꼭 내가 해야 하지?"

조엘이 투덜거렸다.

"네가 그 애를 아니까."

만디가 말했다.

"맞아. 너랑 같은 학교에 다니지, 맞지?"

레아가 끼어들었다.

"그리고 이 야구리그는 네 아이디어잖아. 그러니까 네가 말하는 게 낫지."

엘리자베스가 조엘의 등을 토닥이며 미소 지었다.

조엘은 한숨을 쉬었다. 원 스트라이크, 투 스트라이크, 쓰리 스트라이크. 조엘은 아웃 당했다.

* * *

조엘은 소파 위에 다리를 꼬고 앉았다. 전화기가 무릎에 놓여 있었다. 조엘은 브루크의 전화번호가 적힌 종이쪽지를 아주 오랫동안 뚫어지게 응시했다. 번호를 아예 외울 정도였다.

조엘은 한숨을 푹 쉬었다. 하지만 어찌 됐든 치러내야 했다.

"여보세요?"

브루크가 대답했다.

"안녕, 브루크? 저기 난, 조엘이야. 조엘 커닝햄."

조엘의 심장이 뛰었다.

"내가 아는 조엘은 하나밖에 없는데, 무슨 일이야?"

브루크가 쌀쌀맞게 말했다.

조엘은 꼬았던 다리를 내려놓고 말했다.

"들어봐, 지난번 화장실에서 말이야."

"그래."

"네가 그랬지. 내가 너에 대해 아무것도 모른다고. 그래, 네 말이 맞아. 그런 것 같아. 난 몰라. 널 보면 전에 살던 곳에서 알던 여자애들이 떠올랐어. 하지만 넌 그 애들이 아니야. 그러니까 내가 너를 그 애들처럼 대하면 안 되는 거였어."

조엘은 실마리를 이어갔다.

브루크는 아무 말이 없었다. 브루크는 이것이 사과의 의미란 걸 알아차리지 못한 듯했다.

"하지만 너도 알다시피, 너도 나에 대해 잘 모르는 건 마찬가지야. 난 내가 다른 사람보다 잘났다고 생각하지는 않아. 난 그저 조금, 그러니까…… 어떤 일에 몰두하는 성향이 있어. 야구 같은 거 말이야."

조엘은 재빨리 말을 이어갔다.

브루크는 여전히 아무 말이 없었다.

"어쨌든, 내 말이 뚱딴지같이 들릴지 모르지만, 엘리자베스는 우리 둘이 서로를 알게 된다면 분명 친해질 거라고 하더라구."

그러자 브루크가 콧방귀를 뀌었다.

"헐! 그래."

"나도 그렇게 말했지."

조엘은 살짝 웃으며 말했다. 그러고는 목소리를 가다듬었다.

"있지…… 네가 우리 야구리그에서 같이 뛰면 좋을 것 같은데."

그 말에 브루크가 관심을 가졌다.

"나보고 함께 운동하자고 부탁하는 거니?"

"운동하고 싶니?"

조엘이 되물었다.

브루크는 가만히 있었다.

"그런가?"

브루크가 마침내 입을 열었다.

조엘은 전화기를 노려보았다. '도대체 원하는 게 뭐야? 초대장이라도 인쇄해서 보내라는 거야 뭐야?'

"있지, 우리는 센터파크에서 토요일 아침 열 시에 모여. 올래?"

조엘이 말했다.

"생각해볼게."

브루크가 대답했다.

조엘은 수화기를 내동댕이쳤다. 저런 여자애와 거래하는 건 정말 싫다. 왜 그냥 "좋아, 근사한데!"라고 말할 수 없는 거지? 온다는 건지 안 온다는 건지 헷갈리게 하지 말고 말이다.

그런데 불가사의한 것은, 브루크가 왔으면 하고 조엘도 바라고 있다는 것이었다.

* * *

토요일 훈련에 브루크가 나타났다. 머리는 말총머리로 올려 묶고 보라색 운동복에 평범한 흰색 티셔츠를 입고 왔다.

조엘은 브루크에게 고개를 끄덕여 인사했고 브루크도 고개를 끄덕여 답했다. 달리 뭔 말을 해야 하나? 어쨌든 브루크는 야구를 하기로 결정했고 팀에 들어왔다.

다른 여자애들과 엘리자베스의 아빠가 브루크에게 자기소개를 하고 난 뒤, 모두 준비운동을 시작했다.

"너희들 모두 수비 훈련을 많이 해야 해. 모두 타격을 원하겠지? 하지만 수비 역시 중요해. 수비를 제대로 못 하면, 결코 이길 수 없어."

브루크가 다리를 벌려 스트레칭을 하며 조엘한테 말했다.

브루크가 사사건건 간섭하려 한다고 조엘은 느꼈다. 조엘은 이를 뿌드득 갈며 계속 스트레칭을 했다.

"얘들아, 저기를 봐."

만디가 자기들을 향해 다가오는 아이들을 가리켰다. 그 애들은 배트와 공을 가지고 왔다.

누구나 센터파크를 사용할 수 있다. 먼저 오는 사람이 임자다.

"서둘러! 어서 자리 잡자구. 그래야 저 애들이 이 운동장을 우리가 쓴다는 걸 알지!"

조엘이 껑충 뛰어올랐다.

"준비운동을 빼먹으면 안 돼."

브루크가 이의를 제기했다.

"준비운동을 빼먹으려는 게 아니야. 저 애들을 쫓아내버리려는 것뿐이라구."

조엘이 말했다.

다행히, 새로 온 아이들이 눈치를 챘다. 아이들은 돌아서서 운동장 기구들을 향해 갔다.

"너희들, 운동장 안 뛰니?"

브루크가 물었다.

"물론 뛰지. 매일같이 말이야."

조엘이 눈을 굴렸다.

"좋아. 너도 알다시피, 우리는 분명……."

브루크가 왼쪽 허벅지 근육을 뻗으며 말했다.

이건 진짜 짜증나는 일이다.

"들어봐, 브루크! 네가 소프트볼팀 주장일지는 모르지만, 여기서는 네가 주장이 아니야!"

조엘의 말에 다른 아이들이 모두 쳐다봤다.

"아, 그렇구나. 그럼 네가 여기 주장이니?"

브루크가 물었다.

"아니, 아니야."

조엘이 인정했다.

"아무도 아니지."

레아가 큰 소리로 말했다.

"좋아. 그렇다면 누군가 제안을 해야 할 것 같은데."

브루크가 어깨를 으쓱하며 말했다.

엘리자베스가 조엘의 팔을 살짝 건드리며 속삭였다.

"우리는 한 팀이야. 까먹지 않았지?"

조엘은 한숨을 쉬었다.

"그래, 알아."

만약 브루크가 팀의 일원이 되고자 한다면, 함께 잘해나갈 방법을 찾아야 했다.

쇼 코치가 아이들을 정해진 순서에 따른 훈련으로 이끌었다. 조엘은 인정해야 했다. 브루크의 실력이 나쁘지 않다는 걸. 엘리자베스가 말했던 것처럼 브루크는 거의 모든 공을 다 쳐냈다. 맨디가 어떤 공을 던지든 브루크는 쳐냈다.

브루크는 또한 공격적인 수비수였다. 공을 무서워하지 않았다. 직선타이든 뜬 공이든, 브루크의 글러브는 언제나 공을 따라잡았다. 그리고 뛰어야 할 때마다 마다않고 뛰었다.

조엘이 보기에 확실히 놓칠 것 같은 뜬 공도 브루크는 전속력으로 달려가 위로 껑충 뛰어올라 팔을 쭉 뻗었다. 브루크는 운동장 바닥에 넘어졌지만, 공은 글러브 안으로 쏙 빨려 들어갔다.

"나이스 캐치."

조엘이 소리쳤다.

브루크는 벌떡 일어나 니키에게 공을 던졌다.

"젠장! 고맙네."

브루크는 운동복에서 풀을 털어내며 차갑게 말했다.

"이봐, 난 노력 중이야. 우리가 같은 팀이 되려면, 너도 노력해야 할걸."

조엘의 말에 브루크는 어깨를 으쓱하며 저 멀리로 돌아갔다. 그러면서 투덜거렸다.

"누가 뭐래?"

개막전이 취소되다

"그럼, 유니폼에 대해 이야기해보자."

훈련이 끝나자 브루크가 말했다.

조엘은 입에 물을 조금 적시고 팔을 얼굴 위로 들어 올려 닦아냈다. 브루크가 그린삭스 팀원이 된 지 이제 고작 두 시간도 안 되었다. 그런데 벌써부터 어떤 옷을 입을지 걱정한단 말인가?

"좋은 지적이야. 다음 주에 커널스 팀과 경기하려면 유니폼이 필요해."

만디가 고개를 끄덕이며 말했다.

그건 사실이었다. 조엘도 그 점은 인정했다.

"뭐 생각해둔 거라도 있니?"

쇼 코치가 브루크에게 물었다.

브루크는 잠시 생각에 잠겼다.

"모르겠어요. 오렌지색만 아니라면, 전 아무 상관 없어요. 오렌지색 유니폼을 입으면 다들 끔찍해 보일 거예요."

조엘은 눈을 치뜨며 말했다.

"우리는 그린삭스 팀이야. 그러니까 그냥 녹색으로 입으면 안 될까?"

"회색 바지하고 녹색 티셔츠는 어때?"

레아가 제안했다.

"좋은데? 다음 주까지 그렇게 다 갖출 수 있을 거야."

니키가 동의했다.

"좋아, 그럼 그 문제는 해결됐네. 홍보는 어떻게 할 건데? 우리는 이 경기를 널리 알려야 해. 아는 사람들 모두한테 말하자. 포스터도 붙이고 《그린데일 가제트》, 라디오 방송국, 채널6 방송국에도 보도 자료를 보내자. 경기가 끝난 후 성대하게 파티를 하게 될지도 몰라. 그리고……"

"이런, 잠깐만! 이건 단지 친선경기란다. 이 경기에 대해 그렇게 크게 야단법석을 떨 필요는 없을 것 같다. 언론에 발표할 필요도 없고 말이야."

쇼 코치가 껄껄 웃으며 브루크의 말을 중단시켰다.

"왜 안 되는데요? 우리가 이 경기를 중요하게 여기면, 사람들한테 우리가 진지하다는 걸 보여줄 수 있잖아요."

브루크가 말총머리에서 보라색 고무줄 머리끈을 빼내고 손가락으로 머리카락을 빗어 내리며 말했다.

'우리라고?' 조엘은 눈썹을 치켜떴다. 브루크가 이 일을 자기 일처럼 여기고 있다는 뜻이었다.

"만약 다른 여자애들이 우리가 신문이나 텔레비전에 나온 걸 본다면, 자기들도 야구를 하고 싶어 할 거예요. 그게 우리 목표 아닌가요? 더 많은 사람들을 끌어들이는 거?"

브루크는 말을 마치는가 싶더니 조엘을 향해 말했다.

"넌 어떻게 생각하니?"

모두가 조엘을 쳐다봤다.

조엘은 목청을 가다듬었다. 그다지 곤혹스럽지는 않았다.

"나는…… 글쎄, 그러니까…… 브루크 말에 동의해. 그런 것 같아."

조엘이 곁눈으로 보니, 엘리자베스가 살짝 웃고 있었다.

* * *

월요일, 학교 아이들은 이미 그린삭스의 첫 번째 경기 이야기를 하고 있었다. 브루크에 관해 조엘이 인정해줄 수밖에 없는 한 가지, 그건 브루크가 일을 제대로 벌이고 있다는 사실이었다.

그것도 무척 빠르게.

수요일, 학교 로비, 도서관, 체육관 그리고 카페테리아 전부에 그린삭스 포스터가 붙었다. 목요일 밤, 브루크와 엘리자베스는 자신들의 소프트볼 팀원 몇 명을 동원해 녹색과 노란색 펠트로 만든 그린삭스 배너를 만드는 걸 도왔다. 다음 날 아침, 교무실 옆 트로피 진열장 근처에 그 배너가 걸렸다.

금요일 수업 후 쉬는 시간에 라이언이 조엘을 쫓아와 말했다.

"너희들이 해냈구나. 첫 경기 한다며. 축하해."

조엘의 얼굴이 붉어졌다.

"글쎄, 아직 선수가 더 있어야 해. 그리고 그냥 센터파크에서 경기하는 거야. 이건 시작에 불과해. 우리 경기 보러 올래?"

이런 말들이 마구 튀어 나왔다. 말을 멈출 수가 없었다. 조엘은 자기 목소리가 지나치게 열정적인 것처럼 들리지 않았으면 했다.

라이언이 고개를 끄덕이며 말했다.

"그럼. 친구들이랑 같이 갈 거야. 응원해줄게."

"좋아! 고마워."

조엘은 목소리에 흥분을 감출 수 없었다. 응원하러 더 많은 사람들이 오면 올수록 좋은 거다. 무엇보다 라이언이 올 거라고 생각하니, 조엘은 기뻤다.

* * *

토요일 아침, 부모님과 함께 센터파크 앞에 차를 세웠을 때 조엘은 자기 눈을 도저히 믿을 수 없었다. 양쪽 길 옆에 차들이 줄지어 늘어서 있었고 사람들이 보도를 가득 메우고 있었다. 몇몇은 접이의자를 가지고 왔다. 어떤 사람들은 집에서 만든 플래카드를 흔들었다. 거기에는 '그린삭스 파이팅!' 아니면 '커널스 파이팅!' 이라고 적혀 있었다.

"넌 여기서 내려야겠다. 주차하려면 얼마나 걸릴지 모르겠는걸."

조엘의 아빠가 말했다.

"좋아요. 작년 미니애폴리스에서 했던 플레이오프 경기 때보다 여기 사람들이 훨씬 많은 것 같은데요."

조엘은 녹색 새 모자의 챙을 쓰다듬었다.

엄마가 미소 지으며 말했다.

"그런 것 같구나."

"사람들이 여자야구에 정말 관심이 많다는 증거지."

아빠가 말했다.

"그랬으면 정말 좋겠어요."

조엘은 글러브를 집어 들고 자동차에서 내렸다.

"이따 봐요."

조엘은 뒤돌아 부모님에게 소리쳤다.

"사람들이 이렇게 많다니, 믿기지 않는걸? 정말 흥분돼."

만디가 레아와 함께 조엘 곁으로 다가오며 말했다.

"나도 믿기지가 않아."

조엘이 주위를 둘러보며 말했다. 사람들 한가운데 후버 중학교 아이들 여럿이 몰려 있는 게 보였다. 페너 선생님과 선생님 어머니가 운동장 바로 뒤의 접이의자에 앉아 있었다. 그리고 나무 뒤, 라이언 칼라일과 후버 호크스 팀원들 몇몇이 있는 것도 보였다.

"와우. 저기 방송국에서 나온 사람들도 있어!"

만디가 경기장 옆에 자리 잡고 있는 카메라맨 두 명을 가리켰다. 카메라맨들은 채널6 재킷을 입고 있었다.

"우리는 스타가 될 거야!"

레아가 모자를 벗어 머리를 매만지며 말했다.

조엘은 방송국 사람들이 나타나자 바짝 긴장이 됐다. 하지만 동시에 브루크가 어떻게 저 사람들을 이곳에 오게 만들었을까 궁금하기도 했다. 조엘은 그 치사한 신문사 사람 한 명조차 준비모임에 불러들이지 못했는데 말이다.

여자애 두 명이 조엘 일행에게 다가왔다. 한 명은 길게 땋아 늘인 빨간색 머리였다. 다른 한 명은 짧은 갈색 머리였다. 둘 다 잘 어울리는 노란색 티셔츠와 검정 운동복 바지를 입고, 각자 배트와 글러브를 들고 있었다.

"저기, 조엘 커닝햄이 누구니?"

빨간 머리 여자애가 물었다.

"나야. 그리고 이 친구들은 만디와 레아라고 해."

조엘이 대답했다.

"안녕, 난 로렌이야."

머리를 땋은 여자애가 웃으며 말했다. 그러고는 다른 여자애를 가리키며 소개했다.

"여긴 사미야. 우리는 너희 적이지."

"너한테 이 말 하려고…… 네가 이 야구리그를 시작해줘서 정말 기쁘다고 말이야."

사미가 말했다. 사미가 미소 짓자 왼쪽 뺨에 보조개가 파였다.

"너희는 묵사발 당할 준비나 하라구!"

로렌이 끼어들며 말했다.

조엘과 만디는 서로를 흘끗 쳐다보았다.

"정말? 길고 짧은지 대보지도 않고?"

만디가 정색을 하고 말했다. 만디는 어찌할 바 모르겠다는 표정으로 눈썹을 씰룩거렸다.

"아주 재미있군. 최선을 다하는 팀이 이기겠지."

그러고는 로렌이 손을 내밀었다.

조엘은 로렌의 손을 잡고 흔들며 말했다.

"우리도 최선을 다할 거야."

"실례할게. 누가 여기 책임자니?"

카키색 바지와 '그린데일 공원&레크리에이션'이라고 쓰인 티셔츠를 입은 남자가 군중을 헤치고 나타났다.

아이들은 모두 서로를 쳐다보았다.

"음, 쇼 코치 선생님인데, 저기 계세요. 저분이 그린삭스 팀 책임자예요."

조엘은 엘리자베스의 아빠를 가리켰다. 쇼 코치는 홈플레이트 옆에서 몇몇 남자들과 이야기를 나누고 있었다. 엘리자베스도 거기에 있었다.

"그리고 케네디 코치님이 커널스 팀 책임자세요. 코치님은 저기 계세요."

로렌이 경기장 건너편을 가리켰다.

"고맙다."

그 남자는 고개를 끄덕이더니 쇼 코치를 향해 걸어갔다.

"저 사람 누구지?"

사미가 물었다.

"나도 몰라."

조엘이 입술을 깨물었다. 왠지 모르겠지만, 느낌이 안 좋았다.

아이들은 그 남자가 엘리자베스의 아빠와 뭔가를 이야기하는 모습을 지켜봤다. 쇼 코치의 얼굴에서 미소가 싹 사라졌다. 쇼 코치는 케네디 코치에게 함께 이야기하자는 제스처를 취했다.

'공원&레크리에이션' 티셔츠의 남자는 잠시 동안 코치 둘과 이야기했다. 케네디 코치가 눈살을 찌푸리더니 그 남자와 논쟁을 벌이기 시작했다. 하지만 그 남자는 그저 어깨를 으쓱하며 팔짱을 끼고 있을 뿐이었다. 엘리자베스는 자기 아빠 뒤에 서서 입술을 깨물고 있었다.

"무슨 일이지?"

로렌이 물었다.

조엘은 고개를 흔들며 말했다.

"나도 몰라."

조엘의 가슴이 쿵쾅쿵쾅 뛰었다. 엘리자베스 아빠는 이제 엄청나게 초조한 표정이었다. 좋은 일은 아닌 게 분명했다.

마침내 '공원&레크리에이션' 티셔츠의 남자가 양손을 입가에 둥 그렇게 대고 군중을 향해 소리쳤다.

"잘 들으세요, 여러분! 여러분이 이곳에 야구 경기를 구경하러 온 건 압니다만, 오늘 이곳에서는 경기가 없습니다!"

"뭐라고?"

조엘, 만디, 로렌과 사미는 모두 동시에 소리를 질렀다.

사람들이 안타까운 탄성을 질러댔다. 모두가 당혹스러운 표정을 지었다.

"다시 말합니다. 이 경기는 오늘 여기서 열리지 않습니다. 질서정연하게 공원을 나가주십시오."

그때 조엘은 경찰들이 울타리 뒤에 서 있는 걸 발견했다.

뭐가 문제인지 알 수 없었다. 뭔가 착오가 있는 것 같았다.

방송국에서 나온 사람들이 어깨에 카메라를 짊어졌다. 기자 중 한 명이 '공원&레크리에이션' 티셔츠의 남자가 울타리 밖으로 나갈 때 마이크를 들이밀었다.

"할 말 없습니다."

그 남자는 그렇게 말하고 마이크를 밀쳐내고는 공원을 재빨리 빠져나갔다.

경찰관들이 앞으로 나오더니 사람들이 공원에서 빠져나가도록 지시했다.

그러자 사람들이 소리치기 시작했다.

"어떻게 된 거야? 무슨 일이야? 왜 경기가 취소된 건데? 언제 다시 열리는 거야?"

하지만 대답하는 사람은 아무도 없었다.

조엘과 만디는 쇼 코치와 다른 그린삭스 팀원들과 그 부모들에게 다가갔다.

"무슨 일이에요? 왜 경기할 수 없다는 거예요?"

조엘이 흥분된 목소리로 물었다.

엘리자베스의 아빠가 한숨을 내쉬었다.

"'그린데일 공원&레크리에이션'에서는 센터파크가 이 정도 규모의 야구 경기를 열기엔 적합한 장소가 아니라고 생각하는 것 같구나."

"아, 무슨 똥딴지같은 소리람! 말도 안 돼."

어떤 남자애가 비웃었다.

"왜 안 된다는 거예요?"

어떤 여자가 물었다.

"여기에도 야구장이 있잖아요, 안 그래요? 그리고 이곳은 공원이에요. 어떻게 우리가 이곳을 이용할 수 없다고 말할 수 있어요?"

커널스 선수 중 한 명이 말했다.

"공원 담당자가 그러더구나. 이곳은 주거지역에 위치한 규모가 작은 공원이라고. 야구장은 이웃들만 이용할 수 있고, 규모가 큰 단체를 위한 것이 아니라는 거지."

쇼 코치가 목덜미를 긁적이며 설명했다.

"공원 담당자는 안전과 책임 소재를 문제 삼고 있는 거란다."

조엘의 아빠가 말했다.

"오늘 여기에 사람들이 너무 많이 모였어. 야구장 주변에 펜스가 전혀 없어. 그리고 결국, 이 공원은 도시 소유란다. 그래서 규칙을 내세우는 거야."

쇼 코치가 덧붙였다.

"하지만 그건 공정하지 못해요!"

조엘이 버럭 소리쳤다.

"미안하구나. 우리가 허락을 미리 받았다면 이런 일은 절대 일어나지 않았을 거다. 난 그저 단순하게 생각했단다."

쇼 코치가 말했다.

"그렇다면 경기할 데가 없잖아요. 우리는 학교에서도 경기를 할 수 없어요. 우리 경기는 학교 활동이 아니니까요."

만디가 침울하게 말했다.

"그럼 우리는 어디서 경기를 해요?"

타라가 물었다.

"어떤 애들은 우리 집 근처에 있는 여기처럼 커다란 공터에서 경기를 해요. 우리도 그곳에서 경기를 할 수 있을지도 몰라요."

브루크가 말했다.

그러자 쇼 코치가 애매한 표정을 지어 보였다.

"비어 있든 아니든, 누군가 그곳을 소유하고 있을 거야. 소유자한테 미리 허락을 받지 않고는 그곳에서 경기를 할 수 없단다."

"그렇다면 누가 그곳을 소유하고 있는지 확인해보자고요."

브루크가 말했다.

조엘은 모자 챙 아래로 브루크를 힐끗 쳐다보았다. 해결책을 찾으려는 브루크의 노력에 믿음이 갔다.

"글쎄, 내 생각에 누가 그곳을 소유하고 있는지 찾아보는 건 쉬울지도 모른다. 하지만 그 사람들도 공원 담당자와 똑같은 걱정을 할 것 같구나. 그들은 책임을 지고 싶어 하지 않을 거야."

쇼 코치가 말했다.

조엘은 땅 위에 있던 조약돌을 발로 찼다. 리그를 시작조차 못 했다. 그 사실을 받아들여야만 했다.

다 끝났다.

"너희도 알다시피, 여자애들이 함께 모여 비공식적으로 경기하는 걸 막을 건 아무것도 없다."

쇼 코치가 기운 내라는 듯 말했다.

"리그를 포기하라는 뜻인가요?"

브루크가 큰 소리로 말했다.

조엘은 깜짝 놀라 고개를 들었다. 브루크도 조엘과 마찬가지로 이 리그를 중요하게 생각하고 있는 것처럼 들렸다.

쇼 코치가 어깨를 으쓱했다.

"우리에겐 선택의 여지가 별로 없는 것 같구나."

"그래도 그 땅을 누가 소유하고 있는지 찾아보고, 그 사람한테 가서 이야기는 해봐야 해요."

브루크가 단호하게 말했다.

"글쎄, 법원에 가면 재산 기록이 있겠지만……."

쇼 코치가 자신 없는 투로 말했다.

"좋아요. 우리가 법원에 가볼게요. 누가 나랑 같이 갈래?"

브루크가 중간에서 말을 끊었다.

그린삭스 팀원 중 누구도 곧장 대답하지 못했다. 조엘은 주위를 둘러봤다. 엘리자베스는 입술을 깨물었다. 타라는 얼굴을 찡그렸다. 모두가 완전히 기운을 잃었다.

하지만 브루크가 포기하지 않는다면 조엘도 포기할 수 없었다.

"내가 함께 갈게."

조엘이 큰 소리로 말했다.

브루크는 조엘을 쳐다보더니 고개를 끄덕였다. 조엘이 함께 가겠다고 자원하고 나선 유일한 사람이라는 것에 실망했다손 치더라도 브루크는 내색하지 않았다.

"좋아. 월요일에 법원에 가자."

"월요일에 소프트볼 하지 않니? 연습이 끝날 시간쯤 되면 법원 문을 닫을 텐데."

조엘이 물었다.

"이번 한 번만 빼먹지 뭐."

브루크가 말했다.

'와우!' 조엘은 그것에 대해 아무 언급도 하지 않기로 했다.

"좋아. 월요일에 가자."

* * *

그날 오후 늦게, 조엘은 침대에 삐딱하게 누워 오빠의 야구공을 공중에 던졌다 받기를 하고 있었다. 위로 아래로, 위로 아래로. 월요일이 아주 멀게만 느껴졌다.

'쇼 코치님의 말이 맞으면 어쩌지? 그 땅의 소유자를 알아냈지만 그 사람이 자기 땅에서 야구 경기를 하는 걸 허락해주지 않으면 어쩌지? 그렇게 되면 어떻게 한담? 그 다음엔 또 뭘 하지?'

그때 전화벨이 울렸다. 엄마가 계단에서 소리쳤다.

"조엘, 네 전화다!"

조엘은 부리나케 뛰어가 전화를 받았다.

"여보세요?"

"조엘? 나 만디야. 채널6 보고 있니?"

"아니, 왜?"

"텔레비전 켜봐. 지금 당장!"

만디가 재촉했다.

조엘은 주위를 둘러보며 리모컨을 찾았지만 보이지 않았다. 어쩔 수 없이 조엘은 텔레비전을 손으로 켰다.

"아직 안 틀었어?"

만디가 안달하며 물었다.

조엘은 텔레비전의 채널 버튼을 눌러 채널6을 찾았다.

"그래, 틀었어. 아, 세상에!"

조엘은 숨을 크게 들이쉬었다. 쇼 코치가 텔레비전에 나오고 있었다. 케네디 코치도 함께였다. 그리고 '그린데일 공원&레크리에이션'에서 나온 남자도 있었다. 남자가 말했다.

"다시 말합니다. 이 경기는 오늘 여기서 열리지 않습니다. 질서정연하게 공원을 나가주십시오."

조엘은 몸을 움츠렸다. 그 말을 한 번 더 듣는 것만으로도 충분히 기분 나빴다. 그걸 다시 볼 필요는 없었다. 하지만 보지 않을 수 없었다.

다음으로 경찰관들이 사람들을 공원에서 몰아내는 장면이 나왔다. 그러는 동안 커널스 팀원 몇 명이 어리둥절한 표정으로 모여 서 있었다. 그리고 나서 화면은 스튜디오의 타마라 마콘과 마이크 모건 앵커를 비추었다.

"상당히 실망한 표정들입니다."

타마라가 의자를 돌려 카메라를 바라보며 말했다.

"저 아이들이 실망한 건 틀림없습니다. 그래서 지금은 어떻게 되어가고 있습니까? 이 아이들이 다른 곳에서 야구 경기를 할 수 있는 건가요?"

마이크가 말했다.

"글쎄요, 마이크. 누구도 확실하게 아는 사람은 없는 것 같습니다. 하지만 우리는 이 이야기를 앞으로 계속 아주 자세하게 취재하도록 하겠습니다."

타마라가 대답했다.

"고마워요, 타마라. 다음 뉴스는……."

조엘은 텔레비전을 껐다.

"네 생각은 어때?"

만디가 물었다.

"잘 모르겠어. 우리가 다섯 시 뉴스에 나오다니 믿을 수가 없는걸."

조엘은 천천히 말했다.

"글쎄, 이건 그저 지역방송일 뿐이야. 지역방송은 뉴스에 목말라 하거든."

만디가 말했다.

이스턴 아이오와 여자야구리그가 뉴스를 만들어냈다는 사실은 결국 사람들이 이 이야기를 들었다는 것을 의미한다. 이런 인기는 돈 주고도 살 수 없는 거다.

하지만 이것이 좋은 효과를 낼지는 아무도 모르는 일이었다.

호크스냐 그린삭스냐

저녁 식사 중에 전화벨이 다시 울렸다. 조엘은 얼른 자리에서 일어나 엄마가 뭐라 하기 전에 전화를 받았다. 좋은 소식을 전하는 그린삭스 팀원일지도 모르니까.

조엘은 입 안 가득 으깬 감자를 넣은 채로 전화기에 대고 우물우물 말했다.

"여보세요?"

"조엘, 칼라일 코치다."

조엘은 우물우물하던 입을 딱 멈추었다. 칼라일 코치가 왜 전화를 한단 말인가?

칼라일 코치는 목소리를 가다듬었다.

"막 홀랜드 교육감님하고 전화 통화를 했다. 아마 교육위원회에서 네가 야구를 하고 싶어 하는 것과 관련해 논의를 했던 모양이야.

방침이 바뀔 것 같더구나."

조엘은 수화기를 떨어뜨릴 뻔했다. 조엘은 입 안에 아직 남아 있던 감자를 꿀꺽 삼켰다.

"그러니까, 여자도 야구를 하게 할 거란 말씀이신가요?"

"그런 것 같다. 네가 아직도 야구를 하고 싶다면 월요일 방과 후에 오도록 해라. 그러면 네 실력을 한번 보마."

그리고 나서 칼라일 코치는 전화를 뚝 끊었다.

조엘은 할 말을 잃은 채 그 자리에 멍하니 꼼짝 않고 서 있었다.

'해냈어! 내가 그 거지같은 학교 방침을 바꾸게 했다고!'

하지만 조엘은 월요일 연습에 갈 수 없다는 걸 떠올렸다. 그날 조엘은 브루크와 함께 그 공터 주인이 누구인지 확인하러 시내에 가기로 했다. 브루크는 소프트볼 연습도 빼먹고 간다고 했다. 그런데 조엘이 어떻게 후버 호크스 연습에 간단 말인가?

"무슨 일이니, 조엘?"

조엘이 다시 식탁에 앉자 엄마가 물었다.

"칼라일 코치님이에요. 후버 호크스 팀. 저보고 야구 시켜준대요."

"뭐라고?"

아빠가 의자에서 벌떡 일어서며 외쳤다.

"이럴 수가!"

아빠는 조엘을 얼싸안았다.

엄마도 조엘의 손을 힘주어 꼭 잡았다.

"대단해, 우리 딸. 네가 원하던 거잖니!"

"그래요."

그건 정확히 조엘이 바라던 거였다, 여기 처음 이사 왔을 때. 그런데 지금은 그 일이 기쁘지만은 않았다.

* * *

"너랑 브루크랑 다른 날 시내에 가면 되잖니?"

그날 저녁식사가 끝난 뒤 엄마가 말했다. 엄마와 조엘은 세탁실에서 빨래를 개는 중이었다.

조엘은 건조기에 몸을 기댔다.

"안 돼요. 월요일밖에 안 돼요."

조엘과 브루크는 이미 약속을 잡았다. 브루크한테 전화해서 약속을 지킬 수 없어 미안하게 됐다고 말할 수는 도저히 없었다. 소프트볼팀은 수요일 빼고 매일 연습을 한다. 호크스 팀은 화요일 빼고 매일 연습을 한다. 그러니 월요일이 아니면 시간이 없었다.

"하지만 코치 선생님이 월요일에 오라고 말했다면, 엄마 생각에는 그날 가야 할 것 같아."

엄마가 말했다. 그러고는 건조기 위 빨래 더미에 개킨 블라우스를 얹었다.

조엘은 토요일에 입었던 그린삭스의 초록색 티셔츠를 들어 올렸다. 이제 와서 후버 호크스에서 야구를 한다는 게 그렇게나 자기에게 중요한 일인지 조엘은 확신이 서지 않았다.

우선, 칼라일 코치가 진심으로 조엘에게 야구를 시키고 싶어 하는지 확신할 수 없었다. 교육위원회가 자신들의 방침을 바꾸었다. 칼라일 코치가 조엘에게 기회를 주어야만 한다는 뜻이다. 그건 칼라일 코치가 원해서 그렇게 하는 게 아니다. 자기를 원하지 않는 코치를 위해서 경기를 해야 하나? 조엘은 의심스러웠다.

하지만 조엘의 마음 한구석에서는 그러고 싶었다. 호크스 코치와 모두에게 자기가 이제 정식 야구부원이 됐다는 걸 보여주고 싶었다. 여자도 야구를 한다는 걸.

하지만 조엘의 마음 다른 구석에서는 그러고 싶지 않았다. 이제 조엘에게는 그린삭스가 있다. 구장도, 지원도 없지만 그래도 야구팀이다. 그린삭스는 조엘의 팀이다. 다른 누군가를 위해 야구를 한다는 건 그린삭스를 배반하는 짓이다.

하지만 조엘이 이제 기회를 얻은 후버 호크스에서 야구를 하지 않는다면 사람들이 무어라 말할까? 사람들은 아마도 조엘을 느닷없이 마음을 바꾸는 변덕쟁이쯤으로 생각할지도 모른다.

"조엘? 무슨 생각 하니?"

엄마가 물었다.

"모르겠어요."

조엘은 기어들어가는 목소리로 대답했다. 자기 고민을 말로 어떻게 표현해야 할지 몰랐다.

엄마는 조엘을 유심히 쳐다보았다.

"왜 그래, 조엘?"

조엘은 차갑고 딱딱한 시멘트 바닥에 털썩 주저앉았다.

"이상한 말 같겠지만, 제가 호크스 팀에서 야구를 하고 싶은지 어쩐지 모르겠어요."

조엘이 마침내 입을 열었다.

"뭐라고? 왜 그러는데?"

엄마가 조엘 쪽으로 다가왔다.

조엘은 어깨를 으쓱해 보이며 발목에 달라붙어 있던 종이 딱지를 떼어냈다.

"옛날 미니애폴리스에서는 블루제이스에서 야구 하는 게 정말 좋았어요. 그런데, 호크스에서 야구 하는 게 그때하고 똑같을 것 같지는 않아요."

엄마도 조엘 곁에 앉았다.

"그래, 맞아. 두 팀이 똑같은 팀은 아니야. 팀원들이 다르니까. 하지만 호크스에서도 금방 네 위치를 찾을 거야."

"그러겠죠."

조엘은 무릎을 탁 두드렸다.

"블루제이스에선 선수들이 전부 남자라는 걸 생각해본 적이 전혀 없었어요. 걔네들이 나를 여자로 생각했는지도 모르겠고요. 난 그냥 조엘이었어요. 하지만 여기서 나는 억지로 팀에 끼워 넣어야 하는 여자애로 여겨지겠죠."

"꼭 그렇지는 않아. 일단 네 팀원들이 너를 알기만 하면 안 그럴 거야."

"미니애폴리스에서는, 모두가 나를 알았어요. 내가 제이슨 커닝햄의 여동생이라는 것 때문에. 그래서 모든 게 훨씬 더 쉬웠어요."

조엘의 머릿속에 불현듯 뭔가가 떠올랐다. 조엘은 엄마를 향해 고개를 돌렸다.

"내가 오빠 동생이라는 것 때문에 미니애폴리스에서 야구를 하게 해준 것 같아요?"

조엘은 자기가 오빠의 명성을 등에 업고서야 야구를 할 수 있었던 건 아닌지 의심스러웠다.

"아니야. 물론 아니지!"

엄마가 세차게 고개를 저었다.

"모든 사람이 오빠를 알았던 건 사실이야. 하지만 넌 다른 모든 선수들처럼 팀에서 네 실력을 인정받았어."

"그렇겠죠."

하지만 미술이라든가 음악 같은 것을 하는 오빠가 있었다면 어땠을까? 조엘은 그래도 야구를 했을까, 아니면 소프트볼을 했을까? 어쩌면 둘 중 아무것도 하지 않았을지도 모른다. 조엘의 삶은 완전 달라졌을지도 모른다.

"넌 그린데일에서 너만의 길을 찾아야 해, 조엘. 늘 쉽지 않았다는 건 알아. 하지만 넌 그동안 잘해왔어. 안 그러니?"

"어쩌면요."

사실이라는 걸 인정할 수밖에 없었다. 지금껏 새로 이사 온 이 동네에서 조엘이 한 것들은 전부 다 조엘 혼자 힘으로 해낸 것들이었다. 여자가 야구를 한다는 것에 대한 사람들의 생각을 바꾼 것도 오빠와 관계된 것은 아니었다.

"난 정말 그린삭스에서 야구 하는 게 좋아요, 엄마. 여자들만의 야구팀에서 경기하는 건 정말 멋질 거예요."

"하지만, 조엘. 생각해봐. 그린삭스는 어쩌면 시작조차 할 수 없을지도 몰라."

엄마가 중요한 것을 지적했다.

"알아요."

조엘은 고개를 끄덕였다.

"자, 조엘. 이건 네가 결정할 문제야. 월요일까지는 결정해야 할 거야. 그 코치 선생님하고 얘기도 해야 하고. 월요일에 아무 말 없이 그냥 안 가면 안 돼."

엄마가 한쪽 팔로 조엘을 감싸 안았다.

조엘의 마음은 빙글빙글 돌았다. 호크스 팀에서 야구 하는 걸 아직도 바라고 있는 건지 아닌지 확실히 알지 못했다.

* * *

"추카, 추카! 조엘!"

월요일 아침, 1교시 끝나고 2교시 사이, 라이언이 조엘을 붙잡고 말했다.

"이제 호크스에서 야구 해도 된다고 했다며. 정말 대단하다!"

"응."

조엘은 책을 가슴께로 바싹 끌어안았다. 조엘은 오늘 무엇을 해야 할지 알았다. 하지만 내일 어떻게 할지에 대해서는 아직 결정하지 못했다. 칼라일 코치가 조엘이 하루 늦게 시작하는 걸 허락한다고 가정하고 말이다.

"그럼 수업 끝나고 보자!"

라이언은 싱긋 웃으며 다음 수업이 있는 교실로 향했다.

"아니, 잠깐만!"

조엘은 다시 라이언을 불렀다.

"나, 오늘 연습 못 갈 것 같아."

라이언이 걸음을 멈추었다. 그 애 얼굴이 굳어졌다.

"무슨 소리야?"

마치 어린애들이 투정하는 것처럼 라이언이 물었다.

"오늘 방과 후에 꼭 해야 할 일이 있어. 그린삭스에 관한 일이야."

조엘은 라이언의 눈동자를 똑바로 쳐다볼 수가 없었다.

라이언은 조엘을 향해 발걸음을 되돌렸다.

"연습 빼먹으면 안 돼, 조엘. 특히 첫날에는. 우리 아빠가 화내실 거야."

"그래, 그건 나중에 내가 말씀드릴게."

조엘은 턱을 치켜 올리며 말했다.

라이언은 설레설레 고개를 흔들었다.

"네가 안 오면, 말할 건더기도 없을걸. 연습을 빼먹으면 팀에 끼워

주지 않으실 거야. 그건 내가 장담해."

"연습을 건너뛰려는 게 아니야. 그저 하루 늦게 시작하는 것뿐이라구."

'내가 호크스에서 야구를 하기로 결심한다면 말이야.' 조엘은 그 말은 꿀꺽 삼켰다.

라이언은 조엘을 물끄러미 바라보았다.

"난 이해가 안 돼. 난 네가 야구를 하고 싶어 하는 줄 알았어!"

"야구 하고 싶어!"

"그런데, 전혀 그렇게 안 보이잖아. 모두가 너 때문에 방침을 바꿨어, 조엘! 그러고 나니까 넌 이제 그게 아무것도 아닌 것처럼 굴고 있어. 그게 중요하다고 생각한다면 네가 연습에 나와야 하는 거 아냐?"

조엘이 까다롭게 구는 것처럼 보이겠지만, 그건 그렇지가 않았다. 정말로 아니었다.

"여자야구리그는 나한테 정말 중요해, 라이언. 시작하는 데 도움이 되는 거라면 난 뭐든 할 거야."

"그래서, 그린삭스에 관한 일이라면, 넌 호크스 팀 연습을 다시 헌신짝처럼 내버리겠지?"

'그래, 맞아. 분명 그럴 거야.' 조엘은 깨달았다. 조엘은 라이언이 자기를 지금 이렇게 바라보는 게 싫었다. 마치 얼빠진 여자애처럼 보는 게.

라이언은 이해하지 못했다. 그래도 조엘은 거짓말을 할 수는 없었다. 옛날 미니애폴리스, 거기에선 연습을 팽개칠 만큼 중요한 건 아무엇도 없었다. 절대로 없었다. 그걸 생각하니, 모든 것이 분명해 보였다.

조엘은 호크스에 속해 있지 않았다.

조엘은 그린삭스에 속해 있었다.

어쩌면 그린삭스는 진짜 경기를 할 수 없을지도 모른다. 하지만 조엘 커닝햄이 포기하지 않는 한, 그런 일은 절대 없을 거다.

* * *

"너, 오늘 호크스 연습 빼먹었다며?"

그날 오후, 시내로 걸어가며 브루크가 조엘에게 물었다.

'물론 브루크는 내가 야구 연습을 빼먹었다는 걸 들었겠지. 아마 채널6 다섯 시 뉴스에도 나올걸.' 조엘은 생각했다.

"그랬어?"

브루크가 재촉했다.

"이 동네에서는 옆집 숟가락 하나가 없어지면 2분 만에 동네방네 다 퍼질 거야!"

조엘의 말에 브루크가 웃음을 터뜨렸다.

"그게 바로 내가 커서 멀리 떠나고 싶어 안달하는 이유지!"

조엘은 뭐라고 말해야 할지 몰랐다. 브루크도 여기 그린데일에서 만족스럽지 못하다는 걸까? 다음 블록을 가는 내내 둘 다 아무 말도 하지 않았다.

신호등 앞에 이르자 조엘은 신호등 버튼을 눌렀다. 그러고는 불쑥 얘기를 꺼냈다.

"너도 이것 때문에 소프트볼 연습을 빼먹었어. 그런데 내가 야구 연습 빼먹은 게 그렇게나 큰일이야?"

"오늘은 내 연습 첫날이 아니니까."

브루크가 손을 내밀어 버튼을 한 번 더 눌렀다.

"그래서? 넌 주장이야. 넌 어떤 날이든 연습을 빼먹으면 안 돼."

신호등이 바뀌자 조엘과 브루크는 길을 건넜다.

브루크가 어깨를 으쓱하며 말했다.

"연습 한 번은 그렇게 대단한 일이 아니야. 연습 대신 하는 일이 정말로 중요한 일이라면."

"왜 그린삭스가 너한테 그렇게나 중요한 건데?"

조엘이 물었다.

"너한테는 왜 그렇게나 중요한데?"

브루크가 곧바로 되물었다.

그것 참 좋은 질문이었다. 조엘은 잠깐 그것에 대해 생각해봐야 했다. 마침내 조엘이 말했다.

"이건 원래 내 아이디어였고, 보다 많은 지원이 필요한 일이잖아. 이해되니?"

브루크가 고개를 끄덕였다.

"너 자신을 위해 야구 하는 문제만은 아닌 거지, 그렇지?"

"그래."

조엘은 수긍했다. 그건 우정과 성실 그리고 뭔가를 밑바닥에서부터 만들어나가는 것이기도 했다.

둘 다 그러고 나서 한참 동안 말이 없었다.

법원에 도착했을 때, 브루크가 조엘을 향해 말했다.

"너, 그거 알아? 넌 꽤 괜찮은 애야, 커닝햄."

그러면서 미소를 지었다.

깜짝 놀란 조엘이 대답했다.

"너도 그렇게 못돼먹은 애는 아니야, 브루크 하틀."

둘은 함께 계단을 올라 건물 안으로 들어갔다. 쇼 코치가 말한 것처럼 누가 그 땅을 소유하고 있는지 알아내는 건 쉬웠다. 그저 양식을 채워 내면 끝이었다.

"밀레 홈즈."

밖으로 걸어 나오며 브루크가 손안에 든 종잇조각을 읽었다.

"너, 이 사람 알아?"

조엘은 희망을 품고 물었다.

브루크는 고개를 저었다.

"아니. 하지만 웨스트파크 스트리트 2300번지에 산다는 건 알아. 여기서 그리 멀지 않아. 가자."

"뭐라고? 지금 당장 그 사람한테 가자고?"

조엘이 놀라 물었다.

"그래, 안 될 게 뭐야?"

하긴 안 될 게 뭐람? 조엘은 브루크와 발을 맞추기 위해 걸음을 재촉했다.

"집에 가서 뭐라고 말할 건데?"

"생각해봐야지."

브루크가 어깨를 으쓱해 보이며 말했다.

몇 블록 지나, 브루크는 모퉁이를 돌아 별장 같은 자그마한 벽돌 건물 앞으로 나아갔다. 조엘은 브루크 바로 옆에 섰다.

브루크는 문 앞에 달린 황동 손잡이를 톡톡 두드렸다. 조엘은 행운을 빌며 손가락으로 십자가를 그렸다.

자그마한 체구의 나이 든 노부인이 문께로 나왔다.

"그래, 무슨 일이냐, 얘들아?"

노부인의 목소리는 카랑카랑했다.

조엘과 브루크는 동시에 말을 쏟아냈다.

"저는 조엘 커닝햄."

"저는 브루크 하틀인데요……."

둘은 말을 멈추고 서로를 바라보았다. 그러자 브루크가 조엘에게 계속하라는 손짓을 했다.

"저, 저는 조엘 커닝햄이에요. 얘는 브루크 하틀이고요."

조엘은 약간 더듬거리며 입을 열었다.

"저희는 후버 중학교 학생인데요. 이 지역에서 여자야구리그를 시작하려고 하거든요."

"아, 그래. 우리 독서모임에 나오는 부인들이 너희 이야기를 줄곧 들려주었다."

홈즈 부인은 그렇게 말하며, 문을 열고 두 사람을 안으로 들였다.

"그래, 뭘 도와주랴?"

홈즈 부인의 오래된 소파에 자리를 잡자, 조엘은 즉시 이야기를 시작했다. 리그를 만들기 위해 자신들이 얼마나 힘썼는지 설명해주었다. 그 다음에는 브루크가 야구와 소프트볼을 하는 데 필요한 구장이 넉넉하지 않다는 얘기를 했다. 그러면서 자기 집 근처에 있는 공터를 언급했다.

"할머니 땅이라는 거 알아요. 하지만 제가 기억하는 한 아이들이 거기서 오랫동안 운동을 해왔어요. 그래서 저희는 할머니께서 저희가 그곳에서 연습도 하고 경기도 할 수 있도록 허락을 해주셨으면 좋겠어요."

브루크는 소파에 등을 기댔다. 그러고는 숨죽인 채 대답을 기다렸다. 커다란 괘종시계에서 째깍째깍 요란하게 움직이는 시계추 소리만이 거실에 울려 퍼졌다.

"글쎄, 모르겠구나."

홈즈 부인은 신중하게 말했다.

"남편하고 난 늘 그 공터에 건물을 세울 계획을 세웠지. 하지만 이제 남편은 저세상으로 갔고, 난 그 땅에 뭘 해야 할지 잘 모르겠구나. 내 변호사를 만나 그 사람이 뭐라고 하는지 들어봐야겠다."

'변호사'라는 말을 듣자, 조엘의 심장이 바닥으로 쿵 떨어지는 것 같았다. 변호사들은 사람들이 누군가의 땅 위에서 경기를 할 경우 일어날 수 있는 온갖 끔찍한 일들에 대해 빠삭하게 알고 있을 것이다. 변호사는 아마 안 된다고 말할 거다. 그러면 홈즈 부인도 안 된다고 할 거다.

그렇지만 홈즈 부인은 정보를 모으고 나서 스스로 결정을 내리는 그런 타입의 사람처럼 보였다. 어쩌면 '예스'라고 말할지도 모른다.

두 사람은 어쨌든 희망을 가져볼 수 있었다.

이제 홈즈 부인의 결정을 기다리는 것 말고 할 수 있는 것은 아무것도 없었다.

오빠의 비밀

조엘은 칼라일 코치와 얘기해야 한다는 걸 알았다. 자기가 호크스 팀에서 경기하는 걸 이제 싫어한다고 칼라일 코치 멋대로 생각하게 내버려둘 수 없었다. 직접 얼굴을 마주 보고 칼라일 코치에게 진실을 말해야 했다. 하지만 그건 쉽지 않았다.

"내가 함께 가줄까?"

화요일 아침, 수업시간 전에 엘리자베스가 물었다.

"아니. 이건 나 혼자 해야 할 일이야. 그럼, 밖에서 기다려줄래?"

조엘이 심호흡을 하며 말했다.

"물론이지."

엘리자베스가 조엘의 손을 힘껏 쥐었다. 그러고는 복도 쪽으로 살짝 걸음을 옮겼다.

조엘은 칼라일 코치 방의 문을 두드렸다.

"들어와요."

칼라일 코치가 말했다.

조엘은 침을 꿀꺽 삼키고 안으로 들어갔다. 컴퓨터에 기록을 입력하고 있던 코치는 고개를 들지도 않았다.

조엘은 목을 가다듬었다.

"무슨 일이지?"

마침내 코치가 뒤돌아보았다. 어찌 된 영문인지 코치의 얼굴에는 아무런 표정도 없었다.

조엘은 마음속으로 하고자 하는 얘기를 수십 번도 더 연습했다. 하지만 그 짧은 이야기를 어떻게 시작해야 할지 기억이 안 났다.

"무슨 일인가?"

칼라일 코치가 물었다.

"저기, 그러니까…… 선생님이 호크스 팀에서 경기할 기회를 주셔서 감사드립니다. 하지만…… 못 할 것 같아요. 올해는요. 그러니까……."

조엘은 가방 끈을 만지작거렸다.

"알았다."

그뿐이었다. 코치는 다시 컴퓨터를 마주하고 앉았다.

'알았다고? 잠깐만! 적어도 왜 내가 그런 결정을 했는지 그 이유라도 물어봐야 하는 거 아닌가?'

어제는 조엘이 나타나지 않자 화를 냈다고 들었다. 라이언은 자기 아빠가 기회를 두 번 주지 않는다고 조엘에게 경고했었다.

하지만 칼라일 코치는 화난 것처럼 보이지 않았다. 그렇다고 기뻐하는 것 같지도 않았다. 코치는 그저…… 아무 관심 없다는 그런 표정이었다.

"뭐 또 다른 할 말 있나?"

조엘이 여전히 그대로 서 있는 것을 보고는 칼라일 코치가 이상하다는 듯 물었다.

조엘의 표정이 굳어졌다. 어쩌면 이 모든 것이 칼라일 코치와 상관없는 것이었을지도 모른다. 칼라일 코치는 그저 규칙에 따라 조엘이 야구를 할 수 없다고 말했고, 교육위원회의 방침이 바뀌자 다시 야구를 할 수 있다고 말했던 것이다. 코치는 조엘이 팀에 들어올 수 있는지 없는지에 대해서는 개인적으로 아무런 감정도 없었을지 모른다. 조엘은 그런 가능성을 생각조차 해보지 못했다.

"아뇨. 없습니다."

조엘은 뒤돌아 나왔다. 더 이상 무슨 할 말이 있겠는가?

조엘은 엘리자베스가 아이들에 둘러싸여 복도 끝에 있는 걸 보았다. 이안, 케이틀린과 스테파니였다. 그 애들은 조엘 얘기를 하고 있었다. 또다시.

"그렇다면, 그 애는 절대 호크스에서 뛰지 않겠다는 거야?"

이안이 물었다. 이안은 정말 실망한 표정이었다.

"조엘은 여자야구리그에만 전념하고 싶어 하는 것 같아."

엘리자베스가 설명해주었다.

조엘은 걸음을 멈추고 벽에 기대었다. 애들한테 걸어가야 할지,

아니면 멀찍이서 그냥 듣고 있어야 할지 판단이 안 됐다.

"텔레비전에 그린삭스 나오는 거 봤어. 첫 경기도 못 하고 공원에서 쫓겨나더라구."

스테파니가 말했다.

"그래, 정말 말도 안 돼!"

케이틀린이 끼어들며 말했다.

"우린 아직 포기하지 않았어. 조엘과 브루크가 경기할 장소를 찾으려고 노력 중이야."

엘리자베스가 말했다.

"너도 그린삭스에서 뛰니, 엘리자베스?"

케이틀린이 놀란 듯 물었다.

"실은 그래."

엘리자베스가 말했다.

조엘은 씩 웃음이 나왔다. '바로 그거야, 엘리자베스.'

"넌 그렇게 잘하지는 않잖아."

케이틀린이 말했다.

순간 조엘은 그 애들 얘기에 끼어들고 싶었다. 아이들이 자기한테 허튼소리 하는 건 참을 수 있었다. 하지만 누구든 엘리자베스를 모욕하는 건 가만 내버려둘 수 없었다.

하지만 조엘이 입 밖으로 말을 꺼내기도 전에, 엘리자베스가 큰 소리로 말했다.

"우리 리그에서 운동하기 위해서는 꼭 뛰어나게 잘할 필요는 없어. 그저 야구를 좋아하기만 하면 돼."

조엘은 엘리자베스가 저렇게 자신 있게 말하는 걸 들어본 적이 없었다.

"와! 좋겠다. 잘됐어!"

스테파니가 엘리자베스에게 말했다. 케이틀린은 말없이 고개를 끄덕였다.

"경기장을 구했으면 좋겠다."

이안이 마지막으로 말했다. 그러고는 스테파니, 케이틀린과 함께 자리를 떴다.

혼자 남은 엘리자베스가 곧 조엘을 발견하고는 물었다.

"칼라일 코치님하고는 어떻게 됐어?"

"별 말씀 없었어. 네가 방금 전에 하는 말 들었어. 그럼 그린삭스에 남겠다는 뜻이야?"

"그래. 그런 것 같아. 난 알아. 내가 팀에서 최고의 선수가 되진 못할 거야, 조엘. 하지만 난 야구 하는 게 좋아. 그리고 너희들과 함께 어울리는 것도 좋아. 그러니 천재지변이 일어나지 않는 이상, 난 팀에 남을 거야."

조엘과 함께 복도를 걸어 내려가며 엘리자베스가 말했다.

"멋져! 그거 알아, 조엘? 넌 언젠가 경기장에서 너 스스로에게 깜짝 놀라게 될 거야."

조엘은 친구를 돌아보았다.

"그래, 맞아."

엘리자베스가 얼굴을 붉히며 말했다.

"그러니까 힘내라고! 알았지?"

관심을 갖는 한, 기적은 언제나 가능하다. 특히 열심히 애쓰고 스스로를 믿을 때 말이다.

* * *

며칠이 지나도 홈즈 부인에게서는 아무런 소식이 없었다. 도대체 변호사와 이야기하는 데 시간이 얼마나 걸린단 말인가?

"안 되면 안 된다고 얼른 얘기를 해줘야 다른 곳을 찾아보든가 하죠."

화요일 아침, 조엘은 시리얼을 부으며 투덜거렸다.

"좀 참고 기다려봐. 이런 일은 시간이 걸리는 법이야."

엄마가 조엘의 이마에 입을 맞추며 말했다. 엄마는 출근하려던 참이었다.

하지만 인내심은 조엘의 덕목이 아니었다.

좋은 소식도 있었다. 지난 토요일의 텔레비전 보도가 여자야구리그에 대한 관심을 불러일으켰다. 사람들은 어떻게 참여할 수 있는지 전화로 물어왔다. 어떤 사람들은 격려의 카드와 편지를 보내왔다. 돈을 보내주는 사람도 있었다.

"포기하지 마라. 무슨 수가 생길 거야."

아빠가 말했다.

"아빠, 제가 언제 포기하는 거 보셨어요?"

조엘은 입 안 가득 시리얼을 넣으며 말했다.

그날 밤 저녁을 먹고 난 뒤, 조엘은 부엌으로 설거지 그릇을 옮기고 있었다. 그때 엘리자베스가 뒷마당을 달려오는 게 보였다. 조엘이 조리대에 접시를 미처 놓기도 전, 겅중겅중 뛰어온 엘리자베스가 미닫이 유리문을 정신없이 두드려댔다.

아빠는 엘리자베스를 부엌으로 들인 뒤 킬킬 웃으며 물었다.

"어디 불이라도 난 거야?"

조엘은 엘리자베스가 이처럼 흥분한 모습을 본 적이 없었다.

엘리자베스가 숨을 헐떡이며 말했다.

"너, 이거 절대 못 믿을 거야! 우리 아빠가 방금 전에 어떤 변호사하고 통화했어. 몇 가지 서류를 작성하기만 하면, 브루크네 집 근처의 그 공터를 쓸 수 있대. 너희가 만나고 온 그 부인이 승낙했다는 거야!"

"정말?"

조엘은 엘리자베스에게 달려가 꼭 끌어안았다. 둘은 부엌에서 덩실덩실 춤을 추다가 조리대의 접시를 와장창 깨트릴 뻔했다.

"다행이구나!"

아빠가 말했다.

"정말 멋진 소식이야!"

엄마가 문으로 다가오며 외쳤다.

"그리고 또 무슨 소식이 있는 줄 알아? 커널스 팀하고의 경기 일정이 다시 잡혔어. 이번 토요일이야!"

엘리자베스가 말했다.

"꺅!"

조엘은 주먹을 허공에 흔들어대며 소리쳤다. 조엘과 엘리자베스는 다시 부엌을 빙글빙글 돌기 시작했다.

"이봐 아가씨들, 너희들의 리그가 드디어 막을 올리겠구나."

아빠가 말했다.

조엘은 하늘로 날아갈 것처럼 기뻤다. 이제 이스턴 아이오와 여자 야구리그는 누구도 멈추게 할 수 없을 것이다.

* * *

금요일, 후버 중학교 소프트볼팀 훈련이 끝나고 나서 그린삭스 팀은 마지막으로 큰 시합을 앞두고 모였다. 엘리자베스 아빠는 계속 훈련을 이끌어주었다. 타격, 달리기, 공 잡기, 수비.

"무리하지 마라. 무리해서 내일 경기 망치면 어쩌려고!"

엘리자베스 아빠는 브루크와 엘리자베스를 타일렀다.

"문제없어요. 아드레날린이 넘쳐나는걸요."

브루크가 자신 있게 말했다.

쇼 코치는 선수들 모두에게 각기 다른 포지션을 연습시키려고 노력했다. 하지만 만디를 투수에, 니키를 포수에, 그리고 쌍둥이들은 외야수로 점찍은 것 같았다. 나머지는 여러 차례 돌아가면서 했다.

브루크와 조엘은 1루와 3루를 번갈아가며 연습했다.

조엘은 자기가 내일 경기에서 1루수로 뛸 수 있을지 알고 싶어 죽을 지경이었다. 몇 번이나 쇼 코치에게 직접 물어보려 했지만 지나치게 나서는 것처럼 보이는 건 내키지 않았다.

"뒤쪽 발에 계속 힘을 줘."

쇼 코치는 엘리자베스의 타격 자세를 지적했다.

"글러브는 항상 그라운드에 바짝 붙여."

타라에게는 이렇게 말했다.

"첫 번째 스트라이크를 쳐라."

레아에게는 이렇게 지시했다.

훈련이 끝나자, 쇼 코치는 모두를 불러놓고 팀 미팅을 했다. 더그아웃 뒤 벤치 위에 커다란 갈색 상자가 놓여 있었다.

"코치님! 저 상자는 뭐예요?"

그린삭스 팀원들이 모두 풀밭에 주저앉은 뒤, 만디가 물었다.

쇼 코치가 씩 웃었다. 코치는 상자를 열어 하얀색 바지를 만디에게 던졌다. 브루크에게는 여름용 반팔 녹색 셔츠를 건넸다. 조엘에게는 초록색 줄무늬가 있는 노란색 오버셔츠를 건넸다. 그러고는 녹색 양말과 노란색 장식이 있는 녹색 모자를 꺼내 들었다.

"이게 다 뭐예요?"

조엘이 셔츠를 가슴에 대보며 물었다. 등에 녹색으로 3이라는 숫자가 적혀 있었다.

"유니폼이에요? 전부 우리 거예요?"

레아가 상자 안을 들여다보며 물었다.

"그러네. 그런데 어디서 난 거예요?"

조엘은 궁금했다.

쇼 코치는 그저 웃기만 했다. 그러고는 셔츠, 바지, 양말, 모자를 계속 꺼냈다.

"여기 카드가 있다."

물건들을 모두 건네준 다음 쇼 코치가 말했다. 코치는 상자 바닥에서 하얀 봉투를 끄집어내어 타라에게 주었다. 타라는 편지봉투를 열어 그 안에 든 카드를 읽어 내려갔다.

"그린삭스 소녀들에게. 너희들 이야기를 듣고 나서 내가 어떻게 하면 도울 수 있을까 고민했단다. 지난주에 텔레비전을 보고 있을 때, 그 방법이 떠오르더구나. 너희들 모두 이 유니폼이 맘에 들면 좋겠다. 그리고 잘 맞았으면 좋겠구나! 행운을 빈다."

타라가 고개를 들며 말했다.

"여기 '클레어 페너'라고 서명이 되어 있어."

"페너 선생님이? 무슨 소리야? 선생님은 이미 도움을 주셨어. 이번 여름에 코치를 맡아주시기로 약속했단 말이야."

조엘이 말했다.

"아니, 페너 선생님 말고 선생님 어머니."

"와, 정말 멋진 분이다."

브루크가 감탄했다.

조엘은 셔츠에 새겨진 3이라는 숫자를 손가락으로 쓰다듬었다.

쇼 코치는 텅 빈 상자를 닫고 말했다.

"케네디 코치와 오늘 아침 통화를 했다. 그쪽 애들도 비슷한 선물 꾸러미를 받았다고 하더라. 지난주 텔레비전에 나온 우리 이야기를 본 다른 사람이 보냈대. 아마 페너 부인 친구겠지."

"그렇다면 사람들이 우리 리그가 터무니없는 게 아니라고 생각하는 거군요."

조엘이 말했다.

"아주 멋진 아이디어라고 생각하는 사람들이 많아. 내일 경기가 어떨지 두고 보자."

쇼 코치는 시간을 확인했다.

"난 지금 도서관에 가봐야 한다. 다른 리그 코치들하고 스폰서를 만나기로 했거든. 집에서 보자, 우리 딸."

쇼 코치는 엘리자베스의 머리를 헝클어뜨렸다.

조엘은 엘리자베스, 브루크와 함께 공원을 빠져나왔다.

"너희들, 내일 준비 다 됐어?"

브루크가 등에 가방을 끌어올리며 들뜬 기분으로 물었다.

"그럼. 쇼 코치님이 우리한테 각자 포지션을 알려줬으면 좋았을 텐데."

조엘이 대답했다.

"나도 그래. 난 정말 코치님이 나보고 1루수를 하라고 했으면 좋겠어."

브루크가 말했다.

조엘은 걸음을 멈추었다.

"1루수를 맡고 싶어?"

"당근이지. 난 소프트볼에서 1루수를 맡잖아."

'대단해.' 하지만 조엘은 아무 말도 하지 않았다.

브루크는 머리카락을 어깨 위로 휙 넘기며 조엘을 응시했다.

"왜? 너도 1루수를 원하는 거야?"

"사실 그래."

'난 지금껏 1루수만 했다구.' 조엘은 생각했다.

"글쎄, 그건 코치님한테 달려 있는 것 같은데? 내일 보자."

브루크가 말했다. 그리고는 손을 흔들어 인사하고 파크 리지 로드로 꺾어졌다.

조엘과 엘리자베스는 집으로 향했다.

"왜 브루크도 1루수라는 얘기, 나한테 안 했어?"

조엘이 투덜거리자 엘리자베스가 방긋 웃었다.

"너희들 공통점이 한 가지 더 늘었네?"

"별꼴이야!"

조엘은 엘리자베스를 팔꿈치로 쿡 치며 웃음을 삼켰다. 조엘과 브루크는 이제 일종의 휴전에 이르렀다. 그리고 조엘은 정말이지 브루크와 계속 티격태격하고 싶지 않았다. 조엘은 단지…… 1루수를 맡고 싶을 뿐이었다.

"기운 내, 조엘. 이번에 브루크가 1루수를 하고, 네가…… 3루수를 한다고 해서 세상이 끝나는 건 아니잖아? 여러 포지션에서 경기하는 건 좋은 거야. 너도 알잖아."

"그렇겠지. 좋게 생각해야지. 너네 아빠는 훌륭한 코치야. 우리 팀을 위해 가장 좋은 방법을 찾으시겠지."

그거야말로 조엘이 원하는 바였다.

모퉁이를 돌아설 때 조엘은 숨이 턱 막혔다. 눈에 익은 파란색 차가 집 앞에 주차되어 있었다.

"무슨 일이야?"

엘리자베스가 물었다.

"저건 우리 오빠 차야! 나, 가봐야겠어. 괜찮지? 나중에 전화할게."

"그래."

조엘은 벌써 집을 향해 뛰어 들어가고 있었다.

제이슨 오빠는 집 앞 현관에 앉아 있었다. 오빠는 머리 윗부분을 염색했지만 그것만 제외하고는 예전 모습 그대로였다. 키가 크고 젓가락처럼 마른 몸에 얼굴에는 미소가 가득했다.

조엘이 다가오는 걸 보고 오빠가 일어섰다.

"오빠!"

조엘은 오빠의 가늘지만 튼튼한 팔에 몸을 던지며 소리를 질러댔다. 오빠는 조엘을 안은 채 웃으며 말했다.

"잘 있었어? 진정해!"

"여기서 뭐 하는 거야? 왜 온다고 미리 말 안 했어? 엄마 아빠도 오빠가 온 거 아셔?"

오빠는 조엘의 말총머리를 쓰다듬었다.

"오늘 오후 화학 실험 수업이 취소됐어. 그래서 새로 이사 온 집을 보러 와야겠다고 생각했지. 다섯 시간 운전해 왔어."

"그럼 여기 얼마나 있을 거야? 주말 내내 있을 수 있어?"

"글쎄, 일요일 아침에 일하러 가야 하니까 내일 오후엔 출발해야겠지."

오빠의 대답에 조엘은 이마를 찌푸렸다. 오빠가 학비를 벌기 위해 피자 가게에서 일한다는 걸 알고 있었지만 오빠가 그렇게나 빨리 가는 건 싫었다.

"그럼 내일 우리 경기할 때까지는 있을 수 있겠네, 그렇지? 아침에 경기가 있어."

"무슨 경기?"

오빠가 되물었다.

"이야기가 길어."

조엘은 오빠한테 새 집을 구석구석 구경시켜주며 무슨 일이 있었는지 죄다 들려주었다.

오빠는 거실에 놓인 커다란 소파 위에 털썩 주저앉았다.

"이것 봐라! 큰 집, 새로운 친구들, 게다가 완전 새로운 여자야구 리그까지 얻었잖아."

조엘도 오빠 옆에 앉아 응접실 탁자 위에 발을 털썩 올려놓았다.

"그래. 그리고 그거 알아? 또 있어."

"어떤 거?"

오빠가 궁금한 듯 물었다.

"나, 두 번째 클라리넷 주자 됐다. 그리고 내년에는 우리 학교신문 《에코》에 들어갈 거야. 믿을 수 있어? 내가 학교신문 기자라니? 난 미니애폴리스에서는 학교신문 따윈 거들떠보지도 않았다구."

"훌륭한걸, 우리 말썽꾸러기 꼬마 아가씨."

오빠가 기분 좋게 웃으며 말했다.

"하지만 가장 멋진 건 당근 야구리그지."

조엘이 말을 마무리했다.

"야구리그 출범시킨다는 말을 들어도 오빠는 하나도 놀랍지 않아. 마음만 먹으면, 아무도 널 막을 수 없지."

오빠가 소파에 몸을 기대며 말했다.

"오빠랑 똑같아."

조엘의 말에 오빠는 잠시 동생을 바라보더니 고개를 저었다.

"아니, 나랑 같지 않아. 넌 전혀 나랑 닮지 않았어."

조엘은 다리로 오빠를 가볍게 툭 쳤다.

"무슨 소리야? 오빠는 인기 짱이잖아. 우등생에다, 야구도 잘하지. 못하는 게 뭐 있어?"

오빠는 깜짝 놀란 표정을 지었다.

"그렇지 않아."

오빠는 탁자에 놓인 빨간색 꽃병을 들어 올렸다. 손안에 넣고 이리저리 돌려보더니 다시 제자리에 올려놓았다.

오빠는 조엘을 바라보지 않은 채 말했다.

"난 새로운 야구리그는 꿈도 꾸지 못했을 거야."

"그게 야구 할 수 있는 유일한 방법이라면 오빠도 그랬을걸."

조엘의 말에 오빠는 고개를 흔들며 느릿느릿 말했다.

"아니, 솔직히 말해서 만약 내가 네 입장이었다면, 난 분명 그냥 소프트볼 했을 거야. 괜한 걱정 하지 않고 말이야."

"오빤 안 그럴 거야!"

"그럴 거라니까!"

조엘은 소파 위에서 자세를 고쳐 앉았다.

"그렇다면, 나보고 신문사에 편지 써 보내라고 한 건 뭐야? '사람들이 네가 경기하는 걸 볼 수 있게 만들어. 사람들한테 네가 할 수 있다는 걸 보여주라구.' 오빠가 그렇게 말했잖아. 오빠는 안 그럴 거면서 왜 나한테는 그냥 소프트볼 하라고 말 안 했는데?"

"그건 너는 나랑 다르니까. 넌 쉽게 포기하는 애들하고 달라. 넌 언제나 다른 방법을 찾아내지. 그게 아무리 힘들어도 말이야. 넌 결코 도전을 두려워하지 않아."

"오빠도 마찬가지야."

오빠는 부자연스럽게 웃었다.

"난 항상 도전을 피해왔어, 조엘. 내가 고등학교에서 어떻게 우수상을 탄 것 같니?"

"오빠는 똑똑하니까."

조엘이 대답했다.

"아니야. 그건 내가 고급 수학, 화학, 물리학 수업을 절대 듣지 않았기 때문이야. 난 쉬운 강의만 들었어. 쉬울수록 점수가 더 좋으니까. 숙제가 적을수록 성적이 더 좋고. 덕분에 지금 대학에서 그 대가를 톡톡히 치르고 있는 중이지."

"그게 무슨 뜻이야?"

조엘이 이마를 찌푸리자 오빠가 시선을 돌렸다.

"글쎄, 난 무언가에 열심히 집중하는 걸 배우지 못했어. 난 너랑 달라. 난 언제나 쉬운 길만 걸어왔어."

조엘은 금시초문이었다.

"그럼 야구는 뭐야? 오빠는 야구 열심히 하잖아, 안 그래?"

오빠가 어깨를 으쓱했다.

"야구는 달라. 난 야구 잘해. 그래서 그건 별로 힘들지 않아. 예를 들어…… 클라리넷을 예로 들면……"

오빠는 조엘을 바라보았다.

"너무 힘들었기 때문에 그만두었던 거야."

조엘은 자기 다리를 내려다보며 하릴없이 까닥까닥 흔들어댔다. 오빠 말이 전부 다 사실일까? 조엘은 뭐라고 해야 할지 몰랐다. 이건 조엘이 한 번도 보지 못한 오빠의 또 다른 모습이었다. 어쩌면 조엘이 지금껏 결코 눈치 채지 못했던 것이거나.

"야구부에 남아 있으려면 성적을 올려야 해. 하지만 방법을 찾아낼 거야. 가정교사를 두거나 뭐 어떤 수든 써야지."

"오빠가 대학에서 쫓겨나면, 언제든 이곳으로 와!"

조엘은 잠시 생각한 끝에 말했다.

"아이오와로 이사 오라고? 어림없는 소리!"

오빠가 씽긋 웃으며 몸을 부르르 떠는 체했다.

"왜 그러셔? 아이오와도 그리 나쁘지 않다구."

놀랍게도, 조엘은 스스로 정말 그렇게 생각하고 있었다.

홈으로 슬라이딩

'미니애폴리스 시내 한가운데 있는 메트로돔(미국 프로야구팀인 미네소타 트윈스의 홈구장—옮긴이)하고는 분명 달라. 아니, 후버 중학교 뒤에 있는 야구장하고도 달라.'

그래도 어쨌거나 그린삭스와 커널스는 토요일 아침에 경기할 곳을 갖게 되었다.

홈즈 부인의 땅은 숲으로 둘러싸여 있었다. 하지만 앞에 넓은 공터가 있어서 야구 경기를 하기에는 안성맞춤이었다. 사람들은 돗자리 위에, 또는 경기장 근처 접이의자에 모여 앉아 경기 시작을 기다렸다. 조엘이 보기에는 지난주보다 훨씬 더 많은 사람들이 모인 것 같았다.

홈즈 부인은 앞쪽에 앉아 있었다. 그 옆에는 또 다른 할머니가 앉아 있었는데, 어디서 본 듯한 얼굴이었다. 페너 선생님 어머니였던가? 그래, 맞다. 두 할머니는 서로 잘 아는 사이인 것 같았다.

'와우, 이 모든 사람들이 그린삭스와 커널스가 야구 경기 하는 걸 보러 왔다니.'

"그럼 이번에는 우리를 내쫓을 사람이 아무도 없는 거지?"

타라가 초록색 모자를 머리에 눌러 넣으며 물었다.

"할 테면 해보라지. 이번에는 우리도 주인한테 허락받고 경기를 하는 거니까."

브루크가 대답했다.

"있지, 채널6이 또 저기 있어!"

니키가 경기장 뒤편에 자리 잡고 있는 방송국 사람을 가리켰다.

조엘은 라이언 칼라일도 와 있다는 걸 발견했다. 게다가 이번에는, 라이언의 아빠도 와 있었다. 칼라일 코치는 도대체 여기서 뭐 하는 거지?

"좋다. 그린삭스, 주목해봐."

쇼 코치가 임시로 만든 더그아웃에 선수들을 불러 모아놓고 말했다. 케네디 코치도 경기장 맞은편에 자기 선수들을 모아놓고 이야기를 하고 있었다. 커널스는 검정 바지와 노란 셔츠를 입었다.

"내가 아는 한, 이 지역에서 여자들만의 야구팀끼리 경기를 벌이는 건 이번이 처음이다. 여기까지 오기 위해 너희들이 한 모든 일이 아주 자랑스러울 게다."

쇼 코치가 말했다.

조엘은 전학 와서 새로 생긴 친구들을 죽 둘러보았다. 조엘은 자랑스러웠다. 아주 자랑스러웠다. 모든 친구들이 자랑스러웠다.

"기억해라. 이기고 지는 건 중요하지 않다. 우리는 여기 야구 하러 왔다. 그러니 즐겨라."

쇼 코치는 어떻게 진행할 것인지 설명했다. 리틀리그처럼 6회 경기를 한다고 했다. 코치가 심판을 보고.

드디어 쇼 코치가 각자 수비 위치를 정해주기 시작했다.

"좋아, 어디 보자. 만디는 투수, 니키는 포수를 맡아라."

조엘은 글러브 안에서 손가락으로 십자가를 그렸다. '제발 나를 1루수로. 제발, 제발.' 조엘은 조용히 기도했다.

"그리고 조엘은 1루수를 맡아."

쇼 코치가 이어 말했다.

좋았어! 조엘은 너무 기뻐 껑충 뛸 기세였다. 하지만 브루크가 걱정스러웠다.

예상과 달리 브루크는 사람 좋게 씩 웃고만 있었다. 그러더니 조엘에게 엄지손가락을 치켜세워 보였다.

"레아는 2루, 타라는 3루. 브루크는 유격수. 페이지, 너는 좌익수. 파울라는 중견수. 엘리자베스는 우익수를 맡도록!"

그래서 브루크는 유격수를 맡게 되었다. 브루크는 전혀 실망한 기색이 아니었다. 사실, 브루크는 행복해 보였다.

그걸 보니 조엘도 기분이 더 좋아졌다. 이제 그들은 진짜 팀이었다. 이제 모두 함께 해나가야 한다.

쇼 코치가 말을 끝내자마자 케네디 코치가 다가왔다. 케네디 코치는 얼굴 가득 환한 미소를 지어 보였다.

"누가 먼저 공격할지 동전을 던져 결정하는 게 어때요?"

"좋지요."

쇼 코치는 청바지 앞주머니에서 동전을 꺼냈다.

"동전 어느 면으로 하시겠소?"

"아니, 커널스는 투표했어요. 조엘 커닝햄이 결정하라고요. 이 모두가 조엘의 아이디어잖아요."

"와우, 정말 그래도 돼요?"

조엘이 아는 한, 조엘은 정말 엄청난 도움을 받았다. 모두가 함께 해낸 거다.

만디가 조엘을 앞쪽으로 밀쳤다.

"어서, 조엘. 하루를 다 잡아먹을 순 없다구! 결정해."

조엘이 고개를 끄덕이며 말했다.

"좋아, 앞면."

쇼 코치가 동전을 튕겼다가 다시 잡았다. 그러고는 팔에 동전을 탁 올려놓았다.

"안됐다, 뒷면이다."

커널스 팀은 먼저 수비하기로 결정했다.

코치 둘은 잠시 이야기를 나누었다. 그러더니 팀원들에게 경기장으로 나오라고 신호를 보냈다. 관중석이 조용해졌다. 코치 둘은 모두에게 와주어서 고맙다고 말하고 선수들을 소개했다.

선수 이름이 호명될 때마다 사람들은 박수갈채를 보내고 휘파람을 불었다. 코치가 조엘의 이름을 부르자, 부모님과 오빠가 환호하는 소리가 들려왔다. 라이언의 목소리도 들은 것 같았다.

마침내 누군가 소리쳤다.

"플레이볼!"

관중의 박수갈채가 쏟아지고 고함 소리가 들려왔다.

"네가 1번 타자다, 조엘."

쇼 코치가 말했다.

조엘은 배트를 집어 들고 몇 차례 스윙 연습을 한 뒤 타석에 들어섰다. 감이 좋았다. 정말 좋았다.

"파이팅, 조엘!"

팀원들이 소리쳤다.

투수석의 여자애는 퍽 진지해 보였다. 그 애는 와인드업을 하고 나서 정중앙으로 오는 **빠른 직구**를 던졌다.

탕!

조엘은 1루와 2루 베이스 사이로 직선타를 날렸다.

"달려, 조엘! 달려!"

그린삭스 팀원들이 환호했다.

조엘은 1루를 향해 재빨리 뛰어갔다. 베이스를 지나친 뒤 1루에서 멈추었다.

"잘했어!"

조엘이 베이스로 돌아오자 쇼 코치가 손뼉을 쳤다.

니키가 다음 차례였다.

"한 방 날려, 니키!"

조엘이 소리쳤다.

옆으로 빠지는 높은 공이 들어왔다.

"원 볼."

케네디 코치가 소리쳤다.

다음 공은 스트라이크였다. 그 다음은 볼. 그 다음은…… 니키는 스트라이크 아웃을 당했다.

니키는 고개를 떨어뜨렸다.

"괜찮아, 니키! 다음번에 치면 돼!"

브루크가 소리쳤다. 나머지 그린삭스 팀원들이 손뼉을 쳤다.

3번 타자인 만디는 첫 공을 받아쳐 좌익수 쪽으로 깊숙이 떨어지는 안타를 만들어냈다. 조엘은 2루 베이스를 돌아 계속 뛰었다. 좌익수가 3루수에게 공을 던졌지만, 조엘은 슬라이딩을 했다.

"세이프!"

케네디 코치가 소리쳤다.

"잘했다, 조엘!"

스탠드에서 누군가가 소리쳤다. 조엘은 이번에도 라이언의 목소리를 확실히 들은 것 같았다.

만디가 2루에서 조엘을 향해 손을 흔들었다. 조엘도 활짝 웃으며 손을 흔들어 보였다.

다음은 4번 타자 타라의 차례였다. 타라는 강타자다. 하지만 첫 공은 너무 느렸다. 어쨌든 타라는 배트를 휘둘렀다.

"원 스트라이크!"

쇼 코치가 소리쳤다.

다음 공은 낮았다. 타라는 또 배트를 휘둘렀다.

"투 스트라이크!"

쇼 코치가 소리쳤다.

조엘은 이마를 찌푸렸다. 조엘은 정말이지 이번 1회에서 홈으로 들어가 점수를 내고 싶었다. 이것이야말로 새로운 리그의 완벽한 시작이었다.

"힘내, 타라!"

조엘이 소리쳤다.

세 번째 공 역시 낮았다. 하지만 이번에 타라는 공을 제대로 맞추었다. 조엘은 공이 어디로 가는지 쳐다보지도 않은 채 홈을 향해 냅다 뛰었다.

"달려! 달려! 달려!"

그린삭스 팀원들이 깡충깡충 뛰었다.

"그거야!"

조엘이 홈플레이트를 통과하자 아이들은 모두 비명을 질러댔다.

커널스 팀 외야수가 공을 놓쳤다. 덕분에 만디는 물론 타라까지 홈으로 들어왔다. 그라운드 홈런이었다.

"잘했어, 타라!"

타라가 홈플레이트를 통과하자 조엘이 소리쳤다.

5번 타자 레아는 스트라이크 아웃을 당했다. 그리고 6번 파울라는 1루에서 아웃 당했다. 그렇게 1회초가 끝났다. 어쨌거나, 멋진 출발이었다.

"잘해보자, 만디. 네 실력을 보여줘."

조엘은 수비를 하러 경기장으로 향하며 친구의 등을 가볍게 두드려주었다.

"걱정 붙들어 매셔, 두고 보라구!"

만디는 공을 글러브 안으로 톡톡 던졌다.

만디는 3명의 타자를 연속으로 스트라이크 아웃 시켰다. 원 아웃, 투 아웃, 쓰리 아웃.

1회가 끝났을 때, 점수는 그린삭스 3점, 커널스 0점이었다. 스탠드 위의 누군가가 휘파람을 세게 불었다.

'경기가 너무 싱겁게 진행되면 곤란한데.' 조엘은 생각했다. 물론 이기고 싶었다. 하지만 한편으로는 박빙의 경기가 되기를 바랐다. 관중은 언제나 아슬아슬한 경기를 좋아하니까.

경기가 진행될수록, 커널스 투수는 그린삭스를 요리하는 법을 깨달아나갔다. 3회에서, 커널스 투수는 타라, 레아 그리고 파울라를 스트라이크 아웃으로 잡았다. 그리고 커널스가 공격할 차례가 되었을 때, 3점을 땄다.

"동점이야."

그린삭스 선수들이 더그아웃으로 들어오자 니키가 투덜거렸다.

"괜찮아. 이번 회에 다시 점수를 내면 돼."

조엘은 타월로 이마의 땀을 닦아내며 확신에 찬 목소리로 말했다.

다행히 점수를 냈다. 엘리자베스가 득점을 했다. 엘리자베스는 홈플레이트를 밟고 난 뒤, 너무 기쁜 나머지 달려가 자기 아빠를 껴안기까지 했다.

"잘했다, 우리 딸! 귀여운 강타자."

엘리자베스가 웃으며 깡충깡충 뛰자 쇼 코치가 말했다.

커널스의 반격도 만만찮았다. 커널스도 4회말에 2점을 더 냈다. 그래서 그린삭스를 1점 앞서 나갔다.

"포기하시지, 그린삭스!"

공수 교대를 하는 중에, 커널스 팀원 중 누군가가 소리쳤다.

"어디 해보자구!"

타라가 되받아쳤다.

그린삭스 선수들은 글러브를 내려놓고 벤치에 털썩 주저앉았다.

"얘들아, 저기 좀 봐! 여기 채널6만 온 게 아니야! 시더래피즈에서 채널9도 왔어! 와우."

페이지가 타석에 들어섰을 때 브루크가 알아차리고 소리쳤다.

선수들 모두 뒤돌아보았다. 정말 그랬다. 3루 베이스 뒤쪽 펜스에 야구 모자를 눌러 쓴 키 큰 사내가 있었다. 어깨에는 채널9 로고가 붙은 커다란 카메라를 들고 있었다.

"우리를 찍고 있어!"

만디가 소리를 질렀다.

"이스턴 아이오와 사람들은 전부 채널9를 본단 말이야!"

레아가 비명을 질러댔다.

"잘해봐, 페이지! 이번 회에서 점수를 내자구. 텔레비전에 잘 나와야 하잖아!"

브루크가 소리쳤다.

페이지는 스트라이크 아웃을 당했다. 하지만 그린삭스는 5회초에 3점을 더 보탰다. 전부 합해 7점이 되었다. 반면 커널스는 5회말을 무득점으로 마감했다.

6회초에 그린삭스는 1점을 더 보탰다. 이제 커널스 팀의 마지막 공격이었다.

"잘해보자, 만디. 연속 삼진 아웃 시켜버려. 1회 때처럼."

니키가 말했다.

"좋아, 해보지!"

만디가 대답했다.

만디는 처음 두 명의 타자를 손쉽게 삼진 아웃 시켰다. 하지만 세 번째 타자는 공을 살짝 건드렸고, 공은 니키의 포수 글러브로 빨려 들어갔다.

"원 스트라이크!"

쇼 코치가 소리쳤다.

만디는 와인드업한 뒤 다시 공을 힘차게 던졌다. 타자가 배트를 휘둘렀다. 공은 파울 라인을 넘어 데굴데굴 굴러갔다.

"투 스트라이크!"

쇼 코치가 소리쳤다.

"힘내, 만디. 딱 하나 남았어."

조엘이 소리쳤다.

만디는 잠깐 동안 공을 던지지 않고 가만 숨죽였다. 그러더니 앞으로 다리를 뻗으며 힘차게 공을 던졌다. 공은 곧장 니키의 글러브로 빨려 들어갔다.

"스트라이크 아웃!"

그것이 끝이었다.

경기가 끝났다. 그린삭스는 승리를 거두었다. 8대 5로.

그린삭스와 커널스의 모든 선수들이 경기장으로 뛰어나왔다.

"멋졌어! 멋진 경기였어!"

선수들은 두 줄로 늘어서 악수하고 서로를 지나쳐 가며 인사했다.

채널9에서 나온 방송국 사람이 이 모든 걸 다 찍었다. 마을 전역에 있는 광고판에서 조엘이 보았던 뉴스캐스터가 마이크를 꺼내더니, 얼굴 가득 미소를 머금은 채 카메라를 향해 말했다.

"저는 리디아 모리스입니다. 여기 그린데일 그린삭스와 체스터필드 커널스 선수들과 함께 있습니다. 정말 흥미진진한 경기였습니다. 이게 정말 야구입니다, 여러분."

조엘과 엘리자베스는 서로 눈빛을 주고받았다. 뉴스캐스터가 '흥미진진하다' 고 말하는 게 마치 자기가 직접 경기를 한 것처럼 생생하게 들렸다.

"저는 시청자 여러분에게 이것이 여자들만의 야구팀이라는 걸 알려드리고 싶습니다. 남자애들은 들어올 수 없지, 그렇지 않니?"

리디아는 카메라를 보고 다시 미소를 지어 보였다.

"그럼요."

커널스 팀원 중 누군가가 말했다.

"그렇다면 여자들만의 야구팀에서 경기하는 건 어땠니?"

리디아는 마이크를 레아의 얼굴에 들이밀었다.

레아는 뒤로 조금 물러섰다. 아무런 준비가 되어 있지 않았기 때문이다.

"그게 그러니까…… 멋졌어요."

"이스턴 아이오와 여자야구리그 파이팅!"

니키가 군중 뒤에서 큰 소리로 외쳤다.

여자애들이 모두 웃으며 환호했다.

"하지만 우린 더 많은 선수들이 필요해요. 어서 그린삭스에 들어오세요!"

브루크가 앞으로 걸어 나오며 덧붙였다.

브루크 곁에 있던 커널스 선수 하나가 브루크를 장난스럽게 떠밀었다. 그러더니 마이크에 대고 소리쳤다.

"커널스에 들어오세요!"

리디아는 코치와 홈즈 부인 그리고 페너 부인과 인터뷰를 조금 더 했다. 그러고는 새로운 여자야구리그에서 뛰고 싶거나 도움을 주고 싶은 사람들은 쇼 코치나 케네디 코치에게 연락하라는 말로 리포트를 끝마쳤다.

조엘은 얼굴 가득 미소를 머금은 채, 가족을 찾아 주위를 둘러보았다. 문득 칼라일 코치와 얼굴이 딱 마주쳤다. 그리고 라이언도.

조엘의 글러브가 손에서 흘러내렸다.

"어, 안녕하세요, 카…… 칼, 칼라일 선생님."

조엘은 글러브를 주우려고 허리를 숙이며 말했다. 조엘의 심장은 경기할 때보다 훨씬 더 쿵쾅 뛰었다.

칼라일 코치는 그저 조엘을 바라보며 고개를 끄덕이기만 했다. 그러다 마침내 입을 열었다.

"멋진 경기였다."

"감사합니다."

조엘은 조심스럽게 말했다.

칼라일 코치가 자리를 뜨려 할 때 라이언이 뒤돌아섰다.

"이제 보니, 네가 왜 호크스 팀이 아니라 여기서 뛰려고 했는지 그 이유를 알 것 같아."

"정말?"

조엘이 놀라 물었다.

라이언이 방긋 웃었다.

"그래. 너희 야구리그 정말 대단한걸! 마을 사람 전부가 여기 모였잖아!"

조엘도 라이언에게 웃어 보였다. 뭐랄까? 그건 사실이었다.

* * *

"정말 멋졌어. 그린데일로 이사 오기 전까지만 해도, 난 여자들만의 야구팀에서 경기한다는 건 생각도 못 했어."
그날 오후 오빠 차에 기대어, 조엘은 오빠에게 말했다.
오빠는 옷가지와 운동기구가 든 가방을 트렁크에 던져 넣으며 말했다.
"정말 한 건 해냈는걸. 잘했어, 조엘."
"우리 모두 네가 자랑스럽다."
아빠가 다가와 한 손을 조엘의 어깨에 올려놓으며 말했다.
"이제 내가 아줌마들의 리그를 시작해야 할 것 같은데."
엄마가 웃으며 말했다.
오빠는 자동차 옆으로 걸어가며 조엘에게 물었다.
"아직도 미니애폴리스로 와서 나랑 함께 살고 싶은 거야?"
그러고는 차문을 열었다.
"올라타, 말썽꾸러기 꼬마 아가씨."
"오빠한테 이사 오라고? 미쳤어? 오빠는 완전 게을러터졌잖아!"
조엘이 와락 소리쳤다.
모두가 함께 웃음을 터뜨렸다.
오빠는 뒤돌아 엄마 아빠와 포옹을 하고는 조엘에게 말했다.
"내가 뭐랬어! 모든 게 다 잘될 거라고 했잖아."
"그래도 오빠가 여기서 우리랑 함께 살았으면 좋겠어. 그럼 모든 게 완벽할 텐데."

"그리 먼 데 있는 것도 아닌데 뭐. 그리고 여름에 돌아올 거야. 전화할게, 알았지?"

조엘은 얼굴 가득 미소를 지었다.

"그래, 잘도 전화하겠다."

조엘은 부모님과 함께 현관 앞에 서서 잘 가라고 손을 흔들었다. 그러면서 최근에 얼마나 많은 것이 변했는지 생각했다.

조엘은 그린데일로 이사 오며 세상이 끝났다고 생각했다. 그런데 세상이 끝나기는커녕 이제 막 시작되고 있다는 걸 알았다.

모든 일들이 순조롭게 흘러가고 있었다. 그러나 만약 갑작스럽게 뭔가 좋지 않은 일이 생긴다면……, 그러면 또 무언가를 하면 되는 거다.

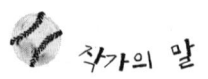 작가의 말

여자는 야구를 못 한다고?

이 책은 허구입니다. 그린데일도 실제로 있는 마을이 아닙니다. 조엘과 그 친구들도 가공의 인물입니다. 하지만 조엘이 처한 상황은 아주 현실적입니다.

나는 신문 기사를 읽다 이 책의 영감을 얻었습니다. 한 소녀가 야구 경기를 하도록 허락받지 못했다는 내용이었지요. 그 여자아이의 이야기에 흥미를 갖고, 나는 인터넷을 뒤져 더 많은 정보를 찾아보았습니다. 자료를 찾는 동안, 야구 경기를 하고 싶어 했지만 거부당한 여자아이들이 많이 있다는 것을 알았습니다. 이 나라 전역의 여자아이들이 아직도 그렇게 거부당하고 있었습니다.

야구의 역사를 되짚어보면서, 왜 어린 소녀들이 경기할 기회조차 거부당해야 하는지 난 이해할 수 없었습니다. 여자들도 야구가 만들어진 때부터 줄곧 경기를 해왔습니다. 1865년에 유명한 여자교육기관인 바서 대학(Vassar College)이 설립되었습니다. 1년 만에, 바서 대학에는 2개의 야구팀이 생겼습니다. 그로부터 얼마 안 되어, 몇몇 다른 여자대학에서도 야구팀을 만들었습니다. 선수들은 목까지 올라오고 소매가 긴 셔츠, 땅에 닿을 정도의 폭 넓은 스커트를 입고 발목까지 단추를 채우는 신발을 신었습니다. 하지만 불만 가득한 학부모들이 곧 이 팀들을 모두 해산하라고 압력을 가했습니다!

제2차 세계대전 동안, 수많은 남자 메이저리그 야구선수들이 유럽과 태평양 전선에 참전했습니다. 그 즈음 전미 여자 프로야구리그가 결성되었습니다. 1943년부터 1954년까지, 젊은 여자들이 이 리그에서 뛰었습니다. 1992년에 나온 할리우드 영화 〈그들만의 리그〉는 이 선수들의 경험을 바탕으로 만든 것이지요.

오늘날, 23개 이상의 여자들만의 야구팀이 이 세계 도처에 있습니다. 이 책을 쓰는 동안에도, 여자야구리그(www.baseballglory.com)가 미국아마추어경기연맹의 정식 승인 절차를 밟고 있습니다.

로드아일랜드 주의 포터킷에서 활동하는 '포터킷 슬레이터레츠 여자야구리그'는 실제로 존재하는 여자야구리그입니다. 웹사이트(www.slaterettes.com)도 운영하고 있습니다. 이 리그는 1873년 무렵부터 있었습니다. 당시 아홉 살 소녀 푸키 포틴이 포터킷 달링턴 아메리칸 리틀리그(DALL)에서 야구 경기를 하고 싶어 했습니다. 그런데 그곳에서는 여자아이들이 자기 팀에서 경기하는 걸 허락하지 않았고, 소녀가 리그에 합류하는 걸 거절했습니다. 푸키의 가족은 리틀리그를 기소했습니다. 푸키는 결국 리틀리그에서 뛰지 못했습니다. 하지만 그 소녀로 인해 포터킷 슬레이터레츠 여자야구리그가 창단할 수 있었지요.

정식으로 야구 경기를 하고 싶어 하는 어떤 여자아이든지 경기를 할 수 있는 날이 언젠가는 올 것입니다. 이 책을 쓰면서, 나는 야구를 하고 싶어 하지만 이런저런 이유로 하지 못하는 전국의 소녀들과 연락을 주고받았습니다. 그들의 꿈이 실현되었다는 소식을 하루 빨리 듣고 싶습니다.

우리는 모두 꿈이 있습니다. 이 책은 바로 그 꿈에 관한 책입니다.

D. H. B

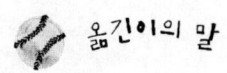 옮긴이의 말

우리들만의 리그

  우연의 일치일까? 이 작품을 번역하기에 앞서 야구 영화를 몇 편 챙겨 보았다. 그런데 어쩐 일인지 가장 먼저 챙겨 본 영화가 미국 최초의 여자 프로야구를 다룬 〈그들만의 리그〉였다. 1940년대 미국 최초로, 전쟁 중인 남자들을 대신해 창단한 여자 프로야구리그 이야기다. 사실 진정으로 여자들을 위한 야구리그는 아니었다. 남자 선수들이 모두 전쟁터에 가 있는 탓에 구단주들이 꿩 대신 닭이라고 어쩔 수 없는 차선책으로 여자리그를 만들었던 것이다. 권력자나 재력가에 의해 급조된 것이란 점만 보면 우리 영화 〈국가대표〉와 그 처음은 비슷하다.
  그저 남자선수들의 빈자리를 대신해 급조된 여자야구단이었지만 그곳에 모인 운동선수들은 야구를 그리 가볍게 여기지 않았다. 이 작품 속 조엘과 마찬가지로 야구 없이는 자신들의 인생을 생각할 수조차 없는 사람들이었다.
  21세기를 사는 조엘은 직접 여자들만의 리그를 만들려고 한다. 지금이 어떤 세상인데 여자들에게 야구를 못 하게 할까? 야구부에 끼워주지 않는다면 차라리 '우리들만의 리그'를 만들겠단다! 그것도 중학교 1학년, 야구를 좋아하는 것 빼고는 그저 평범하기 짝이 없는 어린 소녀가……

포기를 모르는 조엘이 이루어내는 것을 보노라면 마치 한 편의 할리우드 영화를 보는 것 같다. 구성이 탄탄하면서도 잘 읽히기에 책을 읽다 보면 조엘의 문제가 마치 우리 자신의 문제인 것 같은 착각이 들기도 한다. 이야기를 끌어가는 힘이 남다른 작가의 솜씨 덕분인 듯하다.

참, 영화 〈그들만의 리그〉에서 주인공 지나 데이비스가 속한 야구단 이름은 록포드 피치스(Rockford Peachs)다. 그런데 이 책을 처음 펴낸 미국 출판사 이름도 피치트리(Peachtree)다. 또 한 번의 우연의 일치일까?

2010년 5월
김선희